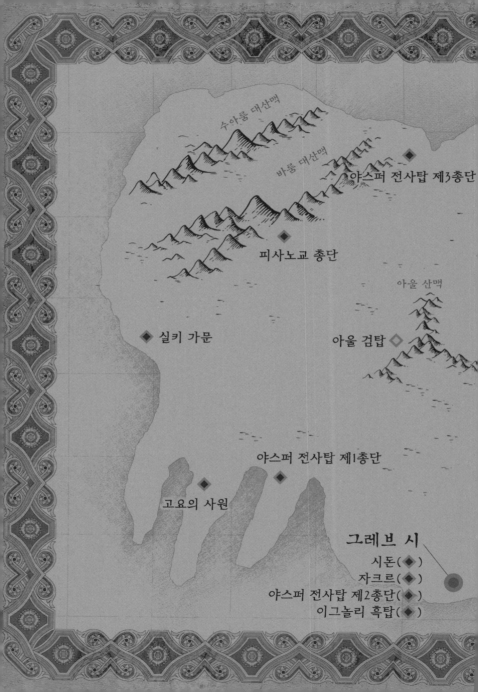

수아롱 대산맥

바롱 대산맥

야스퍼 전사탑 제3총단

피사노교 총단

아울 산맥

실키 가문

아울 검탑

야스퍼 전사탑 제1총단

고요의 사원

그레브 시
시돈(◆)
자크르(◆)
야스퍼 전사탑 제2총단(◆)
이그놀리 흑탑(◆)

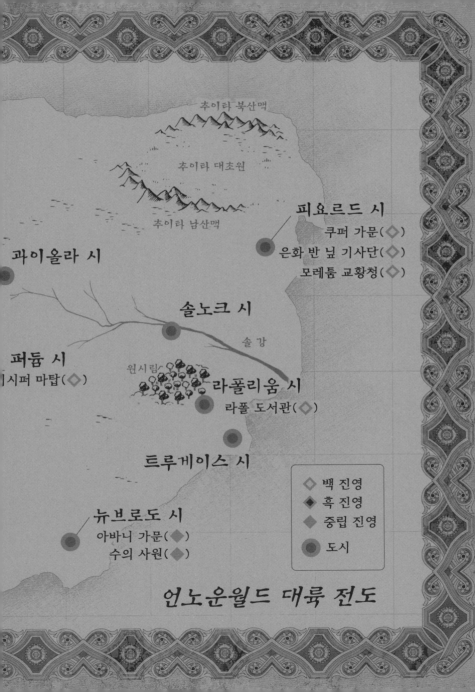

추이타 북산맥

추이타 대초원

추이타 남산맥

피요르드 시
쿠퍼 가문(◇)
은화 반 닢 기사단(◇)
모레툼 교황청(◇)

과이올라 시

솔노크 시

솔 강

퍼듐 시
시퍼 마탑(◇)

원시림

라폴리움 시
라폴 도서관(◇)

트루게이스 시

◇ 백 진영
◆ 흑 진영
◆ 중립 진영
⬤ 도시

뉴브로도 시
아바니 가문(◆)
수의 사원(◆)

언노운월드 대륙 전도

ETAN
에이탄

ORIGINAL FANTASY STORY & ADVENTURE

쥬논 판타지 장편소설

dream
books
드림북스

이탄 9 동차원의 반격

초판 1쇄 인쇄 2021년 6월 7일
초판 1쇄 발행 2021년 6월 21일

지은이 쥬논
발행인 오영배
편집 편집부
일러스트 필연
표지 · 본문 디자인 오정인
제작 조하늬

펴낸 곳 (주)삼양출판사 · 드림북스
주소 서울시 강북구 도봉로 173
대표 전화 02-980-2112 **팩스** 02-983-0660
편집부 전화 02-987-9393 **팩스** 02-980-2115
블로그 blog.naver.com/dreambookss
출판등록 1999년 3월 11일 제9-00046호

ISBN 979-11-283-9999-2 (04810) / 979-11-283-9990-9 (세트)

드림북스는 (주)삼양출판사의 판타지 · 무협 문학 브랜드입니다.

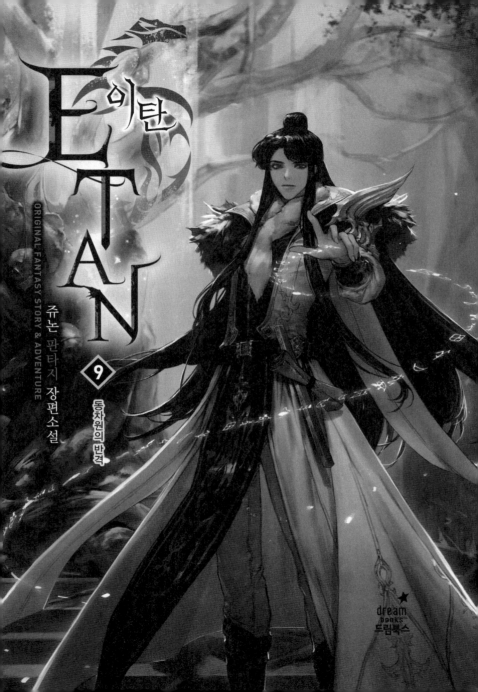

목차

사대신수

『성혈의 바하문트』
—신수: 날개 달린 사자
—상징: 공포
—속성: 흙(土), 피(血)

『불과 어둠의 지배자 샤피로』
—신수: 광기의 매
—상징: 탐욕
—속성: 불(火), 어둠(暗), 나무(木)

『포식자 하라간』
—신수: 투명 마수
—상징: 타락, 나태
—속성: 얼음(氷), 균(菌), 물(水)

『둠 블러드 이탄』
—신수: 냉혹의 뱀
—상징: 파멸
—속성: 금속(金), 빛(光)

발췌문

모든 것이 그릇되어 진실이라고는 1도 없고,

모든 것이 잘못되어 바름이라고는 찾아볼 길 없고,

모든 것이 뒤틀리어 정상이 비정상이 되고 비정상이 오히려 정상이 되는 세계. 그 그릇된 세상에서 짐승들의 왕 나라카가 노란 눈알을 희번덕거리며 돌아다닌다.

나라카의 배회 목적은 오로지 굶주림의 해소를 위한 것.

부정한 세계의 검은 드래곤이 오염된 피와 읽을 수 없는 문자로 자신만의 세상을 확장할 동안, 짐승 중의 짐승 나라카는 오로지 악의에 가득한 눈빛으로 그의 본연의 세계를 탐닉할 뿐이다.

억세고 흉측한 이빨로 그릇된 세상을 씹어서 포식할 뿐이다.

—그릇된 차원을 탐색하고 돌아온 대선인의 일지 중 발췌

제1화

능구렁이 마르쿠제

Chapter 1

남명의 선인들은 시곤에 대한 감정이 좋지 않았다. 시곤이 가져온 마보 때문에 피사노교가 남명 깊숙한 곳까지 쳐들어왔기 때문이었다.

마르쿠제는 이런 분위기를 눈치채고는, 곧바로 선수를 쳤다.

"여기 계신 대선인들게 묻겠습니다. 여러 분들께서는 시곤의 목숨을 원하십니까? 하면 녀석은 기꺼이 자신의 목을 바칠 것이외다."

이렇게 선수를 쳐놓으면 남명의 선인들이 강하게 나오지 못할 거라는 생각이 마르쿠제의 머릿속에 있는 듯했다.

음양종의 자한 선자가 싸늘하게 마르쿠제의 말을 받았다.

"그리하시지요."

"네?"

의외의 요구에 마르쿠제가 자한 선자를 정면으로 보았다.

자한은 상대의 부리부리한 눈을 똑바로 응시하며 한 자 한 자 힘주어 말했다.

"시곤의 목을 내놓으시겠다면서요? 그리 하시지요."

자한의 냉랭한 태도에 태극이 깜짝 놀랐다.

"자한 선자. 그것은……."

솔직히 태극은 자한을 말리고 싶었다. 오늘 이 자리는 남명과 혼명 사이에 결속을 다지기 위해서 마련한 것이었다. 거꾸로 결속을 해치려고 만든 것은 아니었다.

안타깝게도 자한은 태극을 쳐다보지도 않았다. 그저 냉기가 풀풀 풍기는 안색으로 마르쿠제를 노려볼 뿐이었다.

"크으음."

마르쿠제가 심각하게 입술을 깨물었다.

회의장 안의 분위기가 갑자기 차갑게 얼어붙었다. 다들 당황하여 자한 선자와 마르쿠제만 번갈아 가며 바라볼 뿐이었다.

마르쿠제가 천천히 입을 열었다.

"좋습니다."

"혁?"

"마르쿠제 탑주."

의외의 대답에 태극이 화들짝 놀랐다. 금강은 걱정스러운 표정을 지었다. 묵휘형은 두 눈을 번뜩 빛냈다. 남광 대선인은 당황했다. 심지어 시곤의 죽음을 종용했던 자한 선자마저도 흠칫했다.

자한은 진짜로 시곤의 목을 원한 것은 아니었다. 다만 현음노조의 법력이 퇴보한 것이 너무나 속이 상하고 화가 잔뜩 났을 뿐이었다. 그래서 홧김에 시곤을 죽이라는 이야기를 던졌는데, 마르쿠제가 그녀의 말을 진심으로 받았다.

'마르쿠제 탑주, 지금 나와 싸우자는 게요?'

자한은 아무런 말도 없이 마르쿠제를 노려보았다.

마르쿠제도 자한의 시선을 피하지 않았다.

두 대선인 사이에서 불꽃이 튀었다.

다른 대선인들은 자한과 마르쿠제의 자존심을 꺾지 않으면서도 이 난감한 사태를 수습할 묘안을 찾느라 다들 정신없이 머리를 굴렸다.

딱히 묘안은 떠오르지 않았다. 참으로 난감한 교착상태에서 마르쿠제가 다시 말을 꺼냈다.

"시곤이 큰 죄를 지었고, 피해를 입으신 음양종에서 시곤의 목숨으로 그 죗값을 치르라고 하시니 마땅히 그 아이의 목을 내놓아야겠지요."

"크흐음."

태극이 잇새로 곤혹스러운 신음을 흘렸다.

'이거 잘못하면 남명과 혼명 사이에 틈이 벌어지겠구나. 비록 시곤이 큰 잘못을 저지른 것은 사실이나 고의로 그런 것은 아니지 않은가. 게다가 시곤은 본인의 법력이 상하는데도 불구하고 어떻게든 사태를 수습하기 위하여 최선을 다했어. 그런데 우리 음양종의 강요로 인하여 시곤이 목을 내놓게 되면, 앞으로 우리 후배들이 이와 비슷한 잘못을 저지를 때마다 모두 목숨을 내놓아야 할 게 아닌가. 허어어. 이 사태를 어떻게 수습하지?'

마르쿠제 술탑은 최전방에서 피사노교와 맞서 싸우는 선봉이었다. 지금 이 순간에도 남명의 혈기 넘치는 수도자들이 마르쿠제 술탑과 힘을 합쳐서 전쟁에 뛰어들곤 하였다.

그런데 만약에 젊은 수도자들이 전쟁터에서 의도치 않게 실수를 한다면? 시곤처럼 실수를 저질러서 마르쿠제 술탑에게 큰 피해를 입힌다면?

마르쿠제 술탑은 실수를 저지른 자를 엄벌에 처하라고 요구할지 모른다. 시곤의 사례를 들면서 말이다.

'안 돼. 이건 자한 선자가 너무 나갔어.'

태극 대선인이 도움을 요청하는 눈빛으로 금강을 바라보

았다. 오늘 이 자리에서 자한 선자를 제어할 수 있는 사람은 금강 대선인뿐이었다.

금강이 태극의 뜻을 알아차렸다.

"어허허험."

금강이 사태를 수습하기 위하여 중재에 나서려 할 때였다. 노련하게도 마르쿠제가 교착상태를 풀 방안을 내놓았다.

"저는 한 입으로 두 말하는 것을 싫어합니다. 시곤에게 죽음으로 죗값을 받으라 요구하시니 그 말씀처럼 시곤은 죽을 겝니다."

"끄으응. 마르쿠제 탑주……."

태극이 신음하기 무섭게 마르쿠제가 재빨리 다음 말을 이었다.

"다만 시곤이 죽는 방법에 대해서 저의 제안 한 가지를 남명의 대선인들께 여쭙고자 하외다."

"제안이라고요?"

태극의 물음에 마르쿠제가 천천히 말을 이었다.

"여러 분들의 뜻에 따라 시곤이 자결을 택한다면, 그것으로 시곤의 명예는 지킬 수 있을지 모르지요. 하지만 이는 동차원 전체로 보았을 때는 분명 손해입니다. 시곤은 재능이 있는 수도자니까요. 하지만 만약 시곤에게 자결 대신 적과 싸우다 죽는 선택지를 준다면 어떠시겠습니까? 그럼 시 곤도 보다 떳떳할 게 아닙니까? 또한 동차원의 입장에서도 손해가 전혀 없고요."

"허어, 적과 싸우다 죽는 선택지라고요?"

태극이 무릎을 쳤다.

마르쿠제는 과장되게 고개를 주억거렸다.

"그렇습니다. 오염된 신의 자식들은 간악한 수법을 동원 하여 이곳 동차원을 침공했습니다. 우리가 이렇게 크게 한 방 얻어맞았는데 그냥 참고 있으면 동차원의 체면이 말이 아니지요. 하여 마르쿠제 술탑에서는 저 악마들의 본진에 특수부대를 침투시켜 복수를 꾀하고자 하외다."

"헉! 놈들의 본진에요?"

"그렇습니다. 그리고 오늘 여러 분들께서 허락하신다면 그 특수부대에 시곤을 집어넣을까 생각 중입니다."

피사노교 본진에 특수부대를 침투시켜 복수를 꾀한다?

이것은 동차원의 명예를 회복하기 위한 최선의 방법이었 다. 만약 피사노교를 상대로 복수에 성공만 한다면, 이번 전쟁으로 인하여 크게 피해를 본 종파들에게도 한결 위안 이 될 것이었다.

Chapter 2

성격이 화통한 묵휘형이 엉덩이를 들썩거렸다.

"거 훌륭한 의견이구려. 하지만 이 묵휘형은 마르쿠제 탑주의 의견에 절반만 찬성합니다."

"절반만 찬성이라? 종주님, 그게 무슨 뜻입니까?"

마르쿠제가 묵휘형에게 부리부리한 눈길을 돌렸다.

묵휘형이 마르쿠제의 위압감 넘치는 눈을 정면으로 마주 보았다. 그 모습이 마치 두 마리 수사자가 서로 기싸움을 벌이는 듯했다.

고오오오옹!

마르쿠제 대선인이 뿜어내는 가공할 기세가 묵휘형을 위에서 아래로 찍어 눌렀다.

"크흥."

묵휘형은 코웃음 한 방으로 상대의 기세를 풀어냈다. 그리곤 당당하게 말했다.

"시곤을 특수부대에 참여시키는 방안은 찬성입니다. 다만 이번 복수에 마르쿠제 술탑만 참여하는 것은 반대하외다."

"묵 종주님, 그게 무슨 의미입니까?"

"마르쿠제 탑주님도 아시다시피, 저 찢어 죽일 악마 놈

들에게 직접적으로 한 방 얻어맞은 곳은 마르쿠제 술탑이
아니라 우리 남명입니다. 그런데 남명은 겁쟁이처럼 뒤에
숨어 있고, 복수는 마르쿠제 술탑에서 대신 해준다? 하아!
만에 하나 이런 일이 벌어진다면 남명의 피 끓는 후배들이
우리 늙은이들을 어찌 보겠습니까?"

"으으음."

묵휘형의 주장에 다른 대선인들이 심각한 표정을 지었
다.

묵휘형이 낮게 깔린 음성으로 천명했다.

"나는 이 자리에서 천목종 종주 이름으로 선포합니다.
마르쿠제 탑주께서 계획하신 일에 우리 천목종은 주도적으
로 참여할 겝니다. 그로 인하여 종파의 젊은 피가 또다시
희생되는 한이 있더라도 죽노 선배님의 복수를 하고야 말
것이외다."

죽노는 천목종의 으뜸가는 대선인이었다. 그런 죽노가
피사노교와의 전쟁통에 엄청난 피해를 입었다. 천목종의
제자들도 많이 죽었다.

종주인 묵휘형은 이 원한을 척목종이 직접 갚아야 한다
고 생각했다. 복수를 마르쿠제 술탑에게 맡겨만 놓는 것은
비겁한 처사였다.

묵휘형의 말에 검룡이 남광 대선인을 홱 돌아보았다.

검룡은 제련종의 차석 종주였다. 이 자리에서 제련종을 대표하는 사람은 엄연히 남광이 아니라 검룡이었다.

하지만 검룡은 이제 고작 선5급일 뿐.

대선인도 아닌 검룡이 쟁쟁한 선배님들 앞에서 함부로 나설 수는 없었다. 하여 검룡은 제련종의 장로인 남광 대선인에게 눈빛으로 도움을 요청했다.

'우리 제련종도 큰 타격을 입지 않았습니까? 마땅히 우리도 우리 손으로 복수를 해야지요. 장로님, 아니 그렇습니까?'

검룡의 눈은 이렇게 주장하고 있었다.

남광이 잠시 고민했다.

'만약 우리가 직접 복수에 뛰어든다면?'

종파의 중요 인물들이 피사노교의 본진에 침투했다가 대부분 죽게 될 것이다. 이건 제련종 입장에서 큰 타격이었다.

'만약 우리가 복수를 포기한다면? 그런 상태에서 천목종과 마르쿠제 술탑만 복수에 나선다면?'

그 즉시 제련종은 천하의 겁쟁이가 될 것이고, 종파의 제자들도 사기가 뚝 떨어질 것이 뻔했다.

'과연 어느 쪽을 선택해야 하지?'

쉽지 않은 선택이었다. 남광 대선인이 쉽게 결정을 내리지 못하고 입술을 꽉 깨물었다.

그때 금강이 먼저 나섰다.

금강은 온화하고 현명한 사람이었다.

하지만 전투에 앞장서는 금강수라종의 특성상, 이번 복수에서 발을 뺀다는 것은 있을 수 없는 일이었다. 당장 금강이 뭐라고 말리건 말건, 종파의 피 끓는 후배들은 개인적으로라도 복수를 하겠다며 팔을 걷어붙일 것이다.

'그렇게 중구난방으로 풀어놓는 것보다 마르쿠제 술탑과 힘을 합쳐서 한 방에 큰일을 도모하는 편이 낫겠지?'

금강 대선인은 이런 마음으로 입을 열었다.

"금강수라종에서도 복수를 주도적으로 할 것이외다. 오염된 악마 녀석들에게 한 방 먹었으니 그 열 배로 갚아줘야겠지요. 어허허험."

금강의 말을 듣자 검룡의 눈이 더욱 강렬하게 타올랐다.

남광 대선인은 결국 검룡의 뜻에 동조할 수밖에 없었다.

"크허험. 우리 제련종을 빼놓지 마십시오. 우리도 놈들로부터 뺨을 크게 얻어맞았으니 놈들의 다리몽둥이를 분질러 버릴 것입니다."

남명의 사대종파 가운데 세 곳이 복수에 뛰어들었다.

이제 음양종만 남았다.

태극이 자한 선자를 빤히 쳐다보았다. 그 눈빛에 원망의 기색이 희미하게 감돌았다. 자한 때문에 음양종이 곤란하게 되었기 때문이다.

자한 선자는 지난 전쟁의 화풀이를 시곤에게 하려고 들었다. 남명의 진짜 적은 피사노교였다. 그러므로 화풀이를 하려면 피사노교에 해야 하는데, 자한은 엉뚱하게도 힘없는 시곤을 화풀이의 희생양으로 삼았다.

물론 태극이 자한 선자의 심정을 모르는 바는 아니나, 음양종의 대선인인 자한이 이렇게 속 좁게 굴면 안 되는 일이었다.

이런 상황에서 나머지 세 종파가 피사노교에게 복수를 하겠다며 깃발을 들었다. 그러니 음양종은 다른 종파들보다 더 높게 깃발을 치켜들 수밖에 없었다.

시곤을 강하게 처벌해야 한다고 주장하면서 복수심에 불타오르던 음양종이, 진짜 적인 피사노교 앞에서는 꼬리를 만다?

이것은 있을 수 없는 일이었다. 만약 그런 짓을 했다가는 음양종이 사대종파 중의 으뜸이라는 자부심이 깨지게 될 상황이었다.

결국 음양종은 체면을 지키기 위해서라도 다른 세 종파보다 더 중요한 인재를 투입하여 만천하에 복수 의지를 선명하게 드러낼 수밖에 없었다.

자한은 그제야 돌아가는 분위기를 눈치챘다.

'크윽.'

자한이 곤혹스럽게 입술을 깨물었다.

오늘 회의 내용을 기록 중이던 선봉 선자도 입술을 꼭 깨물었다.

'이건 빼도 박도 못해. 어머니께서 실수를 하신 거야.'

선봉 선자는 붓놀림을 잠시 멈추고 이맛살을 곱게 찌푸렸다.

결국 태극 대선인이 복수에 동참했다.

Chapter 3

"지난 전쟁 때문에 우리 음양종이 얼마나 큰 피해를 입었는지 다들 아실 겝니다. 그러고도 복수에 앞장서지 않는다면 우리가 얼굴을 들고 살 수 없겠지요. 음양종은 이번 복수에 핵심 전력을 투입하여 주도를 하겠습니다."

태극 대선인은 음양종 핵심 전력의 투입 의사를 밝혔다.

'아아아!'

자한 선자가 얼굴을 와락 구겼다.

대선인들이 법력 대신 혀로 한바탕 전투를 펼치는 동안,

이탄은 골똘히 생각에 잠겼다.

오늘 이탄은 발언권이 없는 터라 입 한 번 벙긋할 수 없었다. 만약 이탄에게 발언의 기회가 주어졌다면 그대로 손을 들고 특수부대에 자원했을 것이다. 이는 멸정 대선인의 신신당부 때문이었다.

얼마 전, 멸정 대선인은 이탄을 수련실 앞으로 불렀다.

"조만간 네 앞에 서쪽에서 온 귀인이 나타날 것이니라. 그 귀인이 네가 바라는 바가 있을 것인즉, 너는 귀인의 뜻에 따르도록 하여라. 그러면 귀인이 네게 대가를 주거나, 혹은 대가를 얻을 방법을 알려줄 것이니라. 너는 그 대가를 취해서 내게 가져오면 되느니라."

멸정은 미래를 점친 다음, 그 점괘를 바탕으로 이탄에게 이와 같은 요구를 하였다.

"알겠습니다. 제자는 기꺼이 이 일을 해낼 것입니다."

이탄은 망설임 없이 대답했다. 그는 스승을 위해서라면 어느 정도의 위험은 감수할 요량이었다.

하지만 그런 이탄도 스승의 점괘가 이토록 효험이 뛰어날 줄은 예상하지 못했다. 지금 이 순간 이탄은 스승의 점괘에 감탄하는 중이었다.

'스승님의 점괘가 참으로 신통방통하구나. 어떻게 이렇게 딱딱 상황이 맞아떨어지지?'

물론 이탄의 마음 한구석에는 꺼림칙한 점이 존재했다.

'혹시 피사노교에 침투했다가 내 정체가 발각되기라도 한다면? 혹시 피사노 싸마니야 님이나 그 혈족들과 마주치게 된다면?'

이탄은 정체가 발각되는 것에 대한 우려를 늘 안고 살았다.

그럼에도 불구하고 이번 작전은 위험을 무릅쓸 만한 가치가 있는 일이었다.

'이번 기회에 스승님을 도와드려야지. 그래야 백팔수라의 마지막 제6식에 대해서 스승님께 꼬치꼬치 물어볼 수 있지. 그 밖에도 스승님께 배우고 싶은 것들이 참 많아. 나는 현묘한 법술에 대해서 더 많은 것을 알고 싶다고.'

이탄은 나름 욕심이 많은 언데드였다. 그 욕심을 채울 만큼 운도 좋아서, 이탄은 여러 차원에서 수많은 기연들을 만났다.

예를 들어서, 간씨 세가에서 이탄이 얻어낸 것 가운데 가장 큰 기연은 붉은 침을 통해서 확보한 네 가지 권능이었다.

복리증식.

분혼기생.

만금제어.

적양갑주.

지금까지 이탄이 확보한 모든 권능들 가운데 이 네 가지 권능이 가장 뛰어났다. 또한 이탄은 간씨 세가에서 (진)마력순환로와 광정, 어쓰퀘이크와 같은 마법들도 익혔다.

피사노교에서도 이탄은 엄청난 기연들을 얻어내었다.

'그 가운데 압권은 단연 만자비문이지.'

만자비문은 그 자체가 이탄을 마격의 주인이자 부정 차원의 주인, 즉 마신으로 만들어주는 도구였다.

이어서 이탄은 아나테마의 악령를 통하여 악마사원의 힘을 물려받았다. 악마사원은 고대 문명을 멸망으로 이끌었던 무시무시한 단체였다. 그만큼 지식의 수준도 높을 수밖에 없었다. 이탄은 아나테마의 악령과 일수도장(?)을 찍으면서 악마사원의 저주마법들을 갈취했다. 또한 이탄은 악마사원이 자랑하는 삼대법보도 대부분 손에 넣었다.

모레툼 교단에서도 이탄은 치유의 가호와 은신의 가호, 방패의 가호, 지둔의 가호, 연은의 가호를 하사받았다.

아울 검탑은 이탄과 인연이 닿았으나, 이탄 스스로 거리를 두었다. 이탄이 검술에는 별 관심이 없는 까닭이었다.

이탄은 시시퍼 마탑과도 인연을 맺었다. 이탄은 시시퍼 마탑의 열두 지파 가운데 하나인 고체계 애니마 메이지의 적통을 이었으며, 금속을 다루는 마법 분야에서 발군의 실력을 드러내었다.

하지만 이탄이 가장 큰 흥미를 보인 분야는 다름 아닌 동차원의 법술이었다. 이탄은 법술이 정말 재미있었다. 법술에 대한 이탄의 재능은, 단순히 천재라는 수식어로는 표현할 수 없을 만큼 대단한 것이었다.

'피사노교에 침투하는 일은 위험하지. 당연히 싫지. 평소의 나였다면 절대 하지 않았을 거야. 아무리 금화를 많이 준다고 해도 절대 안 해.'

비록 이탄이 금화를 밝히기는 하지만, 그보다는 안전 추구가 우선이다. 특히 이탄은 목숨이 위험한 것은 참을 수 있어도 정체가 발각될 일만큼은 절대로 싫어했다. 그래서 이탄은 위험을 무릅쓴 적이 별로 없었다.

그런 이탄에게 새로운 지향점이 생겼다.

정체가 발각될 위험 .VS. 법술의 발전

이상 두 가지를 저울대에 올려놓으면, 이탄의 마음속에서는 놀랍게도 저울추가 '법술의 발전' 쪽으로 기울었다.

하여 이탄은 망설임 없이 특수부대 지원을 결심했다.

그때 마르쿠제가 새로운 제안을 내놓았다.

"시곤이 특수부대에 참여하는 것은 마땅한 일입니다. 아마도 특수부대 대원들은 적진에 침투하여 큰 타격을 입힌 다음, 대부분은 살아서 돌아오지 못하겠지요. 저는 특수대원들의 생존 확률을 20퍼센트 미만으로 봅니다. 10명 중 8명 이상 죽는다는 의미입니다."

마르쿠제가 언급한 20퍼센트를 남명의 단위로 바꿔서 말하면, 생환 확률이 단 2할 미만이라는 소리였다.

"으으음."

남명의 대선인들이 입술을 꾹 다물었다.

마르쿠제는 여기서 잠시 말을 끊은 뒤, 삼엄한 눈빛으로 대선인들을 둘러보았다.

"하지만 죽음이 두려워서 어중이떠중이들만 특수부대에 넣는다면, 어찌 적들에게 제대로 된 복수를 하겠습니까? 저는 제 손녀인 비앙카를 특수부대에 참여시킬 계획입니다."

"허억?"

"뭐라고요?"

대선인들이 헛바람을 집어삼켰다.

'오늘 마르쿠제 이 늙은이가 아예 작성을 하고 왔구나.'

태극은 아차 싶었다.

이제 보니 마르쿠제는 시곤을 절실하게 살리고 싶은 모양이었다. 시곤을 죽을 자리에 밀어 넣는 것이야말로 거꾸로 시곤을 살리는 구명줄이 될 것임을 태극 대선인은 한눈에 꿰뚫어 보았다.

조금 전 남명의 사대종파 대선인들은 제 입으로 선포했다.

"마르쿠제 술탑에게만 복수를 맡기는 것은 비겁하다. 우리 종파는 주도적으로 복수에 뛰어들 것이다."

이것이 사대종파 대선인들의 주장이었다.

그런데 마르쿠제 술탑에서는 탑주의 친손녀가 특수부대에 참여한단다.

이런 상황에서 남명의 각 종파들이 마르쿠제 술탑에 뒤처지지 않으려면? 당연히 각 종파에서도 비앙카에 걸맞은 중요 인물이 특수부대에 들어가야 하리라. 예를 들어서 자한 선자의 딸인 선봉 선자라든가, 멸정 대선인의 제자인 이탄이라든가.

Chapter 4

태극이 내심 혀를 내둘렀다.

'그렇게 중요한 인물들을 특수부대에 집어넣고 나면? 각 종파에서는 어떻게든 특수부대의 생환 확률을 높이기 위해서 기를 쓸 것이 아닌가. 그러다 보면 자연히 시곤의 생존 확률도 덩달아 높아질 게지. 끌끌끌. 이제 보니 마르쿠제

탑주가 아주 여우 중의 상여우였구먼. 끌끌끌끌.'

이어지는 생각이 태극의 머릿속을 가득 채웠다.

'게다가 마르쿠제 탑주는 단순히 특수부대의 생존 확률을 높이기 위해서 우리 남명의 인재들을 끌어들이려는 게 아니야. 각 종파에서 가장 뛰어난 인재들이 특수부대에 참여하다 보면, 진짜로 오염된 악마들을 상대로 큰 공을 세울 수도 있을 터! 만약 그렇게만 된다면 남명의 그 누구도 더 이상 시곤에게 죄를 물을 수 없을 게야. 죄를 상쇄시킬 만큼의 공을 세웠으니까 말이야.'

결국 마르쿠제는 시곤을 살릴 길을 찾아낸 셈이었다.

물론 이것은 마르쿠제의 작전이 성공했을 때의 이야기고, 실패할 경우는 그만큼의 타격도 컸다.

'그런데 말이다, 이렇게 일을 키웠다가 제자인 시곤뿐 아니라 손녀인 비앙카마저 죽게 된다면 어찌할 셈이지? 마르쿠제 탑주는 손녀의 목숨을 걸 만큼 시곤을 아끼는 것일 꼬? 허어어, 그것참. 배짱 한번 두둑하구나.'

태극은 남몰래 혀를 내둘렀다.

바로 그때였다. 묵휘형 종주가 또다시 상황에 개입했다.

"마르쿠제 탑주께서 기꺼이 손녀딸을 위험에 내보내는데 우리 천목종이 뒤처질 수는 없겠지요. 물론 종파에 돌아가서 다른 장로님들과 좀 더 상의를 해봐야 특수부대 명단을 확정할 수 있겠습니다만, 아마도 우리 천목종을 대표하여 특수부대에 참여할 사람은 여기 있는 죽룡이 될 겝니다."

"커헉!"

"진짜?"

대선인들이 헛바람을 집어삼켰다.

죽룡은 천목종의 미래였다. 천목종에서 대선인들 다음으로 귀하게 여기는 존재가 바로 죽룡이었다.

한데 묵휘형 종주는 그 중요한 죽룡을 서슴없이 사지로 몰아넣었다. 대선인들이 휘둥그레진 눈으로 죽룡을 바라보았다.

죽룡이 당차게 대답했다.

"제가 감히 이 자리에 계신 기라성 같은 선배님들 앞에서 혀를 놀릴 처지는 아닙니다. 하지만 무례임을 알면서도 제 의지를 말씀드리겠습니다. 저는 종주님의 명을 받들어 기꺼이 특수부대에 참전할 것입니다. 설령 이번 작전으로 인하여 제 목숨이 스러진다고 하더라도 괜찮습니다. 저는 어떻게든 스승님의 복수를 하고야 말 텝니다."

죽룡의 얼굴은 강력한 의지로 가득했다.

보아하니 죽룡과 묵휘형은 이미 이 일에 대해서 의논을 마친 모양이었다.

'어이쿠, 망했구나.'

태극이 아찔함을 느꼈다.

마르쿠제가 친손녀를 특수부대에 넣었다. 뒤를 이어서 천목종의 묵휘형 종주는 종파의 미래인 죽룡을 서슴없이 사지로 보낸다고 한다.

'조금 전에 내가 뭐라고 했더라? 우리 음양종이 다른 종파보다 더 적극적으로 복수를 주도하겠다고 했던가? 그러면 최소한 우리도 붕룡을 보내야 하는데?'

붕룡은 태극 대선인의 제자였다.

태극은 자신의 입을 쥐어뜯고 싶은 심정이었다. 이 자리에서 음양종이 체면을 구기는 한이 있더라도 태극은 붕룡을 피사노교에 보낼 수 없었다. 자연스럽게 태극의 마음속에 자한 선자를 원망하는 마음이 생겼다.

'빌어먹을. 이게 모두 자한 선자 때문이다. 자한 선자 때문에 사태가 더럽게 꼬였어. 하아아아아.'

이번에는 금강이 나섰다.

"묵휘형 종주께서 정말 큰 결심을 하셨구려. 그렇다면 우리 금강수라종에서도 차석 종주인 철룡이 언급되어야 할 것이나, 안타깝게도 철룡 대선인은 지금 법력을 다스리는 중대한 고비를 겪고 있어서 특수부대에 참여가 어려울 듯 하외다. 내가 지금 당장 이 자리에서 누군가의 이름을 대지는 못하겠으나, 금강수라종의 명예를 걸고 약속하리다. 금강수라종도 이번 복수를 위하여 대선인의 제자나 혈육을 반드시 특수부대에 넣을 것이외다."

천목종에 이어서 금강수라종도 도장을 꽝 찍었다. 제련종의 검룡은 가슴이 뜨겁다 못해 활활 타오를 지경이었다.

검룡이 계속 눈짓을 보내자 남광 대선인은 어쩔 줄 몰랐다.

하지만 결국 남광도 입을 열었다.

"허어어. 다들 이러시니 어쩔 수 없구려. 다들 아시다시피 여기 있는 검룡 차석 종주는 우리 제련종의 기둥이라오. 하지만 어쩌겠소? 분위기가 이렇게 달아올랐고, 차석 종주 스스로도 참전을 하지 못해 안달이 났음이니. 허어어어어. 우리 제련종에서는 검룡 차석 종주를 비롯하여 종파의 핵심 인물들이 특수부대에 들어갈 게요. 허어어어어."

남광 대선인은 끝내 한숨을 감추지 못했다. 지금 남광의 머릿속은 한창 복잡했다. 남광의 당혹스러운 속내가 일그러진 얼굴 표정을 통해 그대로 드러났다.

'젠장. 망했구나. 망했어. 종파에 돌아가서 다른 장로들에게 이 일이 어떻게 설명하지? 종주님께는 또 뭐라고 설명할꼬?'

사색이 된 남광과 달리 검룡의 얼굴은 흥분으로 인하여

붉게 달아올랐다.

이제 사람들의 시선이 음양종에 쏠렸다.

"후우우우—."

태극이 참았던 숨을 무겁게 내쉬었다.

옆에서는 자한 선자가 주먹을 꼭 쥐고 부들부들 떨었다.

태극은 그런 자한을 힐끗 노려본 다음, 침통하게 외쳤다.

"우리 음양종은 피와 살을 바쳐 남명을 지켜왔소. 이번에 오염된 악마들이 침공했을 때에도 우리 음양종의 두 분 노조께서 목숨을 걸고 싸우시지 않으셨다면 결과가 어찌되었겠소? 그런 음양종이외다. 특수부대가 제아무리 생환확률이 낮다고는 하나, 우리 음양종에서 미리 겁을 집어먹고 쭉정이만 보낼 리가 있겠소? 나의 목숨과도 같은 제자 붕룡이 기꺼이 참전할게요."

"오오오!"

"역시."

붕룡의 참전 소식에 다들 탄성을 흘렸다.

붕룡도 가슴 높이에서 주먹을 꽉 움켜쥐었다.

제자의 결연한 모습이 태극을 울컥하게 만들었다.

'내가 제자 하나는 잘 키웠구나.'

태극은 붕룡이 자랑스럽기도 하고, 또 걱정스럽기도 하
였다.

Chapter 5

마침내 태극이 무언가를 결심했다. 태극은 독한 눈빛으
로 입을 열었다.

"또한 우리 종파에서 귀히 여기는 선봉 선자 또한 기꺼
이 특수부대에 이름을 올릴 거외다."

콰콰쾅!

선봉 선자의 귀에 천둥 떨어지는 소리가 들리는 듯했다.

선봉 선자뿐만이 아니었다. 자한 선자의 귀에도 마른하
늘에 날벼락 떨어지는 소리가 들렸다.

'아니, 태극 종주!'

자한 선자가 하얗게 질린 얼굴로 태극을 노려보았다.

태극이 뿌연 눈으로 자한을 응시했다.

"자한 선자께서는 어찌 생각하시오?"

"그건!"

대놓고 지목을 당하자 자한 선자의 얼굴이 푸들푸들 떨
렸다.

'내 딸은 귀해요. 그러니까 그런 위험한 곳에는 절대로 보낼 수 없어요. 마르쿠제 대선인의 친손녀가 특수부대에 들어가건 말건, 천목종의 죽룡이나 금강수라종의 이탄, 제련종의 검룡이 참전하건 말건, 그리고 태극 종주의 애제자인 붕룡이 목숨을 내걸건 말건, 내 딸만큼은 예외예요.'

솔직히 자한의 머릿속에서는 이런 말들이 맴돌았다.

하지만 자한도 상식이 있는 사람이었다. 지금 이 분위기에서 자한이 대놓고 이런 말을 한다면, 이것은 현음노조의 얼굴에 먹칠을 하는 것이고, 한 발 더 나가서는 음양종의 명예를 구정물에 처박는 셈이었다.

게다가 자한이 이런 주장을 했다가는 앞으로 선봉 선자는 천하의 겁쟁이라고 손가락질을 받을 것이 뻔했다.

자한은 땅을 치고 후회했다.

'크으윽, 이럴 줄 알았으면 시곤을 사지로 몰아넣는 것이 아닌데. 선봉아, 어쩜 좋니. 마르쿠제 저 능구렁이 같은 늙은이가 이런 음흉한 속셈을 숨기고 있는 줄도 모르고. 흐으윽. 엄마가 미안해.'

자한이 애틋한 눈빛으로 딸을 바라보았다.

지금 그녀의 딸인 선봉 선자는 갑작스러운 상황 변화에 멍하게 넋을 놓는 중이었다. 그러다가 무언가 결심을 한 듯 두 주먹을 꽉 움켜쥐었다.

'어머니, 저는 괜찮아요. 기꺼이 참전할게요.'

선봉이 참전 의사를 눈빛으로 밝혔다.

이제는 자한 선자도 어쩔 수 없었다. 그녀는 두 눈을 꽉 감았다가 다시 떴다.

"조금 전 태극 종주께서 말씀하셨다시피, 선봉 선자도 당연히 참전할 겁니다. 하지만 마르쿠제 탑주님도 똑똑히 명심하세요. 남명의 미래 기둥들을 싸잡아서 위험에 몰아넣고도 오염된 악마들에게 제대로 한 방 먹이지 못한다면? 만약 우리 아이들만 피해를 보고 제대로 된 성과를 얻어내지 못한다면? 그럼 탑주님은 두 눈으로 보게 될 겁니다. 딸을 잃은 어미가 어떤 무참한 짓을 하는지 똑똑히 보게 될 거란 말입니다."

자한은 시퍼런 눈빛으로 마르쿠제를 노려보았다. 그녀의 말 한 마디 한 마디에서 북해의 빙하보다 더 차가운 냉기가 풀풀 풍겼다.

태극 대선인이 움찔했다.

"으으음. 알겠소."

마르쿠제도 심각하게 굳은 표정으로 고개를 끄덕였다.

이번에도 천목종의 묵휘형 종주가 나서서 냉랭한 분위기를 깨뜨렸다.

"허허험. 내가 마르쿠제 탑주에게 하나만 물어보리다."

"말씀하시지요. 무엇이 궁금하십니까?"

마르쿠제는 자한 선자의 눈길에서 재빨리 벗어난 다음, 묵휘형에게 시선을 돌렸다.

"오염된 신의 자식들은 피 속에 특별한 표식이 있다고 들었소. 바로 그 표식 때문에 지금까지 우리의 첩자들이 적진 깊숙이 침투하지 못했던 것 아니겠소?"

"그렇지요."

"하면, 이번에는 무슨 묘수라도 있소이까? 악마의 사도들에게 들키지 않고 특수부대를 적진 깊숙이 침투시킬 묘수 말이외다. 허허험."

묵휘형의 질문이 정곡을 찔렀다.

다들 부리부리한 눈으로 마르쿠제를 바라보았다.

만약 마르쿠제의 대답이 신통치 않다면?

그 즉시 대선인들은 작전의 미흡함을 핑계로 삼아 종파의 미래 기둥들을 이번 작전에서 제외할 요량이었다.

마르쿠제가 품에서 조그만 유리병을 하나 꺼내들었다. 유리병 안에는 검붉은 액체가 찰랑거렸다.

"이게 무엇이오?"

태극 대선인이 물었다.

마르쿠제는 대답 대신 빙그레 웃으며 비앙카를 바라보았다. 비앙카가 여러 대선인들의 시선을 한 몸에 받은 채 도

톰한 입술을 열었다.

"감히 제가 나설 자리는 아니겠으나, 무례를 무릅쓰고 한 말씀만 올리겠습니다. 이 액체는 제가 법술과 마법을 조합하여 만들어낸 흑혈청이라고 하옵니다."

"흑혈청?"

태극이 고개를 갸웃했다.

다른 대선인들도 비앙카의 말에 관심을 보였다. 특히 이탄은 법술과 마법의 조합이라는 말에 귀가 번쩍 뜨였다.

'뭐야? 법술과 마법을 조합할 수 있다고? 마르쿠제 술탑에서는 그런 방면으로도 연구를 하는 모양이지? 이거 관심이 쏠리는걸.'

이탄은 흥미진진하게 눈을 빛냈다.

비앙카가 차분히 설명을 이었다.

"이 흑혈청을 마시는 즉시 복용자의 혈관 속에서 변화가 발생합니다. 멀쩡하던 피가 오염된 신, 즉 검은 용의 피처럼 변질되는 것이지요."

"뭣이라?"

"허어, 세상에 그런 비법이 다 있던가?"

대선인들이 깜짝 놀랐다.

비앙카는 은근히 대선인들의 반응을 즐겼다. 그러나 겉으로는 아무런 내색도 없이 공손하게 대답했다.

"흑혈청을 마신다고 하여 복용자의 피가 실제로 오염되는 것은 아닙니다. 다만 오염된 것처럼 눈속임을 할 뿐이지요. 하지만 눈속임이라고 해서 무시할 수는 없습니다. 흑혈청만으로도 적들을 속이기에는 충분합니다. 그동안 확인한 바에 따르면, 오염된 신의 사도들이 제아무리 집중하여 관찰하여도 이 흑혈청으로 만들어진 피가 가짜임을 파악하지 못하였습니다. 덕분에 저희 마르쿠제 술탑에서는 적진에 스파이, 아니 간자들을 여러 명 침투시킬 수 있었습니다."

Chapter 6

마르쿠제가 비앙카의 말을 이어받았다.

"손녀의 말은 사실이외다. 우리 술탑에서는 지난 5년 동안 이 흑혈청을 이용하여 다양한 시험을 해보았소이다. 그런데 단 한 차례도 적들에게 간자의 정체가 발각된 적은 없었지요. 허허허."

마르쿠제의 표정에는 손녀에 대한 자랑이 가득했다.

"그게 사실이오?"

묵휘형이 질문과 함께 손매를 펄럭거렸다.

탁자 위에 놓인 흑혈청이 휘리릭 날아가 묵휘형의 손아귀 안으로 빨려 들어갔다. 묵휘형은 유리병 속에서 찰랑거리는 흑혈청을 빤히 내려다보았다. 그리곤 마르쿠제에게 몇 가지 질문을 연속해서 던졌다.

"혹시 이 혈청을 복용하면 부작용이 있소?"

"부작용?"

"이를 테면 법력에 손상을 입는다든가, 성격이 포악하게 변한다든가."

"아니오. 지금까지 부작용이 발생한 사례는 단 한 차례도 없었소이다."

마르쿠제가 자신 있게 대답했다.

묵휘형이 피식 웃었다.

"흥. 탑주께서 그리 자신하시니 다른 것을 묻겠소이다. 마르쿠제 술탑에서 이 흑혈청을 몇 차례나 실험해본 게요? 혹시 고작 서너 번만 실험하고 부작용이 없다고 말하는 것은 아니오?"

"크흐흠. 묵휘형 종주의 말씀이 과하시구려. 우리는 최소한 수백 번 이상의 임상실험을 거쳤소이다. 크흠."

마르쿠제가 자못 불쾌하다는 듯이 인상을 썼다. 마르쿠제의 전신에서 뻗어 나오는 기세가 소름 끼치도록 강렬했다.

하지만 묵휘형은 마르쿠제의 노여움에는 전혀 신경을 쓰지 않았다. 그저 자신이 묻고 싶은 것만 캐물었다.

"흑혈청의 효과는 얼마나 오래 지속되오?"

"크흐흠. 한번 마시면 석 달은 너끈 하외다."

마르쿠제가 억지로 화를 억누르며 답했다.

묵휘형은 비로소 만족스러운 표정을 지었다.

"석 달이라? 부작용도 없고 약효도 제법 오래 지속되는구려. 이 정도라면 작전을 펼치기에는 적당하겠소이다."

"커험. 그렇소이다. 또한 특수부대를 작전에 투입하기 전, 우리 마르쿠제 술탑의 요원들을 적진 안에 미리 침투시켜서 사전정지작업을 해놓을 예정이오."

"호오? 마르쿠제 술탑에서 그렇게 미리 터를 닦아주면 좋지. 특수부대가 작전을 펼치기가 한결 수월해지겠구려? 어허허허허."

묵휘형이 흥미로운 듯 상체를 앞으로 기울였다.

다른 대선인들도 덩달아 마르쿠제의 말에 집중했다.

마르쿠제가 선뜻 대답했다.

"이 마르쿠제가 명예를 걸고 약속하리다. 사전 작업은 우리 마르쿠제 술탑에서 책임지고 진행할 것이오. 또한 나는 특수부대 대원들이 늦어도 한 달 이내에 작전을 모두 끝마치고 철수하는 것을 목표로 삼고 있소이다. 물론 대원

들 가운데 일부는 불가피하게 희생될지도 모르겠지만 말이
오."

마르쿠제는 작전 기한을 딱 한 달로 못을 박았다. 이렇게
기한을 설정하자 막연하게만 느껴지던 특수부대 작전이 상
당히 구체적으로 다가왔다.

더군다나 마르쿠제의 설명은 무척 희망적이었다. 마지막
에 덧붙인 한 마디를 제외하면 말이다.

"으으음."

대선인들은 곰곰이 상념에 잠기기도 하고, 앞뒤 상황을
재보기도 하였다.

결론은 모두 똑같았다.

'아무래도 이번 특수부대에 종파의 미래들을 투입할 수
밖에 없겠구나.'

'제기랄. 발을 뺄 명분이 없네. 마르쿠제 늙은이가 이렇
게 판을 다 깔아주었으니 여기서 발을 뺐다가는 겁쟁이라
고 손가락질 받을 게야. 쩌어업.'

'어차피 피할 방도가 없다면 좀 더 적극적으로 나설 수
밖에. 상급법보와 상급부적을 아끼지 말고 풀어야겠어. 그
래야 특수부대원들의 생환 확률을 조금이라도 더 높일 수
있겠지. 크허허험.'

'이거 이러다가 정말로 복수에 성공하는 것 아냐? 그렇

다면 특수부대에 참전했던 수도자들은 정말 큰 명예와 경험을 얻는 것인데. 어떻게 하지?'

대선인들은 각자의 종파를 위하여 열심히 머리를 굴렸다.

'후후훗.'

그런 대선인들을 훑어보면서 마르쿠제가 미세하게 입꼬리를 끌어올렸다.

특히 마르쿠제는 묵휘형 종주와 눈을 마주치고는 짧게 눈인사를 주고받았다. 빠르게 스쳐 지나가는 두 거목들의 눈빛이 예사롭지 않았다.

두 대선인의 눈빛 교환은 아주 찰나에 벌어진 일이라 아무도 그 모습을 보지 못했다. 오직 이탄만이 이 특별한 장면을 목격했다.

'오호? 이것 봐라?'

이탄이 흥미롭게 눈을 반짝였다.

'처음에는 묵휘형 종주님이 마르쿠제 탑주님과 날카롭게 신경전을 벌이는 것 같았단 말이지. 한데 돌이켜 보니 그게 다 연기였더란 말인가?'

보아하니 마르쿠제와 묵휘형, 두 대선인들은 이미 사전에 모종의 합의를 한 듯했다. 이탄은 지금까지 회의장에서 벌어졌던 일들을 머릿속으로 되감아 보았다.

‘아!’

이탄의 머릿속에 반짝 불이 켜졌다.

‘이거 참. 곰곰이 되짚어 보니 마르쿠제 님이 궁지에 몰릴 때마다 묵휘형 종주님이 나서서 상황을 풀어주었네.’

이탄이 기억하는 바에 따르면, 마르쿠제가 처음에 특수부대 이야기를 꺼냈을 때 대선인들 가운데 가장 먼저 나서서 죽룡을 특수부대에 투입하겠노라고 선포한 사람이 바로 묵휘형이었다. 조금 전, 자한 선자가 마르쿠제와 대립각을 세울 때 불쑥 끼어들어 화제를 돌려준 사람도 다름 아닌 묵휘형이었다.

이렇듯 묵휘형 종주가 적절하게 바람을 잡아준 덕분에 피사노교에 대한 복수의 불길이 활활 타오르기 시작했다.

이탄이 속으로 웃음을 지었다.

‘하하하. 이제 보니 귀인이 한 명이 아니었구나. 마르쿠제 탑주님뿐 아니라 묵휘형 종주님도 귀인인가 봐. 하하하하.’

Chapter 7

대선인들의 갑론을박은 그 후로도 한동안 지속되었다.

선봉 선자는 떨리는 마음을 애써 가라앉히며 회의장에서 나온 말들을 모두 기록했다. 자한 선자는 뒤통수를 대차게 한 방 얻어맞은 표정으로 아무 소리도 하지 않았다. 이탄은 흥미진진하게 대선인들의 논쟁을 지켜보았다.

그렇게 시간이 잘도 흘렀다.

테두리만 남은 태양이 서쪽 하늘을 붉게 물들이며 산 너머로 가라앉았다. 사방이 어둑해지자 비로소 회의가 마무리되었다. 각 종파의 대선인들은 아직도 할 이야기가 많이 남아 있었으나, 일단 오늘은 여기서 멈추기로 결정했다.

"뒷이야기는 내일 계속하십시다."

태극이 먼저 자리를 털고 일어섰다.

회의가 종료되었으니 이제 친목을 도모할 시간이었다. 태극 대선인이 음양종을 대표하여 연회의 시작을 알렸다.

"종파에 사상자가 많아 연회를 성대하게 준비하지는 못했습니다. 하지만 귀하신 분들을 그냥 돌려보낼 수는 없지 않겠습니까? 간단하게 다과를 마련하였으니 위층으로 올라가시지요. 특히 멀리서 와주신 마르쿠제 탑주님께선 꼭 연회에 참석해주시기를 바라외다."

"종주님, 감사한 말씀이십니다."

마르쿠제가 선뜻 초대에 응했다.

태극 대선인은 다른 선인들에게도 참석을 권했다.

"자, 다른 분들도 함께 가시지요. 탑의 88층에 준비를 해놓았습니다."

"그러십시다."

"모두 움직이시지요."

대선인들이 우르르 자리에서 일어났다.

슈웅, 슝, 슝, 슈웅—.

대선인들은 탑의 맨 꼭대기 층에 준비된 연회장으로 단숨에 자리를 옮겼다. 마치 순간이동을 하는 듯한 모습들이었다.

'햐아, 멋있구나.'

이탄이 진심으로 감탄했다.

대선인의 경지에 이르지 못한 나머지 선인들은 각자의 비행 법보를 이용하여 탑의 꼭대기로 날아올랐다.

령들도 연회에 함께 참석했다. 산처럼 거대한 령이 조그맣게 몸을 축소하여 탑의 꼭대기에 내려앉는 모습이 제법 흥미로웠다.

무려 88층이나 되는 높이었다. 이 정도 높이면 탑의 최상층에는 강풍이 야무지게 불어야 정상이었다.

하지만 88층 꼭대기에는 기분 좋은 산들바람만 살랑거렸다. 뉘엿뉘엿 지는 석양을 받아 탑의 상층부가 온통 붉게

채색되었다. 늙은 호박만 한 크기의 반딧불들이 허공에 붕붕 떠올라 연회장 주변을 은은하게 밝혔다. 동쪽 하늘에는 어느새 초저녁의 별들이 자리를 잡기 시작했다.

연회에 초대된 선인들에게는 개개인 별로 독립된 탁자가 제공되었다. 선인들은 각자의 탁자에 앉아서 음양종에서 준비한 다과와 음식 등을 즐겼다. 령들은 주인 옆에서 함께 식사를 했다.

선인들은 대부분 음식을 직접 먹지 않는 편이었다. 특히 육식을 하는 선인들은 거의 없었다.

따라서 음양종에서는 법력 증진에 도움이 되는 특수한 과실이나 산삼 등으로 요리를 만들어 손님들에게 제공했다. 상차림에 곁들인 약초로 담근 술이 동이째 나왔다.

선인들이 가볍게 식사를 하는 중에 해가 완전히 저물었다. 밤이 되자 커다란 반딧불이 더욱 영롱하게 빛을 뿌렸다. 주변에서는 청아하게 풍경 소리가 울렸다.

'이런 분위기도 괜찮네.'

이탄은 비록 음식은 입에 대지 않았으나 연회의 분위기는 만끽했다.

식사를 마친 대선인들은 차를 한 잔씩 들고 연회장을 돌아다니며 서로 담소를 나누었다.

사실 이것은 남명의 연회 방식은 아니었다. 남명에서는

손님들이 각자의 음료를 손에 들고 연회장 이곳저곳을 누비며 서로 이야기를 나누는 경우가 없었다.

반면 언노운 월드에서는 종종 이런 스탠딩(Standing: 입식) 타입의 파티를 개최하곤 했다.

'아마도 마르쿠제 술탑에서 이와 같은 방식의 파티 방법을 남명에 전파했나 보지.'

이탄이 이런 추측을 할 때였다. 키가 훤칠하게 크고 눈이 사파이어처럼 푸른 대선인이 황금빛 머리카락을 휘날리면서 이탄에게 다가왔다.

다름 아닌 마르쿠제 대선인이었다.

"쿠퍼 선인."

"아! 마르쿠제 탑주님."

이탄이 얼른 자리에서 일어나 마르쿠제를 맞았다.

"껄껄껄. 쿠퍼 선인에 대한 이야기는 진즉부터 듣고 있었네."

"저에 대해서 말씀이십니까?"

이탄이 어리둥절하여 반문했다.

마르쿠제의 입가에 걸린 웃음이 한층 진해졌다.

"껄껄껄. 그렇다네. 자네는 혼명 출신으로 트란기르에서 기초수행을 하다가 멸정 선배님의 눈에 띄어 그분의 제자가 되었다지? 그리고 이번 전쟁에서도 커다란 공을 세웠고 말이야. 껄껄껄껄."

이탄을 내려다보는 마르쿠제의 눈빛에는 호기심이 가득
했다.

이탄이 서차원 출신인 마르쿠제에게 동질감을 느끼는
것처럼, 마르쿠제도 이탄에게 일종의 호의를 느끼는 듯했
다.

"내 시곤으로부터 자네 이야기를 들었다네."

"아!"

"시곤 녀석이 쿠퍼 선인에 대한 칭찬을 무척 많이 하더
군. 덕분에 내가 오늘 쿠퍼 선인과 초면인데도 전혀 처음
만난 사람 같지가 않아. 껄껄껄."

"시곤 형님은 괜찮습니까?"

이탄이 시곤을 걱정했다.

지난 전쟁에서 시곤은 법력에 큰 손상을 입었다. 선1급
에서 무려 완10급으로 3단계나 추락했으니 시곤의 충격이
얼마나 클 것인지 가늠하기조차 어려웠다. 게다가 시곤은
전쟁에 대한 죄책감 때문에 마음고생도 컸다.

이탄은 진심으로 시곤이 걱정되었다.

마르쿠제가 입술을 힘주어 다물었다가 다시 열었다.

"견뎌 내어야지. 이번 사건은 그 녀석 스스로 견뎌내어
야 할 게야. 쯧쯧쯧."

마르쿠제는 아끼던 제자의 걱정에 혀를 찼다. 그리곤 갑자기 화제를 돌렸다.

"그나저나 쿠퍼 선인의 의견은 어떠한가? 오늘 내가 제안한 특수부대 말일세."

"어떠하다니요?"

"자네라면 특수부대에 기꺼이 참여하겠는가?"

마르쿠제가 목소리를 낮춰 물었다.

이탄은 원론적인 답변을 했다.

"금강수라종에서 누가 특수부대에 참여할 것인지는 종주님께서 결정을 내리실 겁니다. 저는 종주님의 명을 따를 뿐입니다."

"그야 당연한 말이지. 나는 그저 쿠퍼 선인의 의향을 물었을 뿐이라네. 만약 쿠퍼 선인에게 결정권이 있다면, 기꺼이 참여하겠는가?"

Chapter 8

이탄은 당연히 특수부대에 들어갈 생각이었다. 이는 스승인 멸정 대선인의 부탁이기도 했다.

"물론입니다. 저는 특수부대에 들어가고 싶습니다. 저

뿐만이 아니라 각 종파의 젊은이들이 앞다투어 특수부대에 지원할 것이라고 생각합니다."

이탄이 가슴을 쫙 펴고 대답했다.

그 당당한 태도가 마르쿠제를 기쁘게 만들었다. 마르쿠제는 떠보듯이 이탄의 반응을 살폈다.

"껄껄껄껄. 상대가 오염된 악마들인데도 말인가? 특수부대 대원들 가운데 일부는 돌아오지 못할 걸세. 어쩌면 아무런 공도 세우지 못하고 개죽음만 당할 수도 있어."

이탄은 단호하게 되물었다.

"탑주님, 오염된 신의 자식들은 어떤 마음가짐으로 이곳에 쳐들어 왔겠습니까?"

"뭐?"

"그들의 입장에서 이곳은 적진 한복판입니다. 그들도 동차원 깊숙이 침투했다가 생환할 확률이 낮다고 예측했을 것입니다. 적의 본진으로 돌진한다는 것은 그만큼 위험부담이 큰 일이 아닙니까? 한데 놈들은 그런 위험을 무릅쓰고 이곳으로 쳐들어왔습니다. 악마들도 해내는 일을 저희가 왜 못하겠습니까?"

이탄의 시각은 독특했다.

'피사노교도들은 죽음을 각오하고 남명에 쳐들어왔다. 그런데 그 악마들이 하는 일을 우리라고 못 하라는 법이 어

디 있겠느냐?'

이것이 이탄의 주장이었다.

"흐으음!"

마르쿠제는 이탄의 독특한 시각에 우선 감탄했다. 또한 이탄의 논리가 의외로 설득력이 높아 거듭 놀랐다.

'이거 정말 마음에 드는 녀석일세. 나와 같은 서차원 출신에다가, 법술에 대한 재능은 역대 최고라고 꼽히고, 게다가 의식도 똑바로 박혔잖아?'

마르쿠제는 이탄에 대해서 좀 더 자세히 알고 싶어졌다.

"하면 말일세, 특수부대의 규모는 어느 정도면 적당하겠는가?"

이탄이 고개를 갸웃했다.

"그것을 왜 제게 물으십니까? 그런 중대한 결정은 대선인님들께서 내리실 일 아닙니까?"

"물론 결정이야 우리 같은 늙은이들이 내리겠지. 나는 단지 쿠퍼 선인의 의견이 궁금하다네. 한번 대답해 보게. 어느 정도 규모가 좋겠는가?"

"으으음."

이탄이 엄지와 검지 위에 턱을 괴고 잠시 고민했다.

마르쿠제는 이탄이 결론을 내릴 때까지 가만히 기다려주었다.

잠시 후 이탄이 고개를 들었다.

"저는 두 가지 방안을 떠올렸습니다. 이 중 어느 방안을 선택하느냐에 따라 병력의 규모를 다르게 가져가는 편이 좋을 것 같습니다."

"두 가지 방안?"

"첫 번째 방안은, 적들이 저지른 짓을 그대로 되돌려 주는 것입니다. 적진 깊숙한 곳에 차원의 문을 열고, 수만 명 단위의 대규모 병력을 휘몰아쳐서 적들에게 괴멸적 타격을 주는 방법이 어떻겠습니까? 눈에는 눈, 이에는 이 아닙니까."

이탄이 제시한 방법은 꽤나 과격했다. 마르쿠제가 조용히 고개를 주억거렸다.

"두 번째 방안은 무엇인가?"

"두 번째는 소수정예를 침투시켜서 적의 수뇌부만 목을 베어내고 곧바로 철수하는 방식입니다."

전면전에 가까운 대규모 보복 공격.

혹은 소수정예로 적의 수뇌부 참수 감행.

이탄은 양쪽 극단에 치우친 전략을 입에 담았다. 어중간한 규모로 어중간하게 복수를 할 바에는 차라리 특수부대를 파병하지 않는 편이 더 낫다는 것이 이탄의 생각이었다.

이탄의 말을 들으면서 마르쿠제는 깜짝 놀랐다.

'어엉? 쿠퍼 선인이 제시한 방법이 내가 염두에 두고 있는 계획과 똑같잖아? 하하하. 이거 정말 재미있는 녀석일세.'

마르쿠제가 다시 물었다.

"규모는 그렇다고 치세. 하면 특수부대를 적진에 침투시킬 때 가장 중요하게 고려해야 할 점이 무엇이라고 생각하는가?"

"변장입니다."

이번 대답은 단 1초의 고민도 없이 이탄의 입에서 튀어나왔다. 대답을 해놓고도 이탄 스스로 깜짝 놀랐다.

마르쿠제가 이탄에게 이유를 물었다.

"변장? 허어, 왜?"

이탄이 서둘러 핑계를 대었다.

"남명의 선인들은 서차원의 주민들과 외모가 다르지 않습니까? 그리고 오염된 신의 자식들은 서차원 주민들과 유사하고요."

"그야 다르지. 하지만 적진 한복판에 차원의 문을 열고 대규모로 병력을 파병하여 복수전쟁을 벌인다면 굳이 변장이 무슨 소용인가? 정예부대만 투입하여 참수 작전을 펼치는 것이라면 또 모를까."

딴은 그러했다.

마르쿠제는 한 술 더 떴다.

"게다가 쿠퍼 선인은 참수 작전의 경우에도 변장이 필요 없지 않겠나? 쿠퍼 선인의 외모는 누가 봐도 서차원 출신이니까 말일세. 껄껄껄껄껄."

'치잇. 누가 그걸 모르나.'

이탄이 이마를 구겼다.

사실 이탄이 변장을 입에 담은 이유는 단순했다. 피사노 교 한복판에 침투했다가 혹시라도 피사노 싸마니야나 그의 혈족들에게 발각될까 봐 우려한 것.

"껄껄껄껄. 뭘 그렇게 고민하나? 우리 술탑에서는 당연히 변장에 대해서도 대책을 준비 중이라네. 남명의 선인들이야 외모에서 차이가 나니 당연히 본모습을 감춰야겠지. 또한 쿠퍼 선인이나 비앙카와 같은 서차원 출신들도 외모를 있는 그대로 까발려선 곤란하다네. 저 악마 놈들은 실로 집요하여, 자칫 쿠퍼 선인의 본 모습이 드러났다가는 선인의 가족들이나 친지들까지 놈들의 공격 대상으로 지목될수 있어. 그런 일이 발생하지 않도록 미리 대비해야지. 암, 그렇고말고."

'하아, 다행이구나.'

이탄은 비로소 안도의 한숨을 내쉬었다. 마르쿠제 술탑

은 어중이떠중이 단체가 아니었다. 그 마르쿠제 술탑에서 변장할 방법을 고민 중이라니, 분명히 뛰어난 대책이 나올 수밖에 없었다.

두 사람이 한창 대화를 나누고 있을 때였다. 금강 대선인이 차를 한 잔 손에 들고 이탄 쪽으로 다가왔다.

"허허허. 무슨 이야기를 그렇게 재미나게 나누십니까?"

"엇? 금강 종주님."

마르쿠제가 정중하게 금강을 맞았다.

Chapter 9

오늘 이 자리에서 마르쿠제가 가장 껄끄럽게 느끼는 사람은 자한 선자가 아니라 금강 대선인이었다. 선8급인 금강 대선인 앞에 서자 마르쿠제는 몸과 정신이 허물어지는 듯한 압박감을 느꼈다.

마르쿠제가 몸서리를 치는 사이, 금강은 마르쿠제와 이탄 사이에 끼어들었다.

'이탄은 우리 금강수라종의 보배일세. 마르쿠제 술탑에서 함부로 넘보지 마시게.'

금강은 이런 속마음을 몸짓으로 표현했다.

물론 겉으로는 이런 내색을 1도 내비치지 않았다.

"허허. 이 늙은이가 방해가 된 것은 아니겠지요?"

금강은 우락부락한 얼굴을 최대한 밝게 펴서 물었다.

마르쿠제는 선선히 한 발 뒤로 물러났다.

"방해라니요? 당치도 않으십니다."

황급히 손사래를 치면서 마르쿠제는 이탄과 적당히 거리를 두었다. 금강을 안심시키고 오해를 풀기 위함이었다.

그러면서도 마르쿠제는 이탄에 대한 한 가닥의 미련을 버리지 못했다.

'우리 마르쿠제 술탑에서 쿠퍼 선인을 데려왔어야 했거늘. 쯧쯧쯧쯧. 잠시 한눈을 파는 사이에 그만 금강수라종에 빼앗겨버렸지 뭐야. 하지만 아직 기회가 완전히 날아간 것은 아니야. 어쨌거나 쿠퍼 선인은 서차원 출신이 아니던가. 시간이 흐르고 나면 자연스럽게 우리와 친해질 테지.'

이런 생각을 하면서 마르쿠제는 저 멀리 서 있는 손녀딸 비앙카와 이탄을 번갈아가며 보았다.

그즈음 태극이 가까이 다가왔다.

"다들 여기에 계셨군요. 허허허."

태극은 금강 대선인과 마르쿠제 탑주와 눈인사를 한 다음, 이런저런 잡담을 나누었다. 그러면서도 태극의 눈은 힐끗힐끗 이탄에게 향했다.

'어허. 다들 왜 이러지? 왜 이렇게 우리 이탄 선인을 탐내는 게야?'

금강 대선인은 눈을 한 번 세차게 찌푸린 다음, 태극과 이탄 사이로 끼어들어 커다란 덩치로 이탄을 가렸다.

금강의 노골적인 철벽 수비에 태극이 혀를 찼다.

'쳇. 좀 훑어본다고 어디가 닳는 것도 아니잖아? 그런데 금강 종주님께서 이탄 선인을 너무 끼고 도시는구먼. 쯧쯧쯧.'

태극은 금강의 어깨 너머로 이탄을 계속 관찰하고 싶었다. 그때마다 금강이 자세를 바꿔 태극의 시선을 차단했다.

태극은 결국 이탄에 말 한 마디 붙여보지 못했다.

다음 날에도 회의가 계속되었다. 대선인들은 피사노교의 한복판에 침투할 방안을 논의하느라 여념이 없었다.

주로 마르쿠제가 방법을 제시했다.

그러면 다른 선인들이 마르쿠제에게 궁금한 점을 물어보거나, 보완 방법을 덧붙이는 방식으로 회의가 진행되었다.

여러 가지 묘안들이 탁자 위에 올라왔다가 다시 폐기되었다. 대선인들은 다양한 묘안들의 장점을 취합하여 전체적인 계획의 틀을 잡았다.

특수부대의 규모에 대해서도 논의가 시작되었다.

"특수부대원을 대폭 증원합시다. 부대가 아니라 군단 규모의 대병력으로 복수를 해야 하지 않겠습니까?"

이런 주장을 하는 대선인들의 목소리가 꽤나 지지를 받았다. 자한 선자도 지지자 가운데 한 명이었다. 자한 선자는 대규모로 병력을 보내야 그녀의 딸인 선봉 선자가 무사히 귀환할 수 있다고 믿었다.

제련종의 남광 대선인도 자한 선자의 의견에 동의했다. 남광은 어떻게든 검룡에게 닥칠 위험을 덜어주고 싶었다.

'검룡은 우리 제련종의 미래가 아닌가. 화화 대선인의 뒤를 이어 장차 종주가 될 사람을 어찌 사지로 몰아넣겠는가. 차라리 전쟁의 규모를 키우자. 그럼 검룡이 생환할 확률도 그만큼 높아질 게야.'

이것이 남광의 생각이었다.

한편 마르쿠제나 묵휘형은 반대 의견을 내었다. 그들은 대규모 전쟁을 일으키기보다는 정예부대를 보내서 적의 핵심 시설을 파괴하고 주요 인사들을 참수하는 편이 더 낫다고 판단했다.

양측의 의견이 첨예하게 갈렸다. 대선인들은 쉽게 결론을 내리지 못했다. 결국 이날도 회의는 진전을 보지 못했다.

사흘, 나흘, 닷새…….

회의가 계속되었다. 시간은 잘도 흘렀다.

마침내 엿새째에 대선인들이 합의에 성공했다.

"언제까지 이렇게 논쟁만 계속할 겝니까? 차라리 두 가지 방안을 하나로 합칩시다. 정예부대를 보내서 적의 수뇌부를 참수하고, 그와 동시에 다른 쪽으로 차원의 문을 열어 대규모 병력을 쏟아붓자는 말씀입니다. 그렇게 혼란스러운 틈을 타서 정예부대는 후방으로 철수하고요."

태극이 제안한 절충안이 해결책이 되었다.

"옳거니!"

"그거 묘수외다. 허허허."

"껄껄껄. 역시 태극 종주시오."

"나는 찬성이외다."

대선인들은 큰 틀에서 절충안에 합의하였다. 그 다음 세부 작전계획은 마르쿠제 술탑에서 도맡아 진행하기로 결정했다.

그 날 저녁, 음양종에서는 한 번 더 연회를 베풀었다.

이번 연회는 첫날 연회보다 분위기가 훨씬 더 훈훈했다. 첫날 얼굴을 차갑게 굳히고 다른 사람들과 말도 섞지 않았던 자한 선자가 부드럽게 표정을 풀었다. 얼굴에 수심이 가득하던 남광 대선인도 얼굴 가득 미소를 흘렸다.

다음 날 아침.

마르쿠제와 비앙카는 머리가 셋 달린 드래곤을 타고 머나먼 서쪽으로 날아오를 준비를 했다.

"그럼 한 달 뒤에 봅시다."

드래곤의 뿔 사이에 서서 마르쿠제가 이렇게 외쳤다.

태극이 마르쿠제를 향해 손을 흔들었다.

"알겠소. 한 달 안에 특수부대를 구성하여 마르쿠제 술탑으로 파병하리다."

태극의 말이 떨어지기 무섭게 마르쿠제의 령이 거대한 날개 넉 장을 위아래로 펄럭였다. 88층 탑 앞마당에 거센 돌풍이 불었다.

제2화
전쟁 준비

Chapter 1

머리가 셋 달린 드래곤이 우렁찬 울음과 함께 상공으로 떠올랐다.

"가자."

마르쿠제는 드래곤의 뿔을 잡고 힘차게 지시했다.

먼 길을 떠나기 전, 마르쿠제의 눈이 지상에 쭉 늘어서 있는 선인들을 훑었다. 특히 마르쿠제는 이탄에게 몇 초간 시선을 고정했다.

비앙카도 은근슬쩍 이탄을 바라보았다.

마르쿠제가 자리를 뜨고 잠시 후, 나머지 선인들도 각자의 종파로 복귀하기 시작했다. 천목종, 제련종, 금강수라종이 차례로 음양종의 영토를 떠났다.

"종주님, 조만간 다시 뵙겠습니다."

이탄도 금강에게 꾸벅 인사를 한 다음, 멸정의 령에게 올라탔다.

멸정의 령이 긴 울음을 한 번 토한 다음, 날개를 활짝 펴고 드넓은 창공으로 날아올랐다.

열흘 뒤.

지난 열흘간 남명 전체가 분주하게 돌아갔다. 만급이나 완급의 수도자들은 전쟁으로 인한 피해를 복구하느라 정신이 없었다. 평소에는 얼굴조차 보기 힘든 선급 수도자들도 수시로 사람들 앞에 나타나 피해 지역을 돌보았다.

한편 최상급의 선인들은 다른 이유 때문에 정신이 쏙 빠질 지경이었다. 특히 사대종파의 대선인들은 연일 종파의 장로들을 소집하여 머리를 맞댔다.

"특수부대 준비에 한 치의 소홀함도 없어야 할 게야. 자칫하다가 우리 종파의 기둥들을 허무하게 잃을 수도 있다네."

대선인들이 강하게 다그쳤다.

장로들도 정신을 번쩍 차렸다.

일반 수도자들은 알지도 못하는 사이에 복수 준비가 착

착 이루어졌다. 사대종파에서는 특수부대에 참여할 사람들을 우선적으로 가려서 뽑았다. 그 다음 만일의 경우를 대비하여 예비 후보자들도 명단에 추가해 놓았다.

특수부대 명단에 이름을 올린 수도자들은 한밤중에 은밀하게 장로회에 불려갔다. 그리곤 충격과 두려움, 그리고 각오가 가득한 얼굴로 복귀했다.

장로회에 불려갔던 수도자들 가운데 70퍼센트는 그 자리에서 특수부대 참여를 결정했다. 남명의 수도자들은 대부분 희생정신이 강하고 용감했기에 망설이지 않고 참전하는 수도자들이 많았다.

나머지 20퍼센트는 종주에게 "당장 결정을 내리기가 어려우니 하루만 말미를 주십시오."라고 청했다.

대선인들이 회의를 통해 결정한 정예부대의 규모는 대략 1,000명 선이었다. 이 가운데 마르쿠제 술탑에서 150명을 준비하기로 하였다. 남명의 사대종파에서는 나머지 850명을 차출하기로 결정했다.

사대종파는 이 850명을 다시 이렇게 나눴다.

음양종이 220명.

금강수라종이 220명.

제련종이 210명.

천목종이 200명.

물론 이것은 시작에 불과했다. 특수부대가 피사노교 깊숙한 곳에 침투하여 적 수뇌부의 참수 작전을 펼칠 동안, 남명에서는 대규모 병력을 피사노교 외곽으로 차원이동 시켜서 양동작전을 시도할 요량이었다.

　다시 말해서 이번 복수 전쟁을 위해 각 종파가 동원할 수도자들은 얼추 수천 명이 넘었다. 그것도 한 달이라는 짧은 시간 안에 전쟁 준비를 끝마쳐야만 했다.

　금강동부 안.

　요새 금강수라종의 종주인 금강 대선인은 종파의 장로들과 함께 혼이 쏙 빠질 정도로 바쁜 시간을 보내는 중이었다.

　"명단은 확정되었는가? 특수부대에 참여할 수도자들의 명단, 특수부대 예비 후보자 명단, 그리고 특수부대에는 참여하지 않지만 적의 외곽지역을 두드릴 수도자들의 명단. 이렇게 세 가지 명단이 동시에 만들어져야 할 게야."

　금강이 장로들을 채근했다.

　장로들의 입에서 냉큼 대답이 튀어나왔다.

　"종주님, 세 번째 명단은 이미 준비되었습니다."

　"그렇습니다. 우리 금강수라종의 무력부대를 통째로 세 번째 명단에 넣으면 되니까 비교적 간단합니다."

금강이 다시 물었다.

"세 번째 명단에 이름을 올린 수도자가 몇 명이나 되나?"

"지난 전쟁으로 인해 부상이 심한 자들을 제외하면 대략 8,000명 수준입니다."

장로들 사이에서 이번 대답도 재깍 튀어나왔다.

금강이 또다시 질문했다.

"종파의 수도자들을 전쟁터로 내몰면서 맨몸으로 보낼 수는 없지 않은가? 병장기 준비는 어찌 되어가나?"

"하늘을 나는 전투함을 여덟 척 동원할 요량입니다. 전투함 한 척당 수도자를 1,000명씩 태우면 됩니다."

전투함 담당 장로의 대답이었다.

금강이 고개를 주억거렸다.

"전투함 여덟 척이면 충분하겠군. 하면 법보는 어떻게 공급할 예정인가?"

"수도자들 개개인이 이미 각자 법보를 가지고 있지 않습니까? 우선은 그것을 사용하도록 유도할 예정입니다. 물론 수도자들이 원한다면 종파의 법보 창고를 개방하여 법보를 하나씩 지급할 계획도 있습니다."

법보 담당 장로가 재빨리 대답했다.

그 뒤를 이어서 치료 담당 장로, 부적 담당 장로 등도 각자 맡은 바 영역을 신속하게 보고했다.

"단약 창고도 개방하겠습니다. 전쟁에 참여하는 이들에게 비상약과 회복 물약 위주로 지급할 생각입니다."

"부적도 이미 준비를 완료했습니다. 전쟁 참여자 일인당 탈출용 부적 한 장, 방어용 부적 다섯 장씩을 지급할 수 있습니다."

"지휘 체계도 마련되었습니다. 평소에 비상훈련을 해왔으니 실전에 투입되더라도 무리가 없을 겝니다."

"흐으음. 그렇군."

금강은 보고받은 사항들을 꼼꼼하게 기록해 놓았다.

Chapter 2

사실 금강수라종은 전투에 특화된 종파였다. 평소 전쟁 준비를 열심히 해놓았기에 빠른 시간 안에 이런 철저한 대응이 가능했다.

금강이 장로들을 칭찬했다.

"다들 수고가 많았구먼. 좋아. 그렇다면 특수부대는 어찌 되었는가? 명단 작성은 완료했겠지?"

"죄송합니다만 아직 완성은 되지 않았습니다. 그저 초안만 잡힌 상태이니 종주님께서 한 번 검토해주십시오."

나이가 많은 장로가 두루마리에 적힌 명단을 금강에게 내밀었다.

금강이 명단을 쭉 훑어보았다.

명단 가장 윗줄에 적힌 이름은 엄홍과 풍양이었다. 두 선인 모두 선4급의 초인들이었다. 그들은 철룡과 함께 장차 금강수라종을 이끌어갈 중진들이기도 했다. 이어서 선3급의 해원 선인, 선2급의 부공 선인도 당당하게 명단에 이름을 올렸다.

금강이 고개를 갸웃했다.

"허엇? 해원이 이번 전쟁에 참여할 수 있다던가? 해원 선인은 벽에 다녀온 이후로 동부 깊숙한 곳에 처박혔을 것이라 생각했는데?"

엄홍, 풍양, 해원, 부공, 엄수현, 그리고 이탄은 얼마 전 종파의 지원을 받아 '벽'에 다녀왔다.

그곳에서 해원과 엄수현이 운이 좋게 깨달음을 얻었다. 그들은 지금 깨달음을 실체화하기 위해서 동부 깊숙한 곳에 처박혀서 수련에 박차를 가하는 중이었다. 최소한 금강은 그렇게 보고를 받았다.

금강이 두 눈을 우멍하게 껌뻑거렸다.

"그런데 해원이 어떻게 특수부대에 참여할 수 있지?"

장로들이 금강의 의문을 풀어주었다.

"종주님, 엄수현 선자와 달리 해원 선인은 완전한 깨달음을 얻지 못했다고 합니다."

"해원 선인이 벽에서 무언가 실마리를 잡은 것은 같은데, 머릿속에 안개가 낀 듯 모호하여 무척 힘들어한다고 들었습니다."

"종주님께서 더 잘 아시겠지만, 이렇게 마음이 복잡할 때는 화끈하게 전투에 참여하는 것이 해원에게 오히려 도움이 될 수도 있습니다. 제 생각에는 해원 선인도 그런 심정으로 특수부대에 지원한 것 아닌가 싶습니다."

"그렇구먼."

금강은 비로소 고개를 주억거렸다.

금강이 받은 명단 속에 엄수현 선자의 이름은 보이지 않았다. 지난 전쟁에서 큰 부상을 입은 막사광도 명단에서 이름이 빠졌다.

대신 이탄의 이름은 똑똑히 보였다.

금강이 장로들에게 시선을 돌렸다.

"멸정 선배님께 참전 허락은 받았다던가? 이탄 선인, 아니 쿠퍼 선인 말일세."

"네. 종주님. 허락을 받았다고 합니다."

"저희가 이탄 선인으로부터 직접 들은 이야기입니다."

장로 2명이 이렇게 장담했다.

금강은 손으로 수염을 쓸어내렸다.

"허허허. 그거 다행이구먼. 멸정 선배의 제자가 참전해 주지 않으면 우리 금강수라종의 면이 서지 않아요. 다른 종 파에서도 이탄 선인과 비슷한 수준의 중요 인물들이 대거 특수부대에 참여할 예정이거든. 어허허허."

이탄의 참여로 인하여 금강수라종의 특수부대 명단 위쪽 은 거의 다 확정되었다. 이어서 금강수라종에서는 선1급의 수도자 수십 명과 완12급의 수도자 100여 명을 추가로 명 단에 넣었다.

"이 아래쪽은 아직 미확정이란 말이지?"

금강이 두루마리의 하단부를 힐끗 주시하며 물었다.

"종주님의 말씀이 맞습니다. 하단부에 적힌 이름들은 저 희가 임의로 올렸습니다. 그리고 지금 명단에 적힌 수도자 들을 한 명 한 명 소환하여 특수부대 참여 의사를 물어보는 중입니다."

"이들에 대한 지원책은 어찌 준비되었나?"

차원이동을 통해 피사노교의 외각으로 쳐들어갈 수도자 들은 상대적으로 특수부대원들보다는 덜 위험했다. 어쨌거 나 그들은 피사노교의 외각을 수비하는 하위 계급 마병들 과 맞서 싸울 것이기 때문이었다.

반면 특수부대는 위험도가 말도 못하게 높았다. 피사노교의 가장 깊숙한 곳에 침투하여 적의 핵심 시설을 파괴하고 수뇌부를 참수하는 것이 특수부대의 임무였다.

마르쿠제가 제아무리 정교한 계획을 세운다고 하여도, 마르쿠제 술탑의 간자들이 제아무리 피사노교 내부에 사전 정지작업을 철저하게 해놓는다고 하더라도, 그리고 남명에서 피사노교의 외곽 지역을 도발하여 적들을 혼란스럽게 만든다고 하여도, 특수부대원들이 생환할 확률은 그리 높지 않았다.

솔직하게 까놓고 말해서 특수부대원들이 임무를 마치고 무사히 살아 돌아올 가능성은 차마 입에 담을 수도 없는 수치였다.

'그러니까 조금이라도 더 확률을 높여줘야 해. 엄홍과 풍양, 해원, 이탄 등이 무사히 돌아올 수 있도록 어떻게든 힘을 보태야 한다고.'

금강은 절실했다.

그 애끓는 마음이 장로들에게 전달되었다.

법보를 담당하는 장로가 입을 열었다.

"종파에서 모아놓은 법보만으로는 부족할 것 같았습니다. 하여 저희 장로들이 각자의 동부를 열어서 상급법보들을 추가 지원하기로 하였습니다. 일단 특수부대 참여자 전원에게 상급법보를 3개씩 나눠줄까 합니다.”

이어서 단약 제조에 특화된 장로가 말을 보탰다.

“그동안 제가 비축한 단약들이 있습니다. 팔다리가 떨어져 나가고 심장이 멎어도 목숨만은 부지하게 해주는 최상급 단약들이지요. 저는 이 단약들을 특수부대원들에게 모두 나눠 주기로 결심했습니다.”

부적을 담당하는 장로도 뒤지지 않았다.

“저와 제자들이 요새 밤을 새워서 부적을 만들고 있습니다. 보호막이 뚫렸을 때 이 부적이 자동으로 발동하면서 적들을 꽝꽝 얼려버릴 것입니다. 또한 장거리 탈출용 부적도 최대한 많이 확보 중입니다.”

금강이 한 팔 거들었다.

“나도 금강동부를 개방하겠네. 법보와 단약, 부적들 가운데 상당수를 내놓을 것이니 특수부대원들에게 지급하게.”

“종주님의 말씀을 따르겠습니다.”

장로들이 한목소리로 대답했다.

Chapter 3

닷새 뒤인 5월 8일.

금강수라종에서 특수부대에 참여할 수도자 220명을 드디어 확정했다. 장로회에서는 이 220명에게 상급 법보 3개씩을 선택할 기회를 주었다.

심장이 멎어도 목숨을 구할 수 있는 최상급 단약 한 알.

법력 회복용 상급 단약 세 알.

10킬로미터 이상 장거리 탈출용 부적 두 장.

1킬로미터 안팎의 중거리 탈출용 부적 다섯 장.

마지막으로 보호막이 깨졌을 때 주변 100미터 영역을 꽝꽝 얼려버리는 방어용 부적 한 장.

이 모든 것들이 특수부대 대원들에게 제공되었다. 220명의 수도자 전원에게 이 정도 분량의 보물을 제공할 정도면 종파의 창고와 금강동부, 그리고 장로들의 동부를 거의 탈탈 털은 셈이었다.

금강수라종의 장로들은 단약과 부적을 220명에게 일괄적으로 지급했다. 단약의 성능이나 부적의 기능이 모두 동일하기에 선인들 사이에 따로 순번을 정해서 나눠줄 필요는 없었다.

다만 상급 법보의 경우는 달랐다. 법보는 제각기 특징이 다르고 위력도 상이했다. 수도자의 기호에 따라서 선호하는 법보도 달랐다.

어떤 수도자는 공격형 법보를 선호했다.

또 다른 수도자는 방어형 법보를 원했다.

따라서 법보는 먼저 고르는 사람이 임자였다. 장로회에서는 고민 끝에 명단에 이름이 적힌 순서대로 법보를 선택할 권한을 주었다.

명단의 1순위는 엄홍 선인이었다.

엄홍이 가장 먼저 장로회에 불려왔다. 엄홍은 산더미처럼 쌓인 상급 법보들을 세심하게 살펴본 다음, 그중 자신에게 적합한 세 가지 법보를 선택했다.

붓, 벼루, 그리고 먹물.

이상이 엄홍이 선택한 법보들이었다.

엄홍이 선택한 세 가지 법보는 각자의 위력은 최상급이 아니었으나, 하나로 조합되면 권능이 놀랍도록 강해지는 것이 특징이었다.

언노운 월드의 표현대로라면 세트형 아이템인 셈이었다.

"괜찮은 선택이군."

금강과 장로들은 엄홍의 선택을 확인하고는 고개를 크게 끄덕였다. 그만큼 엄홍의 선택이 훌륭했다는 의미였다.

엄홍에 이어서 풍양이 장로회에 소환되었다.

"이 가운데 세 가지를 고르란 말씀이십니까?"

엄홍과 마찬가지로 풍양 선인도 상급 법보를 보고는 두 눈을 번뜩였다.

풍양은 엄홍보다도 오히려 더 오랜 시간을 들여 법보들을 꼼꼼히 살펴보았다. 그리곤 마음에 드는 세 가지를 골랐다.

풍양이 선택한 것은 두 자루의 검과 삼지창 한 자루였다.

'풍양의 선택이 너무 공격에만 치우쳤구나. 쯧쯧.'

금강은 풍양의 안목을 그리 높게 평가하지 않았다.

다음은 해원의 차례였다.

해원은 엄홍이나 풍양처럼 흥분하지 않았다. 차분하게 법보들을 살핀 다음, 해원은 용이 새겨진 도장과 얇은 그물, 그리고 조그만 삼각 깃발을 선택했다.

장로들은 해원의 선택을 특별하게 여기지 않았다.

하지만 금강은 두 눈에 기이한 빛을 품었다.

'용각인을 선택하다니. 해원 선인이 보는 눈이 있구나.'

해원이 고른 법보들 가운데 용이 새겨진 도장은 겉보기만 보면 그다지 특별할 것이 없었다.

하지만 실제로 이 용각인은 금강이 어렵게 수집한 최상급 법보였다. 비록 상급 법보들 틈에 섞여서 색이 바랜 것처럼 보이기는 하지만, 용각인이야말로 이곳에 쌓인 법보들 가운데 능히 열 손가락 안에 들어가는 기물이었다.

우연인지 아니면 능력인지, 해원은 그 뛰어난 법보를 얻게 되었다.

해원 선인에 이어서 선2급의 수도자인 부공이 장로회에 불려왔다. 부공은 엄홍과 풍양, 해원에 이어서 네 번째로 명단에 이름이 오른 인재였다.

장로들은 부공에게 상황을 설명해 주었다.

부공이 펄쩍 뛰었다.

"와아아! 정말입니까? 정말 이 법보들 가운데 3개나 고를 수 있습니까?"

부공은 산더미처럼 쌓인 상급 법보들을 보고는 자신의 빡빡머리를 손으로 슥슥 쓰다듬으며 기뻐했다.

그 순수한 모습에 장로들이 웃음을 터뜨렸다.

부공은 땀을 뻘뻘 흘리며 법보들을 살펴보더니 세 가지를 선택했다.

네모나게 각이 진 몽둥이 하나.

길이가 제법 긴 쇠사슬 한 꾸러미.

그리고 칠흑처럼 새까만 옷 한 벌.

이상이 부공이 고른 법보들이었다.

'역시 부공답구나. 껄껄껄.'

'몽둥이와 쇠사슬은 부공의 공격적인 성향을 잘 대변해 주지. 그리고 저 검은 옷은 부공의 부족한 부분, 즉 방어를 도울 게야.'

장로들은 부공이 이 자리에 소환되기 전에 그가 선택할

만한 법보들을 미리 점찍어 보았다.

역시 부공은 장로들의 예상을 벗어나지 않았다.

부공에 이어서 이탄의 차례가 되었다.

원래는 선2급의 다른 선인들이 이탄보다 순위가 높아야 정상이었다. 왜냐하면 이탄의 현재 수준은 선1급으로 여겨지기 때문이었다.

하지만 금강수라종 입장에서 이탄은 선2급보다도 더 중요한 선1급이었다. 이탄은 멸정 대선인의 막내제자로, 이번 전쟁에서 꼭 생환해야 할 사람 가운데 한 명이었다. 그래서 장로회에서는 이탄에게 다섯 번째 순위를 주었다.

순위가 높으면, 그만큼 좋은 법보를 선택할 확률이 높았다.

한데 이탄이 법보들을 보면서 시큰둥한 표정을 지었다.

"이 법보들 가운데 마음에 드는 것 세 가지를 고르라고요?"

벽에 다녀오기 전, 이탄은 금강동부에서 술법서 한 권과 상급 법보 하나를 고를 기회를 가졌다.

그때 이탄이 선택한 것이 바로 아몬의 현이었다.

'금강동부에서 그다지 탐탁한 법보가 없었는데. 그때 고르려고 했던 신발이나 선택할까? 하늘을 나는 신발 말이야.'

일단 법보 하나는 골랐고, 나머지 둘을 어떻게 선택할지 이탄은 고민이었다.

이탄이 신발을 손에 잡자 장로들이 뜨악한 표정을 지었다.

'아니, 왜?'

'생명을 부지하려면 마땅히 공격력이 강한 법보나 방어력에 도움이 되는 법보를 골라야 하잖아? 그런데 왜 하필 비행 법보야?'

'비록 저 신발이 상급의 비행 법보기는 하지만, 그것은 속도가 빠를 뿐이라고.'

장로들은 어리둥절했다.

Chapter 4

'이탄 선인이 무슨 이유 때문에 저 신발을 골랐을꼬?'

금강도 영문을 몰라서 이마만 찌푸렸다.

이어서 이탄은 법보들을 뒤적거리다가 두 번째 선택을 마쳤다. 이번에 이탄이 고른 것은 놀랍게도 아조브였다.

산더미처럼 쌓인 법보들 틈에서 이 네모난 큐브를 발견했을 때, 이탄은 하마터면 "억!" 소리를 내뱉을 뻔했다.

그만큼 놀랐기 때문이다.

이탄은 언노운 월드에서 아조브를 얻었다. 피사노교에서 목표로 삼았던 고대의 유물 아조브를 이탄이 가로챈 것이다.

고대 문명의 리치인 아나테마의 말에 따르면, 아조브는 고대 악마사원이 숭배하던 삼대 보물 가운데 하나라고 했다.

가장 신비로운 보물 아조브.

가장 파괴적인 보물 나라카의 눈.

가장 잔혹한 보물 아몬의 토템.

이 가운데 이탄은 아몬의 토템을 제외한 나머지 2개의 보물을 손에 넣었다. 아몬의 토템도 본체는 이미 이탄이 확보한 상태였다. 잃어버린 현 일곱 가닥 가운데 3개도 최근 이탄과 인연이 닿았다. 나머지 네 가닥의 현만 얻으면 이탄은 고대 악마사원의 삼대법보를 모두 수중에 넣는 셈이었다.

'그런데 말이지, 아조브는 하나가 아니었어.'

이탄이 속으로 중얼거렸다.

몇 해 전, 이탄은 언노운 월드에서 아조브를 하나 얻었다.

이어서 간씨 세가의 아공간 속에서 놀랍게도 또 다른 아조브를 발견했다.

그런데 이곳 동차원에도 세 번째 아조브가 존재했다. 산더미처럼 쌓인 법보들 사이에서 수줍게 모습을 드러낸 저 큐브는 분명히 아조브였다.

'설마 아조브는 차원마다 하나씩 존재하는 것일까? 그런데 그 아조브가 왜 하필 내 눈에 자꾸 발견되는 거지?'

이탄은 아조브에게 묘한 이끌림을 느꼈다.

웅웅웅웅—.

이탄이 손을 뻗자 아조브가 강하게 울어댔다. 이 신비로운 큐브는 오랫동안 떨어졌다가 주인을 다시 만난 강아지처럼 기분 좋게 칭얼거렸다.

'저건 또 무슨 법보지?'

'어엉? 저런 법보가 다 있었소?'

'혹시 종주님께서 모으신 법보인가?'

장로들이 금강을 돌아보았다.

금강 대선인이 고개를 가로저었다.

'내가 수집한 법보가 아닐세. 저것은 나도 처음 보는 물건이야.'

금강은 눈빛으로 이렇게 말했다.

장로들은 아조브가 어떤 경로로 법보들 사이에 끼어들었는지 알지 못했다. 아조브가 어느 수준의 법보인지도 파악할 수 없었다.

다만 장로들은 '이곳에 쌓인 법보들은 모두 상급이 아니던가. 그러니 저 네모난 법보도 상급 법보들 가운데 하나일 테지.'라고 속 편하게 생각했다.

한편 이탄은 아조브를 얻은 것만으로도 충분히 만족했다. 굳이 세 번째 법보를 고르고 싶은 마음도 별로 없었다.

하지만 이탄이 단 2개의 법보만 고르겠다고 말하면 금강 대선인이나 장로들이 이상하게 생각할 것이 뻔했다.

'에휴. 일단 고르는 시늉이라도 하자.'

이탄은 별 기대 없이 건성으로 법보들을 둘러보았다.

그 시큰둥한 태도가 장로들을 기함하게 만들었다.

'아니, 대체 저 이탄이라는 선인은 어떤 녀석이야?'

'상급 법보는 선4급의 선인들도 귀하게 여기는 보물들이잖아. 그런데 저 녀석을 뭘 믿고 저렇게 시큰둥해?'

'멸정 대선인께서 이탄 선인에게 귀하디귀한 최상급 법보를 여러 개 주신 것 아닐까? 그러니까 저런 태도를 보이지.'

장로들이 속으로 이렇게 속삭였다.

그때 이탄이 마지막 세 번째 법보를 손에 들었다.

"마지막은 이것으로 하겠습니다."

장로들이 일제히 시선을 고정했다.

이탄이 선택한 것은 얇은 장갑이었다. 손가락 부분은

뻥 뚫렸고, 손바닥과 손등만 간신히 덮는 형태의 장갑 말이다.

장갑의 색깔은 타는 듯한 선홍빛이었으나, 워낙 얇아서 선홍빛이라기보다는 투명하게 느껴졌다. 또한 장갑이 얇아서 착용감도 좋았다. 일단 손에 끼면 장갑을 착용했다는 느낌이 들지 않을 정도였다.

이탄이 이 장갑을 선택한 이유는 단순했다.

'무기를 들고 다니는 것은 귀찮아. 내 손가락보다 더 물렁한 것들을 무기라고 부를 수도 없고 말이야. 하지만 신발이나 장갑은 따로 들고 다닐 필요가 없으니 편하지. 후후훗.'

이탄은 순전히 이런 생각으로 신발과 장갑을 골랐다.

굳이 또 다른 이유를 들자면, 사실 이 장갑이 이탄에게 반응을 보였기에 이탄의 간택(?)을 받은 것이었다.

이탄이 법보 더미를 뒤져서 세 번째 물건을 찾을 때였다.

붉은 장갑이 가볍게 울어서 이탄의 눈길을 끌었다. 혹은 장갑이 이탄을 두려워하는 것처럼 바르르 진동했다.

이탄은 문득 금강동부에서 벌어졌던 일들을 떠올렸다.

'그 당시에도 몇몇 법보들이 나를 보고는 바르르 떨곤 했지. 대체 이 녀석들이 왜 이러지? 내가 좋은가? 아니면 내가 무서운가?'

약간의 호기심이 이탄으로 하여금 선홍빛 장갑을 선택하도록 유도했다.

순간 금강이 까무러치게 놀랐다.

'어헉? 저것이 어떻게 이곳에 섞여 있지?'

하마터면 금강은 괴성을 지를 뻔했다. 그만큼 지금 금강이 받은 충격은 컸다.

조금 전 이탄이 고른 장갑은 상급이 아니라 최상급 법보였다. 그것도 그냥 최상급이 아니라 등급판정이 불가능한 기물 중의 기물이었다. 금강의 스승의 스승, 즉 금강의 사조님이 평생을 사용해온 법보가 바로 저 장갑이었다.

오랜 옛날 저 장갑의 주인─금강 대선인의 사조─는 양손에 저 반투명한 장갑을 끼고 무수히 많은 전쟁터를 떠돌아다녔다. 정말이지 그는 장갑에 피가 마를 날이 없을 정도로 싸우고 또 싸웠다. 그 결과 당시 장갑의 주인은 '수라의 화신'이라는 별명을 얻을 정도였다.

그렇게 장갑의 주인은 금강수라종의 전설이 될 만큼 유명해졌다.

반면 저 장갑은 유명세를 타지 않았다. 장갑이 워낙 얇아서 사람들의 눈에 띄지 않았기 때문이다.

Chapter 5

장갑의 주인도 장갑을 자랑하지 않았다. 전쟁터를 떠돌아다니는 수도자가 자신의 법보를 자랑하는 것은 바보 천치나 하는 짓이었다. 적과 싸워서 승리하려면 자신의 장기를 최대한 숨기는 편이 유리했다.

'어쩌면 저 귀장갑이야말로 우리 금강수라종의 모든 법보들 가운데 최상위일지도 모른다. 특히 파괴력 면에서는 귀장갑을 따를 법보가 없어. 다만 사조님 이후로는 그 누구도 저 장갑을 착용할 수가 없었는데, 과연 이탄 선인은 저걸 감당할 수 있을꼬?'

금강이 두려움과 호기심을 동시에 느꼈다.

오래 전, 금강의 스승이 귀장갑을 사용해 보려고 노력했다.

불가능했다.

일단 귀장갑을 한번 착용하면 뇌에 착란이 오고, 눈에 헛것이 보이며, 광기에 물들어 미쳐버릴 것 같기 때문이었다.

"허어어, 이것은 내 것이 아니로구나."

금강의 스승은 눈물을 머금고는 귀장갑을 포기했다.

금강도 마찬가지였다. 스승으로부터 귀장갑을 물려받은

뒤, 금강은 이 무시무시한 법보를 시험 삼아 한번 착용해보았다.

육체의 강도가 이미 극에 달했고, 마음의 단단하기는 육체보다 오히려 더하다는 금강이었다. 그 금강이 대선인의 반열에 오른 뒤에야 비로소 귀장갑을 착용했다.

한데도 금강은 하마터면 머리가 홱 돌아서 미치광이가 될 뻔했다.

'혹시라도 이 귀장갑이 오염된 악마들이 만든 마보가 아닌가?'

당시에 금강은 이런 의심을 했었다.

면밀히 조사한 결과, 다행히 귀장갑은 마보가 아니었다. 귀장갑의 그 어디에서도 악마의 기운은 발견되지 않았다.

다만 귀장갑은 귀기와 살기가 짙고 착용자의 정신에 간섭하는 힘이 말도 못 하게 강하여 사용이 불가능할 뿐이었다.

그 후로 금강 대선인은 귀장갑을 법보 창고 깊숙한 곳에 숨겨놓고 가끔씩만 꺼내보았다. 귀장갑을 다시 꺼낼 때마다 금강은 새로 도전을 해보았다.

"그동안 법력을 깊게 수련했으니 이제는 한 번쯤 착용이 가능하지 않을까?"

이것이 금강의 기대였다.

안타깝게도 매번 결과는 동일했다. 금강은 귀장갑의 힘을 통제하지 못했다. 귀장갑도 금강을 주인으로 인정하지 않았다.

"에잇. 젠장."

자존심이 상한 금강은 한동안 귀장갑을 멀리했다.

시간이 흐르자 금강은 귀장갑에 대해서 잠시 잊어버렸다. 그러다 이번에 금강은 창고 속 법보들을 대거 개방했다. 특수부대를 위해서였다.

그 와중에 그만 저 귀장갑이 섞여 들어온 것 모양이었다.

이는 금강이 요새 정신이 워낙 없었기에 벌어진 일이었다. 원래 금강은 이 위험한 법보를 후배들에게 함부로 내놓을 생각이 없었다.

'어허. 이 일을 어쩔꼬.'

금강이 귀장갑 때문에 당황했다.

'이탄 선인이 괜찮을까?'

금강은 이탄이 과연 귀장갑을 감당할 수 있을지 걱정되었다.

다른 한편으로는 은근히 기대감도 들었다.

'혹시 또 모르지. 금강수라종의 역사상 처음으로 괴물 수라를 발현한 사람이 이탄 선인 아니던가. 그러니까 의외

로 귀장갑에도 잘 적응할지 몰라. 거 참, 역시 세상에는 인연이라는 것이 따로 있나 보구나.'

금강의 뜨거운 눈빛이 이탄에게 고정되어 떨어질 줄 몰랐다.

그 사실을 아는지 모르는지 이탄은 무덤덤하게 인사를 하고는 멸정동부로 돌아가 버렸다.

이탄 이후로도 수많은 수도자들이 장로회에 불려왔다. 수도자들은 군침을 꿀꺽 삼키며 최대한 강력한 법보를 고르기 위해서 비지땀을 흘렸다.

후배들의 열기 띤 모습을 보면서도 금강은 흥미를 느끼지 못했다. 금강의 머릿속에는 온통 이탄과 귀장갑만 가득했다.

사흘 뒤인 5월 11일.

850명의 특수부대 부대원들이 음양종의 88층 탑 앞에 모였다. 이들은 모두 남명 사대종파에서 촉망받는 수도자들이었다.

수도자들은 모두 자신들의 령을 함께 데려왔다. 피사노교를 공격하려면 서차원, 즉 언노운 월드로 차원을 넘어가야 하는데, 이때 꼭 필요한 존재가 바로 령이기 때문이었다.

이탄도 멸정동부를 떠날 때 강아지 령을 함께 데려왔다.

조그맣게 체격을 줄인 강아지 령이 이탄의 주머니 속에서 고개를 쏙 내밀고 주변을 두리번거렸다.

그 모습이 귀여워서 이탄이 강아지 령의 머리를 쓰다듬어주었다.

"하하. 모처럼 나들이를 나오니 신기한가 보구나."

[히히히.]

강아지 령이 기분 좋게 눈을 감고 이탄의 손길을 즐겼다.

그때 음양종의 자한 선자가 850명의 수도자들 앞에 나섰다.

"나는 음양종의 자한이라고 합니다."

"헉, 대선인 님이시다."

대선인의 등장에 이탄을 포함한 850명 전원이 옷매무새를 고쳤다.

자한 선자가 결기 어린 눈빛으로 수도자들을 쭉 둘러보았다.

모여 있는 사람들 가운데 머리카락을 뒤로 질끈 묶고 입술을 굳게 다문 선봉 선자의 모습이 유독 자한의 눈에 밟혔다.

'선봉아…….'

자한 선자는 불안한 마음을 애써 가라앉히고는, 본론을 꺼냈다.

"지금부터 열흘간 여러분들은 여기서 숙식을 함께하며

한 가지 강력한 공격형 법진을 전수받을 겁니다. 내가 여러 분들을 직접 가르칠 것이니 잘 따라와 주기 바랍니다."

"넵."

850명이 동시에 외쳤다. 수도자들의 쩌렁쩌렁한 대답 소리가 음양종의 88층 탑을 웅웅웅 뒤흔들었다.

특수부대원들에게 주어진 시간은 5월 11일부터 20일까지 딱 열흘뿐.

이 짧은 시간 동안 자한 선자는 특수부대원들에게 남명에서 가장 강력한 공격형 법진을 가르치기로 마음먹었다.

'그래야 내 소중한 피붙이가 살아남을 확률이 높아지지.'

자한 선자는 딸을 위해서라면 못할 일이 없었다. 대대로 음양종 내부에서만 전수되어 내려오는 최강의 법진을 사대 종파 전체에 공개하는 일도 거리낌 없이 감행했다.

이름하여 거신강림대진(巨神降臨大陣).

이 강력한 진법은 최소한 800명 이상, 많게는 1,000명의 뛰어난 수도자가 동원되어야 겨우 구성이 가능했다.

이 많은 구성원들의 법력을 하나로 모아서 상고 시대에나 존재하던 거대한 신, 즉 거신을 지상에 강림시키는 것이 진법의 목적이었다.

Chapter 6

"이때 중요한 요소가 총 네 가지죠."

자한 선자는 진법의 구성에 대해서 먼저 설명했다.

거신의 구성 요소 그 첫 번째.

"우선 거신의 가슴과 배꼽, 그리고 사타구니에 각각 100명씩, 총 300명의 수도자가 배치될 겝니다. 이 수도자들은 법력의 분배와 힘의 충전, 그리고 거신의 균형을 조절하는 역할을 맡아야 하죠."

이것이 자한 선자의 설명이었다.

이어서 자한 선자는 거신의 가슴부터 사타구니까지 3개의 핵에 배치되는 수도자 300명이 해야 할 역할에 대해서 자세히 풀어주었다. 또한 이 3개의 핵을 '거신의 삼중핵'이라 부른다는 말도 덧붙였다.

삼중핵이 부서지면 거신강림대진도 곧장 허물어지게 마련이었다. 그만큼 삼중핵은 진법의 중요한 요소였다.

이어서 거신의 구성 요소 그 두 번째.

특이하게도 거신은 팔다리가 아니라 머리가 주공격 기관이었다.

"거신을 불러일으키기 위해서는 거신의 삼중핵이 가장 중요하죠. 하지만 거신이 본격적으로 적을 공격하려면 머리가 핵심입니다."

이어지는 자한 선자의 설명에 따르면, 이 두 번째 구성 요소의 명칭은 '거신의 무력'이었다. 또한 자한은 "거신의 무력에 보통 100명에서 300명 사이의 수도자들이 배치돼요."라는 설명을 덧붙였다.

100명이면 100명이고, 300명이면 300명이지. 진법을 구성하는 데 있어서는 정확하게 투입할 수도자들의 머릿수가 정해져야 마땅했다. 이렇게 두루뭉술하게 100에서 300명 사이라는 것은 분명 의문이었다.

'이유가 뭐지?'

수도자들이 고개를 갸웃했다.

자한 선자가 기다렸다는 듯이 그 이유를 알려주었다.

"거신강림대진으로 방어를 할 경우를 예로 들어봅시다. 이때는 거신의 무력에 100명만 배치하고 나머지는 방어에 투자하는 거죠. 반면 거신강림대진으로 적을 공격하려면 거신의 무력 기관에 배치되는 수도자의 수를 300명까지 늘리고 방어를 그만큼 낮추는 거예요. 그런데 이번 특수부대의 임무는 공격과 방어가 모두 중요합니다. 따라서 나는 거신의 무력에 200명의 인적 자원을 투입할 겁니다."

"아!"

수도자들은 비로소 궁금함이 풀렸다.

이어서 자산 선자는 거신을 구성하는 세 번째 요소를 설명했다.

"거신의 신체 곳곳, 즉 팔다리와 목관절, 어깨관절, 팔꿈치, 손목, 손가락, 허리, 무릎관절, 발목, 발가락 등에도 수도자들이 배치되어 구동을 맡아주어야 합니다. 특히 거신의 팔과 다리에 배치된 수도자들은 보조 공격과 보조 방어임무도 함께 맡아야죠."

자한 선자는 이 부분을 '거신의 육체'라고 강조했다. 그리곤 거신의 양팔에 각각 50명, 양다리에 각각 50명을 배치할 예정이라고 말해주었다.

"물론 거신이 팔다리만 있는 것은 아닙니다. 거신의 여러 관절 부위에도 총 100의 수도자가 투입될 겝니다."

팔다리와 관절을 모두 합쳐서 거신의 육체에 투입되는 병력이 총 300명이었다.

자한 선자는 마지막으로 거신을 구성하는 네 번째 요소를 언급했다.

"거신의 마지막 구성 요소는 바로 방어입니다. 음양종에서는 이 네 번째 요소를 거신의 갑주라고 칭하죠."

자한 선자는 거신의 갑주에도 수도자 200명을 배치할 계획이라고 귀띔해주었다.

이탄은 머릿속으로 자한 선자의 설명을 정리했다.

첫째, 거신의 삼중핵에 각각 100명씩 총 300명의 수도자 투입.

둘째, 거신의 무력에 총 200명의 수도자 투입.

셋째, 거신의 육체에 총 300명의 수도자 투입.

넷째, 거신의 갑주에 총 200명의 수도자 투입.

자한 선자가 수도자들에게 물었다.

"지금까지 설명들은 부분에 대해서 혹시 질문이 있나요?"

금강수라종의 풍양이 손을 번쩍 들었다.

자한 선자의 시선이 멸치처럼 비쩍 마른 풍양에게 멎었다.

"뭐가 궁금한가요?"

"저는 금강수라종의 풍양이라고 합니다. 대선인님께 감히 여쭙겠습니다. 조금 전 설명하신 바에 따르면 거신의 삼중핵과 무력, 육체, 그리고 갑주에 총 1,000명의 수도자가 투입되어야 합니다. 그런데 지금 이 자리에는 850명만 모였습니다. 나머지 150명의 문제는 어떻게 해결하는 것입니까?"

풍양의 질문은 제법 날카로웠다.

자한 선자가 무표정하게 대답했다.

"나머지 150명은 열흘 뒤 마르쿠제 술탑에서 충원될 예정이에요."

자한 선자의 말이 떨어지기 무섭게 풍양이 이어지는 질문을 던졌다.

"대선인님, 저희 수도자들은 앞으로 열흘 동안 대선인님의 지도를 받아서 거신강림대진을 연마할 것입니다. 반면 마르쿠제 술탑의 수도자들은 아무런 연습도 없이 특수부대에 합류하는 것 아닙니까? 혹시 그들이 진법을 연마할 시간이 충분치 않아 저희들과 손발이 맞지 않으면 어떻게 합니까?"

딴은 그러했다.

"듣고 보니 그 말이 일리가 있네."

"마르쿠제 술탑의 수도자들과 어떻게 손발을 맞추지?"

850명의 수도자들이 웅성거렸다. 주변이 소란스러워졌다.

자한 선자가 한쪽 발을 살짝 들었다가 쿵 굴렀다.

"조용."

쩌저저저적!

눈 깜짝할 사이에 고층탑 앞 광장 전체에 하얗게 서리가 번졌다. 냉한의 한기가 살을 에일 듯 휘몰아쳤다.

"헙!"

급작스러운 기온 저하에 수도자들이 깜짝 놀라 몸을 움츠렸다. 수도자들의 눈썹과 수염 등에는 이미 새하얗게 얼음알갱이가 달라붙었다.

"누가 감히 떠드는 게지?"

자한 선자가 차가운 눈빛으로 수도자들을 둘러보았다.

수도자들이 찔끔하여 고개를 아래로 숙였다.

평소에 자한 선자는 완급뿐 아니라 그 아래 만급의 후배들에게도 존댓말을 써주는 사람이었다. 이 점만 보면 더할나위 없이 친절한 대선인이 바로 자한 선자인 것 같았다.

하지만 거꾸로 후배들에게 가장 냉담한 대선인도 자한선자였다. 자한은 상대할 가치가 없다고 느끼는 수도자들에게는 차갑게 벽을 세우고 일절 교류하지 않았다. 후배들이 함부로 선을 넘는 것에 대해서도 가차 없이 응징했다.

Chapter 7

'이크.'

850명의 수도자들은 비로소 자한 선자가 어떤 성격인지를 떠올리고는 황급히 몸을 추슬렀다. 흐트러진 자세도 바로잡아 자한 선자에게 책잡힐 만한 요소를 없앴다.

자한이 냉랭하게 수도자들을 훑었다. 그 기세만으로도광장 전체가 꽁꽁 얼어붙었다. 수도자들은 감히 찍 소리도 내지 못하고 침묵했다.

자한이 다시 입을 열었다.

"내가 이미 말했습니다. 거신강림대진은 800명의 수도자만 있으면 구현할 수 있다고 했죠. 거신강림대진의 네 가지 요소 가운데 거신의 삼중핵, 거신의 무력, 거신의 육체, 이렇게 세 가지는 반드시 필요합니다. 하지만 마지막 요소인 거신의 갑주는 방어를 고려하지 않으면 없어도 무방하지요."

'아!'

이탄은 여기까지 듣고 나자 곧바로 감이 잡혔다.

자한 선자가 설명을 이었다.

"일단 나는 거신의 삼중핵에 300명, 거신의 무력에 200명, 거신의 육체에 300명, 그리고 거신의 갑주에 50명을 배치하려고 합니다. 그 다음 마르쿠제 술탑의 150명은 나중에 거신의 갑주 쪽에 충원할 생각이지요."

여기서 말을 한 번 끊은 뒤, 자한 선자는 마르쿠제 술탑이 위치한 서쪽 방향을 한 번 노려보았다. 그 다음 다시 고개를 돌려 이야기를 마무리 지었다.

"노파심에 다시 한 번 강조합니다. 거신의 갑주는 따로 손발을 맞출 필요가 없습니다. 그쪽에 배치된 수도자들을 그다지 연마할 것도 없습니다. 그저 진법의 정해진 곳에 자리를 잡고 앉아서 법력관에 법력만 불어넣으면 끝입니다. 그들의 법력이 거신에게 갑주를 만들어 줄 테고요. 이제 질문에 대한 답이 되었겠지요?"

설명을 끝마치면서 자한 선자가 풍양에게 다시 시선을 주었다.

"네넵. 충분히 이해했습니다."

풍양이 화들짝 놀라 대답했다.

풍양이 자한 선자의 눈빛에 진땀을 흘리는 동안 이탄은 곰곰이 생각에 잠겼다.

'흐음. 그렇다면 거신의 갑주에 배치되는 수도자들은 거신강림대진에 대해서도 별로 배우는 바가 없겠구나.'

솔직히 이탄은 거신강림대진에 대해서 큰 흥미를 느꼈다. 그는 가능하면 이 강력한 법진에 대해서 자세히 알고 싶어졌다.

그런데 만약 이탄이 거신의 갑주에 배치된다면?

그러면 이탄의 희망은 물거품이 되는 셈이었다.

'이거 자한 선자님께 잘 보여야겠는걸. 까딱하다가 갑주에 배치되면 배우는 것도 없이 고생만 하게 생겼잖아?'

이어서 이탄은 '과연 어느 부분에 배치되어야 좋을까?'를 고민했다.

거신의 갑주는 꽝이었다.

거신의 육체도 꽝에 가까웠다. 그나마 거신의 팔이나 다리에 배치되면 보조 공격이나 보조 방어 역할을 해보겠지만, 관절 부위에 배치되면 정말 별 볼일이 없을 것 같았다.

'최악의 경우엔 거신의 무릎만 수백 번을 굽혔다 폈다 반복하는 것 아냐? 어휴우. 그딴 역할을 맡으면 정말 시간만 낭비하는 꼴이지. 어휴우.'

거신의 삼중핵.

여기는 그런대로 괜찮을 듯했다.

'만약 내가 거신의 삼중핵에 배치된다면 여러 가지 비법들을 깨우칠 수 있을 거야. 거신을 구동하기 위한 법력의 흐름이라든가, 힘과 에너지를 축적하는 방법, 거신의 균형 유지 비법 등을 말이야.'

하지만 이탄이 진짜로 가고 싶은 곳은 거신의 무력이었다. 그곳은 무려 1,000명의 수도자들의 법력을 하나로 끌어 모은 뒤, 그 어마어마한 힘으로 적을 공격하는 기관이었다.

'무력 부위에서 중요한 역할을 맡아보면 좋을 텐데. 그런 경험을 하는 것만으로도 법술에 대한 이해도를 높일 수 있을 것 같아.'

이탄은 간절히 갈구하는 눈빛으로 자한 선자를 올려다보았다.

'저를 뽑아주세요. 거신의 무력 쪽에 배치해주세요. 부탁드려요.'

이탄은 마음속으로 이렇게 간청했다.

물론 자한 선자의 귀에는 들리지 않았다.

그날 점심 무렵, 자한 선자는 각 수도자들이 거신강림대진에서 맡아야 할 역할을 하나씩 정해주었다.

음양종의 기둥이자 태극 대선인의 제자인 붕룡은 거신의 무력에 배정되었다. 붕룡이 은근히 기쁜 기색을 드러내었다.

제련종의 차석 종주인 검룡도 거신의 무력을 담당했다. 검룡은 딱히 표정 변화가 보이지 않았다.

"역시 무력이 강한 선배님들이 거신의 무력에 배치되는구나."

"암. 저분들이 공격을 맡아주셔야지."

수도자들은 자한 선자의 배치가 합리적이라고 생각했다.

그런데 자한은 천목종의 죽룡을 거신의 삼중핵 가운데 배꼽 부분에 배정했다.

죽룡의 표정은 그리 좋지 않았다.

죽룡이 특수부대에 자원한 이유가 무엇이던가. 스승인 죽노의 복수를 하기 위함이었다. 그런데 그는 공격을 담당하는 거신의 무력 대신 다른 기관에 배정을 받았다. 자연히 죽룡의 얼굴이 구겨질 수밖에 없었다.

자한이 코웃음을 쳤다.

"흥. 내 결정이 마음에 들지 않나 보네요?"

"그, 그것은……."

죽룡이 당황했다.

자한이 입꼬리를 비스듬하게 비틀었다.

"나는 오랫동안 거신강림대진을 연구해온 사람입니다. 그런 내가 이렇게 배정을 하는 데는 그만한 이유가 있겠지요. 아니 그렇습니까?"

자한 선자가 말을 내뱉을 때마다 살점을 에는 듯한 냉기가 뿜어졌다.

죽룡이 냉큼 수긍했다.

"맞습니다. 저는 대선인님의 말씀에 따르겠습니다."

"잘 생각했어요."

자한은 그제야 냉기를 거둬들였다.

죽룡 이후로 그 누구도 자한의 결정에 싫은 내색을 내비치지 못했다. 다들 자한 선자가 두려워서 무조건 명을 받들었다.

자한은 엄홍 선인을 거신의 삼중핵 가운데 가슴 부분에 배정했다. 천목종의 선4급 선인인 안일평에게는 삼중핵 가

운데 사타구니를 맡겼다. 금강수라종의 선4급 선인인 풍양
은 거신의 무력 쪽에 한 자리를 받았다.

Chapter 8

　이어서 금강수라종의 선3급 선인인 해원은 특이하게도
거신의 육체에 배정되었다. 자한 선자는 해원에게 특별히
당부하여 거신의 목 관절을 맡겼다.

　이것은 해원이 원하던 바는 아니었다. 사실 해원 선인은
거신의 삼중핵에 배정되기를 희망했다.

　하지만 해원은 감히 자한 선자의 결정에 반기를 들 수는
없었다. 그저 입술을 꾹 다물고 자신에게 주어진 책무를 받
아들일 뿐이었다.

　한편 금강수라종의 선2급 선인인 부공은 거신의 무력에
배정되었다.

　'아싸.'

　부공은 입술을 오므려 이렇게 중얼거렸다. 비록 그는 자
한 선자가 무서워서 입 밖으로 이 말을 내뱉지는 못했지만,
내심 바라던 기관에 배치되어 뛸 듯이 기뻐했다.

　이어서 선봉 선자의 차례가 되었다.

자한은 딸을 거신의 삼중핵에 넣었다. 그중에서도 배꼽의 핵이 선봉 선자에게 주어진 자리였다.

'아마도 저곳이 진법에서 가장 안전한 위치겠지.'

이탄이 속으로 이렇게 중얼거렸다.

사실 선봉 선자가 어느 위치에 배정되건 이탄이 신경을 쓸 바는 아니었다.

'오로지 내가 어디로 가느냐가 중요할 뿐이지.'

이탄이 마음속으로 이렇게 중얼거릴 때였다. 드디어 자한 선자의 눈이 이탄에게 향했다. 마침내 이탄의 차례가 돌아온 것이다.

지금까지 자한 선자는 수도자들과 거의 눈을 마주치지 않았다. 그저 두루마리에 적어온 것만 내려다보면서 막힘없이 수도자들의 위치를 지정해주었다.

그러던 자한이 모처럼 고개를 들어 이탄을 정면으로 바라보았다.

"쿠퍼 선인……."

"말씀하십시오."

이탄이 침을 꿀꺽 삼켰다.

다른 수도자들은 이탄이 거신의 무력에 배정될 것이라 예상했다.

얼마 전 피사노교가 남명으로 쳐들어왔을 때 이탄은 동

차원 최초로 괴물 수라를 선보였다. 그때 모습이 이 자리에 있는 모든 수도자들의 뇌리에 불도장처럼 새겨져 있었다. 그날의 강렬했던 인상 때문에 수도자들은 이탄이 공격 법술에 특화되어 있다고 믿었다.

'쿠퍼 선인은 당연히 거신의 무력으로 가겠지?'

'맞아. 무력 쪽으로 배정될 게야.'

이것이 모든 수도자들의 공통된 의견이었다.

한데 자한 선자의 생각은 달랐다.

"쿠퍼 선인이 맡아줘야 할 곳은…… 바로 거신의 삼중핵 가운데 배꼽 부분이에요."

"아아!"

이탄은 "네."라는 대답 대신 "아아!"라는 탄식을 내뱉었다. 자신도 모르게 튀어나온 반응이었다.

"뭐죠?"

자한이 이마를 와락 찌푸렸다.

쩌저저적!

그 즉시 자한의 전신으로부터 삼엄한 냉기가 피어올랐다. 그 냉기가 공기를 바짝 얼리며 얼음화살처럼 뻗어서 이탄을 에워쌌다.

"죄송합니다."

이탄이 재빨리 자한 선자에게 사과했다.

자한은 마뜩지 않은 듯 이마에 주름을 만들다가 결국 냉기를 다시 거둬들였다.

"정말 죄송합니다. 제가 무례하게 굴었습니다."

이탄은 자한에게 거듭 사죄를 올렸다.

"흐응."

자한도 더는 이탄을 나무라지 않았다.

그 후로도 자한은 수도자 한 명 한 명에게 맡은 바 임무를 알려주었다. 그 다음 개인별로 두루마리를 한 꾸러미씩 선물했다.

"이 두루마리에는 거신강림대진에서 여러분들이 맡아야 할 역할이 담겨 있어요. 각 두루마리마다 서로 다른 내용이 적혀 있으니까 괜한 호기심에 두루마리를 서로 돌려보느라 시간 낭비하지 말고, 각자 맡은 부분만 열심히 숙지하도록 하세요. 오늘 저녁 5시에 내가 여러분들이 잘 숙지했는지 시험하겠어요."

"넵."

"명심하겠습니다."

수도자들이 우렁차게 대답했다.

"그럼 지금부터 오후 5시까지는 자유시간이에요. 각자 알아서 두루마리 속 내용을 읽고 머릿속에 담아두기 바랍니다."

퓨웃!

할 말을 마친 뒤 자한 선자는 유령처럼 그 자리에서 사라졌다.

850명의 수도자들은 자한이 서 있던 곳만 멍하니 바라보았다.

이탄은 88층 탑 뒤쪽 정원으로 발걸음을 옮겼다. 적당히 외진 곳을 찾은 뒤, 이탄은 아름드리나무에 등을 기대고 앉아 두루마리를 펼쳐들었다.

"쳇. 나는 거신의 무력에 들어가고 싶었단 말이다."

이탄의 첫마디는 불평으로 시작되었다. 사실 이탄은 거신의 삼중핵에 배정된 것이 마음에 들지 않았다.

"하지만 거신의 육체나 거신의 갑주에 배정된 것보다는 낫지. 거신의 핵에서는 진법을 가동하기 위한 법력의 흐름이나 법력의 응집, 배분 등을 파악할 수 있으니까 나름 장점이 있어. 어쩌면 진법 자체를 배우기에는 거신의 무력보다 거신의 삼중핵에 배치되는 편이 더 나을 거야."

이왕 이렇게 된 거, 이탄은 좋게 생각하기로 마음먹었다.

"어디 보자."

이탄은 일단 자한 선자가 나눠준 두루마리에 집중했다.

두루마리 속에는 그림이 크게 그려져 있었다. 인체의 해부도를 연상시키는 그림이었다.

"이게 거신일까?"

해부도 속 인물의 가슴과 배꼽, 사타구니 부위에는 붉은 점이 하나씩 찍힌 상태였다. 그 가운데 배꼽의 붉은 점 부위가 인체 해부도 옆에 크게 확대되어 그려져 있었다. 이탄은 확대된 부분을 손가락으로 짚으며 머릿속에 담았다.

"여기가 내가 배정될 기관이겠구나. 배꼽의 핵 말이야."

거신의 배꼽 안쪽의 핵은 다시 4개의 정점으로 구성되었다. 각 정점에는 거미줄처럼 복잡하게 곁가지가 뻗어 있는데, 그 곁가지들이 나머지 96개의 점들과 일일이 이어져서 촘촘한 그물망을 만들었다.

"이 선들이 법력이 오고 가는 법력관이겠지? 그러니까 96명의 수도자들이 자신의 법력을 법력관 속으로 밀어 넣으면 그 법력이 4명의 정점 수도자에게 집중되는 방식이야. 그리고 이 4명의 정점 수도자가 힘을 합쳐서 거신의 삼중핵 가운데 하나를 조종하는 거지."

Chapter 9

이탄은 전체 얼개를 굵직굵직하게 파악했다.

재미있는 사실은, 이탄의 두루마리에 4개 정점 중 하나가 유독 파란색으로 표시되었다는 점이었다.

가만히 보니 자한 선자는 이탄에게 핵의 정점 중 하나를 맡긴 듯했다.

"오호라. 그렇구나. 이 파란 점이 의미가 있었구나."

이탄의 추측이 맞았다. 두루마리를 조금 더 펼치자 그곳에는 핵의 정점이 맡아야 할 임무와 역할이 상세하게 기술되어 있었다.

심지어 이탄의 두루마리에는 정점이 아닌 다른 점들이 맡아야 할 역할들까지도 포함되어 있었기에 그 분량이 장난이 아니었다.

만약 전투 중에 96개의 점 가운데 일부에 문제가 생기면, 정점이 문제가 생긴 부분까지도 떠맡아야 하기 때문이었다.

이탄은 두루마리 속 내용이 복잡하면 복잡할수록 더 큰 재미를 느꼈다. 이탄은 마치 물먹은 솜처럼 진법에 대한 지식을 받아들였다. 두루마리 속 정보들을 흡수하고 나자 거신강림대진에 대한 이탄의 이해도가 쑤우욱 올라갔다.

두루마리를 완벽하게 외운 뒤, 이탄은 나무에 기대어 지그시 눈을 감았다.

이탄의 머릿속에 100명의 동료 수도자들이 퐁퐁 생성되었다. 그 가운데는 당연히 이탄도 포함되었다.

100명의 수도자들은 법력관으로 서로 연결되어 그물망을 구성했다.

　수도자들이 법력을 끌어올리자 법력관이 시퍼렇게 빛을 토했다. 웅웅웅 소리도 내었다. 그렇게 콸콸 흐른 법력이 진법에 의해 크게 증폭되었다. 도도하게 흐른 법력은 마침내 모든 수도자들을 거쳐서 4명의 정점 수도자에게 집결되었다.

　이탄도 정점 수도자 4명 가운데 하나였다.

　이탄의 상상 속에서 충만한 양의 법력이 이탄에게 흘러들어 왔다. 이탄은 그렇게 체내로 유입된 법력을 다시 밖으로 내보내 거신에게 힘을 공급했다.

　거신, 즉 거대한 신이 이탄이 보내준 에너지에 의해 우르릉 일어섰다. 이탄이 거신의 두 발에 번갈아가며 법력을 제공했다.

　그러자 거신이 두 다리를 움직여 쿵쿵 걸었다.

　이탄이 거신의 팔로 법력을 흘렸다.

　이번에는 거신이 팔을 번쩍 들었다.

　물론 팔다리의 세세한 움직임은 거신의 육체를 맡은 수도자들이 조종했다. 이탄은 그저 그 수도자들이 거신의 팔다리를 조종할 수 있도록 법력을 배분해주고 거신의 균형을 맞춰줄 뿐이었다.

쿵쿵쿵 걷던 거신이 어느 순간 뛰기 시작했다. 느릿하게 움직이던 거신이 빠르게 팔을 휘둘렀다.

이탄의 조종 능력이 올라갈수록 거신의 움직임도 자연스러워졌다. 빨라졌다.

그러던 어느 순간 이탄은 갑자기 벅찬 희열감을 느꼈다.

"아!"

진법 속에서 이렇게 거신을 운용하다 보니 어느새 이탄 스스로가 거신과 한 몸이 된 듯한 착각이 들었다.

이탄의 상상 속에서 이탄이 곧 거신이었다. 또한 거신이 곧 이탄이 되었다.

그 일체감이란!

그 희열이란!

이탄의 머릿속에서 오색불꽃이 파파팡 터지는 듯했다. 꽈과과과광! 귀에서 천둥소리가 울렸다. 눈앞에서 불꽃이 번뜩였다.

이때부터는 이탄이 굳이 의도하여 거신을 움직일 필요가 없었다. 이탄이 의식하지 않아도 거신이 이탄의 뜻대로 움직여주었다. 이탄이 머릿속으로 상상하는 동작을 거신이 곧 구현했다. 이탄이 주먹을 뻗으면 거신도 주먹을 뻗었다. 이탄이 제자리에서 팽이처럼 뱅글뱅글 돌면 거신도 우르릉 우르릉 회전했다.

한 시간, 두 시간, 세 시간, 네 시간…….

이탄은 꿈쩍도 않고 나무그늘 아래에 앉아서 상상의 나래를 활짝 펼쳤다. 정말이지 시간이 어떻게 가는지도 모르고 상상에 몰입했다.

"으으음. 지금이 몇 시지?"

이탄이 다시 눈을 떴을 때, 해시계는 이미 오후 5시를 넘긴 상태였다.

"어이쿠. 벌써 이렇게 되었나?"

이탄은 곧장 비행 법보를 구동하여 탑의 앞쪽으로 날아갔다.

그렇게 서둘렀건만 이탄은 이미 20분이나 지각했다. 자한 선자가 싸늘하게 이탄을 노려보았다. 다른 선인들도 절레절레 고개를 저었다. 특히 이탄을 노려보는 풍양의 눈빛에는 가소로움이 가득했다.

"늦어서 죄송합니다."

이탄이 자한 선자를 향해 고개를 꾸벅 숙이고는 자신의 자리로 들어갔다.

자한 선자는 아무 소리 없이 수도자들을 진도를 점검하기 시작했다. 그녀는 수도자 한 명 한 명을 꼼꼼하게 살폈다.

드디어 이탄의 차례가 되었다. 이탄은 자한 선자의 질문에 거침없이 대답했다.

"뭐야?"

"왜 저렇게 잘해?"

다른 수도자들은 깜짝 놀라 눈이 휘둥그레졌다.

엄홍이나 부공 등은 이탄이 막힘없이 대답하자 진심으로 기뻐했다. 반면 풍양은 속이 뒤틀리는지 아랫입술을 꽉 깨물었다.

거신강림대진에 대한 이탄의 이해도는 놀라울 정도로 해박하고 깊이가 있었다. 만약 이탄이 솔직하게 자신이 이해한 바를 전부 드러내었더라면? 그럼 자한 선자는 입에 거품을 물고 뒤로 넘어갔을 것이다. 그리곤 이탄을 심하게 경계했을 가능성이 높았다.

그럴 만도 한 것이, 거신강림대진은 음양종 내부에서 비밀리에 전수되어 내려오는 최강의 진법이었다.

그런데 타 종파의 선인이 그 거신강림대진의 정수를 쏙 빼먹는다고 생각해보라. 자한 선자의 입장에서는 섬뜩함을 느끼는 것이 당연했다.

하지만 그런 일은 벌어지지 않았다. 영악하게도 이탄은 자신이 파악한 것의 10분의 1만 겉으로 드러냈다.

그것만으로도 모든 수도자들이 깜짝 놀랐다.

자한 선자도 흠칫했다.

"흐으음. 두루마리 속 내용이 많이 복잡했을 텐데 꽤나 잘 파악했군요. 역시 멸정 선배님이 제자로 거둘 만하네요."

자한 선자가 떨떠름하게 이런 말을 남겼다. 오늘 자한 선자가 평가한 수도자들 가운데 이탄이 가장 큰 칭찬을 받은 셈이었다.

자한 선자는 냉랭한 얼음벽과 같아서 그 어떤 수도자에게도 칭찬을 해주지 않았다.

그나마 음양종에 소속된 수도자들은 자한 선자로부터 별 꾸지람을 듣지 않았다. 그들은 이미 거신강림대진에 대해서 밑바탕 지식을 지닌 까닭이었다.

음양종을 제외한 나머지 사대종파의 수도자들은 자한 선자로부터 자존심이 팍 상할 정도로 힐책을 들어야 했다. 심지어 죽룡이나 안일평, 엄홍, 풍양 등 상위의 선인들도 그다지 좋은 소리를 듣지 못했다.

Chapter 10

오직 검룡만이 자한 선자로부터 아무런 꾸지람을 받지 않았다. 그렇다고 검룡이 칭찬을 들은 것도 아니었다.

오늘 칭찬을 받은 수도자는 유일하게 이탄뿐이었다.

자한 선자는 수도자들 한 명 한 명을 붙잡고 부족한 부분에 대해서 밤늦게까지 가르침을 내렸다.

자한 선자가 이토록 열심히 가르치는 이유는 하나였다.

'너희들이 똑바로 거신강림대진을 구현해 내야 우리 선봉이 안전할 게 아니냐. 너희들은 더 열심히 해야 한다. 정신 바짝 차리고 더 열심히.'

자한 선자는 호랑이가 되어 수도자들을 다그쳤다.

다음 날에도 새벽부터 강행군이 계속되었다.

수도자들은 자한 선자로부터 기본 설명을 들은 뒤, 홀로 자습하는 시간을 가졌다. 그 다음 저녁 무렵에 자한 선자로부터 다시 점검을 받았다.

둘째 날이 되자 자한 선자의 기준은 더욱 엄격하게 올라갔다. 이날은 검룡도 자한 선자로부터 꾸지람을 들었다. 나머지 수도자들은 말할 것도 없었다. 자한 선자의 차디찬 독설에 다들 고개를 들지 못하고 땅만 쳐다보았다.

자한 선자는 딸인 선봉에게도 엄격하게 대했다. 선봉 선자가 어머니의 차가움에 놀라 눈시울을 붉힐 정도였다.

자한 선자는 오직 이탄만 꾸짖지 않았다. 그렇다고 이탄을 추켜세우지도 않았다.

이탄도 칭찬받기를 바라지 않았다. 이탄은 거신강림대진에 대해서 궁금했던 점 몇 가지를 정리하여 자한 선자에게 질문했을 뿐이었다.

자한은 이탄의 첫 번째 질문을 듣고는 얼굴이 딱딱하게 굳었다. 이탄의 질문이 거신강림대진의 핵심을 정확하게 파고들었기 때문이었다.

지금까지 자한 선자가 가르쳤던 제자들 가운데 그 누구도 이탄이 물었던 것을 묻지 않았다. 심지어 자한으로부터 특별지도를 받았던 선봉 선자마저도 이런 질문을 하지 못했다.

이탄의 두 번째 질문도 날카롭기 그지없었다. 딱딱하던 자한 선자의 얼굴이 이제는 창백하게 질렸다.

만약 거신강림대진에 선봉 선자의 목숨이 달려있지 않았더라면, 자한 선자는 절대 이탄에게 답을 해주지 않았을 것이다. 이탄의 두 가지 질문에 답을 하면서 자한 선자는 마치 음양종의 극비기밀이 금강수라종으로 넘어가는 듯한 상실감을 느꼈다. 자한은 속으로 한숨을 내쉬었다.

이탄의 세 번째 질문은 한 술 더 떴다.

음양종을 통틀어서 거신강림대진에 대해서 가장 정통했다고 인정받는 대선인이 바로 자한이었다.

그 자한 선자조차도 이탄의 세 번째 질문에 답을 해주기 불가능했다. 이탄은 자한 선자가 한 번도 생각해보지 못한 시각에서 질문을 던졌다. 이탄의 질문을 받고 어찌나 충격을 받았던지 자한 선자의 다리가 후들후들 떨릴 정도였다.

마지막으로 이탄이 네 번째 질문을 던졌다. 자한이 아직 세 번째 질문에 대한 답을 내놓기도 전에 성급하게 이어진 물음이었다.

한데 이 네 번째 질문은 얼토당토않았다.

자한이 판단컨대, 이탄이 처음에 물어보았던 두 가지 질문은 거신강림대진을 속속들이 파악한 뒤에야 비로소 던질 수 있는 물음들이었다. 그리고 세 번째 질문은 거신강림대진의 이면에 흐르는 정수까지 모조리 알아내야 비로소 고민할 수 있는 바였다. 자한 선자는 이탄의 놀라운 이해력과 습득력에 공포까지 느꼈다.

한데 이탄이 던진 네 번째 질문은 영 아니었다. 거신강림대진을 제대로 파악하지 못하고 그저 수박 겉핥기식으로만 훑으면 나올 법한 수준 낮은 질문이었다.

'내가 쿠퍼 선인을 잘못 보았나? 앞에서 던졌던 날카로운 질문들은 그냥 우연이었을까?'

이탄을 바라보는 자한 선자의 눈빛이 한결 누그러졌다.

지금 자한 선자의 심경은 복잡했다.

딸의 생환 확률을 높이려면 이탄이 거신강림대진에 대해서 낱낱이 파악하고 있는 편이 좋았다. 자한 선자는 마음 한구석으로 이탄에게 큰 기대를 걸었다.

다른 한편으로 자한 선자는 이탄에 대한 경계심이 생겼다.

'이러다 다 빼앗기겠어. 이 날강도 같은 녀석에게 우리 음양종의 정수를 다 빼앗기게 생겼다고.'

자한 선자의 마음속에는 '쿠퍼 선인이 음양종의 정수를 빼앗아 가지 못했으면 좋겠구나.' 라는 마음이 함께 상존했다.

사실 이탄이 자한 선자에게 짐짓 어리석은 질문을 던진 이유도 이 때문이었다. 이탄은 자한 선자가 자신을 높게 평가하는 것이 싫었다. 경계하는 것도 싫었다. 그래서 이탄은 어리석은 질문 하나를 미리 준비해두었다.

이탄이 세 번째 질문을 던졌을 때 자한 선자의 경계심이 극도로 올라갔다.

'이크.'

이탄은 눈치 빠르게도 상대의 심정을 파악했다. 그리곤 재빨리 네 번째 질문을 통해서 자한 선자의 경계심을 누그러뜨렸다.

그날 이후로 이탄은 더 이상 자한 선자에게 궁금한 점을 묻지 않았다. 그저 무난한 수준의 질문 몇 개를 준비했다가 적당히 던질 따름이었다.

처음에 이탄을 바짝 경계하던 자한 선자도 시간이 갈수

록 경계심이 완화되었다. 이탄의 책략이 먹혔다는 의미였다.

그렇게 열흘이 훌쩍 흘렀다.

시간은 쏘아진 화살처럼 빨라서 어느새 5월 20일이 되었다. 이제 850명의 수도자들에게 주어진 시간은 모두 종료되었다.

안타까운 일이지만, 아직까지도 거신강림대진은 완벽하지 않았다.

"아직 부족해. 하지만 더 이상은 시간을 끌 수 없구나. 죽이 되든 밥이 되든 이제는 온몸으로 부딪쳐서 해결할 수밖에. 하아아."

자한 선자가 한숨과 함께 손을 떼었다. 때를 맞춰 사대종파의 대선인들이 850명의 수도자들 앞에 모습을 드러내었다.

"이제 여러 분들의 고귀한 피를 흘릴 시간이 되었소."

태극 대선인은 이런 말로 전쟁을 선포하는 포문을 열었다.

"우와아아아—."

850명의 수도자들이 우렁찬 함성으로 호응했다. 이탄도 오른 주먹을 번쩍 들고 동료들과 보조를 맞췄다.

이날 특수부대원 850명은 대규모 이송법진에 탑승하여 머나먼 서쪽 방향으로 날아갔다.

이송법진의 위력은 정말 대단했다.

언노운 월드나 동차원의 크기는 간씨 세가의 세상과는 비교도 되지 않을 정도로 드넓었다. 특히 동서 방향의 길이는 100배도 넘었다. 그런데 동차원의 이송법진은 그 광활한 대륙을 눈 깜짝할 사이에 횡단해 버렸다. 850명의 수도자들은 대륙 동남부에서 출발하여 눈 깜짝할 사이에 대륙 서북부까지 이동했다.

제3화
랑무 성을 방문하다

Chapter 1

수도자들이 도착한 곳에는 마르쿠제 술탑의 수도자들이 마중을 나와 있었다. 그중에서도 비앙카가 대표로 나서서 남명의 수도자들을 맞았다.

"먼 길 오시느라 수고 많으셨습니다."

"환영해주셔서 감사합니다."

남명의 수도자들 중에서는 검룡이 한 발 앞으로 나서서 비앙카에게 마주 인사했다. 이것은 검룡이 850명 수도자들의 대표라는 의미였다.

"검룡 선인께서 손수 오셨군요. 다시 뵙게 되어서 영광입니다."

비앙카가 검룡을 향해 정중하게 고개를 숙였다.

비앙카의 뒤에는 4명의 수도자들이 늘어선 상태였다. 이 4명이야말로 마르쿠제 술탑을 실질적으로 이끌어가는 실력자들이었다.

비앙카는 술탑의 대표 수도자들을 하나하나 소개해주었다.

맨 왼쪽의 늙수그레한 대머리 노인은 아잔데였다.

아잔데는 선5급의 끝자락에 서 있는 선인으로, 조만간 선5급을 넘어서 선6급의 경지에 도달할 것으로 예상되는 뛰어난 수도자였다.

실제로도 아잔데는 마르쿠제 탑주와 오세벨 장로원주에 이어서 술탑의 3인자로 거론되곤 했다. 그만큼 아잔데는 강력한 선인이었다.

아잔데의 주특기는 독과 관련된 법술이라는 풍문들이 나돌았다.

하지만 실제로 확인된 이야기는 아니었다. 다만 아잔데는 평소에도 독풀 같은 것들을 질겅질겅 씹고 다녔다.

아잔데의 옆에 위치한 수도자는 브란자르라고 했다. 브란자르는 검은 머리카락을 가닥가닥 따서 늘어뜨린 흑인이었다.

브란자르 또한 아잔데와 마찬가지로 선5급의 선인이었

으며, 사나운 야수를 자유자재로 부리는 것이 주특기였다. 또한 브란자르는 몸이 민첩하기 이를 데 없어서 '흑표범' 이라는 별명으로 불렸다.

브란자르의 옆에 삐딱하게 서 있는 장신의 사내는 테케였다.

테케는 부적으로 명성이 자자한 수도자인데, 검술도 뛰어났다. 검과 부적을 섞어서 사용하는 테케의 공격 수법은 독창적이고 위력도 뛰어나서 멀리 남명까지도 이름이 알려질 정도였다.

테케 또한 최근에 선5급의 경지에 올라섰다.

마지막으로 가장 오른쪽에 서 있는 사내는 오고우였다.

오고우는 키가 230센티미터나 되었고, 덩치는 산처럼 컸으며, 턱수염을 덥수룩하게 길러서 그에 걸맞는 별명을 지녔다.

언노운 월드의 친구들은 오고우를 고릴라라고 불렀다. 반면 동차원의 수도자들은 그를 거원, 즉 거대 원숭이라고 일컬었다.

오고우는 등에 커다란 솥단지를 메고 다녔으며, 무시무시한 곤충 떼를 부리는 것으로 유명했다.

오고우도 나머지 세 사람과 마찬가지로 선5급의 경지를 밟은 강자였다.

마르쿠제 술탑에서는 이들 4명을 '사천왕'이라는 다소 민망스러운 이름으로 불렀다.

이탄이 술탑의 사천왕을 한 명 한 명 훑어보는 동안, 비앙카가 손을 들어 서남쪽의 산맥을 가리켰다.

"마르쿠제 술탑은 저 산맥 안에 자리하고 있습니다. 여기서부터 약 두 시간 정도만 비행하시면 목적지에 도착할 것입니다. 여러분들께서는 어서 배에 오르시지요."

비앙카의 말이 떨어지기 무섭게 하늘에서 푸른 불빛이 번뜩였다. 구름을 뚫고 하늘을 나는 배가 위풍당당한 모습을 드러내었다.

이 배는 드래곤의 뼈로 골조를 만들고, 공기보다 가벼운 부상나무로 건조한 전투함이었다. 배의 돛에는 머리 셋 달린 드래곤이 멋들어지게 수놓아져 있었다. 이 삼두 드래곤 문장이야말로 마르쿠제 술탑의 상징이었다.

또한 전투함의 앞쪽에는 적선을 들이받아 부수기 위한 충각(Ram)이 무려 50미터 길이로 거대하게 뻗은 상태였다.

충각 주변엔 뾰족뾰족한 가시들이 흉악하게 자리했다.

쿠콰콰콰콰!

마르쿠제 술탑의 거대 전투함이 선체 밑바닥의 여섯 곳에서 푸른 불빛을 내뿜으며 하강했다.

거대한 배가 땅에 착륙하자 비앙카가 손으로 갑판을 지목했다.

"모두 타시지요. 여기서부터는 배로 모시겠습니다."

"이렇게 융숭하게 대접해주셔서 감사합니다."

검룡이 비앙카에게 감사를 표했다.

비앙카가 손으로 입을 가리고 매혹적으로 웃었다.

"호호. 별 말씀을 다 하십니다. 귀한 손님들을 맞았으니 당연히 저희 마르쿠제 술탑에서 정성을 다해 모셔야지요."

마르쿠제 술탑의 전투함은 850명의 수도자들을 모두 태우고도 자리가 많이 남았다. 남명의 사대종파들도 다수의 대형 전투함들을 보유했으나, 이 정도로 크고 화려한 전투함은 보기 드물었다.

'마르쿠제 술탑이 결코 만만한 곳이 아니구나.'

'남명의 사대종파에 못지않은 것 같아.'

850명의 수도자들은 마르쿠제 술탑에 대해서 다시 생각하게 되었다.

기이이이잉—.

술탑의 전투함이 푸른 불빛을 사방으로 내뿜으며 날아올랐다. 단숨에 구름 위로 치솟은 전투함은 양털구름 위를 유유히 날아 산맥으로 진입했다.

대륙 서북부를 크게 가로지르는 랑무(Rangmoo) 대산맥의 중심부.

마르쿠제 술탑은 산맥 속 커다란 분지에 자리 잡고 있었다.

랑무 산맥은 상상을 초월할 정도로 드넓은 이곳 대륙에서도 거뜬히 다섯 손가락 안에 꼽히는 초대형 산맥이었다. 산맥의 한쪽 끝자락에서 다른 쪽 끝자락까지 거리는 거의 2만 킬로미터에 육박하였다. 수만 개의 산봉우리가 가운데 가장 높은 곳은 해발 400킬로미터를 넘겼다.

말이 400킬로미터이지, 이쯤 되면 산 정상 일대는 공기가 희박한 정도를 넘어서 호흡이 아예 불가능했다. 또한 산봉우리 정상에서는 극심한 압력 차이 때문에 옷이 찢어지고 사람의 몸이 터지곤 하였다.

자고로 산이 높으면 계곡도 깊다는 말이 있다. 랑무 산맥 곳곳에는 도무지 바닥을 가늠할 수 없는 깊은 계곡들이 즐비하였다.

짙은 안개를 뚫고 들어온 전투함 한 척이 깊은 계곡과 계곡 사이를 아슬아슬하게 헤집었다. 마르쿠제 술탑에서 남 명의 수도자들을 위해 보내준 전투함이었다.

Chapter 2

스르릉!

전투함은 깎아지른 절벽 옆면을 곡예비행 하듯이 아슬아슬하게 스쳐 지나갔다.

'우흡?'

'어이쿠.'

갑판 위에 나와 있던 남명의 수도자들이 속으로 흠칫했다. 몇몇 수도자들은 전투함이 절벽을 들이받고 추락할까 봐 섬뜩함을 느꼈다.

마르쿠제 술탑의 전투함은 그런 수도자들을 비웃기라도 하듯이 좁은 절벽 사이를 요리조리 헤치더니, 결국엔 탁 트인 분지로 나아갔다.

비좁게만 느껴지던 계곡의 틈새에서 벗어나자 갑자기 수도자들의 눈앞이 환해졌다. 전투함은 비로소 속도를 완만하게 줄이며 서서히 하강하기 시작했다.

기아아아앙—.

전투함 밑바닥에서 푸른 불빛이 쏟아졌다.

"아아아아!"

검룡은 뱃머리 위에 뛰어올라 탄성을 흘렸다.

검룡의 뒤를 쫓아 올라온 붕룡과 죽룡도 분지에 펼쳐진

장관을 보고는 입을 다물지 못했다.

"여기가 바로 마르쿠제 술탑이구나."

"오오오, 대단한걸?"

세 사람뿐 아니라 남명의 수도자들 모두가 깜짝 놀랐다.

당연한 반응들이었다.

분지에 쫙 펼쳐진 모습은 어마어마했다. 무려 수백 층의 높이의 탑들이 구름을 뚫고 하늘 꼭대기까지 솟구쳐 있었다. 이런 초고층 탑들이 한두 개가 아니었다. 비온 뒤 대나무 숲에서 자라나는 죽순처럼 우르르 세워져 있거나, 혹은 지금도 세워지는 중이었다.

탑과 탑 사이에는 법력으로 구동되는 함선들이 빠르게 돌아다녔다. 분지를 둘러싼 성벽은 어찌나 길었던지 그 끝을 눈으로 더듬기 어려웠다. 구불구불 뻗은 성벽은 하늘과 땅이 맞닿는 지평선 속으로 아스라이 빨려 들어가는 듯했다.

바앙카가 우쭐한 표정으로 마르쿠제 술탑을 소개했다.

"여기가 바로 마르쿠제 술탑입니다. 술탑을 대표하여 여러분들의 방문을 진심으로 환영합니다."

"허억?"

"아아아."

눈앞에 펼쳐진 엄청난 광경에 남명의 수도자들이 동공을 바르르 떨었다.

사실 남명의 수도자들은 오직 남명만이 최고라는 선민의
식에 젖어서 혼명이나 북명을 무시하기 일쑤였다.

특히 혼명과 접촉해본 적 없이 종파 안에만 틀어박혀서
수련하던 수도자들이 이런 실수를 범하곤 했다.

하지만 혼명은 무시할 만한 곳이 아니었다. 비록 법술의
깊이는 혼명이 남명보다 낮을지 모르지만, 대신 혼명의 수
도자들은 온몸으로 피사노교와 맞부딪쳐가면서 무수히 많
은 실전경험을 쌓아왔다.

또한 혼명이 위치한 대륙 서쪽 지역은 다른 지역에 비해
서 물자가 풍부했다. 희귀 광물도 많았다.

혼명의 여러 종파들은 이러한 물자를 바탕으로 부를 축
적하고 제자들을 육성하여 빠르게 발전하는 중이었다. 그
리고 그 정점에 마르쿠제 술탑이 위치했다.

명칭만 따지면 마르쿠제 술탑은 분명히 탑이어야만 했
다. 외부인들이 생각하기에는 마르쿠제 술탑도 시시퍼 마
탑이나 아울 검탑과 같은 탑을 연상할 수밖에 없었다.

하지만 실제로 마르쿠제 술탑은 탑이 아니었다. 이것은
차라리 하나의 거대한 성에 가까웠다.

아니, 이것은 성이라고 부를 수도 없었다.

왕국, 혹은 제국이라는 표현이 더 걸맞았다.

랑무 산맥 중심부에 세워진 랑무 성은 그 규모가 상상을

초월하여, 대략적으로만 따져보아도 언노운 월드의 어지간한 대도시 수십 개를 합쳐놓은 크기였다.

성의 인구는 얼추 8억 명 안팎.

하지만 머릿수가 너무 많아 정확한 인구를 파악하기란 어려웠다.

성의 넓이도 무지막지했다. 이곳 분지 전체를 뒤덮은 성의 넓이는 어지간한 왕국 수준을 진즉에 넘어서서 제국이라 불려도 손색이 없었다.

물론 이 어마어마한 초대형 성이 모두 다 마르쿠제 술탑인 것은 아니었다. 마르쿠제 술탑에 소속된 수도자는 고작 50만 명에 불과했다.

그러나 동차원 사람들은 랑무 성을 곧 마르쿠제 술탑으로 여겼다. 랑무 성 전체가 마르쿠제 술탑을 떠받치는 하위 개념이기 때문이었다.

당장 마르쿠제 술탑의 내총관이 랑무 성의 성주 역할을 겸했다. 술탑의 50만 수도자들은 랑무 성의 지배계급이자 병권을 움켜쥔 권력자들이었다. 공식적으로도 랑무 성의 모든 영토는 마르쿠제 술탑에 속했다.

좀 더 삐딱한 시선으로 표현하자면, 랑무 성의 일반 백성들은 마르쿠제 술탑에 인재를 공급하기 위한 후보군에 불과했다. 이들 백성들은 마르쿠제 술탑의 수도자들이 오로지 법술 연마에만 집중할 수 있도록 세금과 물품을 바치며, 수도자들을 위해서 열심히 땀을 흘리는 소작농들이나 다름 없었다.

이탄은 이러한 사회 구조가 낯설지 않았다.

'뭐, 저쪽 세상도 마찬가지지. 아시아 지역의 모든 주민들은 간씨 세가를 섬기기 위해서 존재하는 부속품과 다를 바 없어.'

비앙카의 설명을 들으면서 이탄은 간씨 세가를 머릿속에 끄집아 놓았다.

그러는 사이 전투함이 마르쿠제 술탑의 공중 보호막을 통과했다.

기아아아앙—, 쿠웅!

총 3단계의 보호막을 차례로 통과한 뒤, 전투함은 랑무성 중앙에 우뚝 세워진 초대형 건물의 앞마당에 착륙했다.

"모두 내리시지요."

비앙카가 선두에서 수도자들을 안내했다.

아잔데와 브란자르, 테케, 오고우로 이어지는 사천왕들이 비앙카를 호위하듯 뒤따랐다. 남명의 수도자들도 우르르 배에서 내렸다.

전투함 밖에는 수백 명의 수도자들이 마중을 나와 있었다. 총 4열로 줄지어 도열한 병력들 앞에서 푸른 법복을 입고 어깨에 푸른 망토를 두른 노인이 한 걸음 앞으로 내디뎠다. 회색 머리카락이 인상적인 노인이었다.

이 노인이 바로 마르쿠제 술탑의 내총관이자 랑무 성의 성주 자리를 겸임하고 있는 지젝이었다.

성주란 랑무 성의 최고 권력자를 의미했다. 8억 인구를 다스리는 권력의 정점이 바로 성주라는 자리였다.

하지만 그것은 일반 백성들에게나 통하는 논리이고, 마르쿠제 술탑에서 내총관의 서열은 비앙카나 사천왕의 밑이었다.

"공주님 오셨습니까?"

지젝이 비앙카를 향해 정중히 허리를 굽혔다.

'공주?'

뜻밖의 호칭에 남명의 수도자들이 움찔했다.

선봉 선자를 비롯하여 몇몇 여수도자들은 비앙카를 향해 입술을 삐쭉였다. 그녀들은 은근히 비앙카에게 경쟁심을 느꼈다.

Chapter 3

비앙카가 위엄 있게 명했다.

"탑주님을 뵈어야겠어요. 탑에 저희가 도착했다고 전언을 올려주세요."

"공주님의 함선이 보호막 앞에 모습을 드러낼 때부터 이미 탑에 전언을 넣어두었습니다. 공주님께서는 귀빈들을 모시고 직접 탑으로 올라가시면 됩니다."

지젝이 공손하게 아뢰었다.

"고마워요."

비앙카는 옅은 미소와 함께 발걸음을 옮겼다.

지젝이 남명의 수도자들을 향해 손짓을 보냈다.

"귀빈들께서는 공주님을 따라가시지요. 이 안쪽에 마르쿠제 님께서 머무시는 탑이 있습니다."

지젝의 손가락이 가리킨 곳은 텅 빈 허공이었다.

죽룡이 눈을 서늘하게 빛냈다.

"진법으로 감춰놓았구나."

죽룡이 속한 천목종은 진법에 조예가 깊은 종파였다. 덕분에 죽룡은 허공에 설치된 진법의 기운을 한눈에 알아보았다.

"가세."

검룡이 앞장섰다.

붕룡과 죽룡이 검룡의 뒤를 따랐다. 나머지 수도자들도 마르쿠제 술탑이 주는 위압감을 애써 억누르며 발걸음을 옮겼다.

이탄은 진법으로 인한 법력의 흐름과, 그 법력에 의한 착시 현상, 그리고 착시 현상 속에 은밀하게 숨겨진 공간 분리의 권능까지를 모두 꿰뚫어보았다.

마르쿠제의 탑은 단순히 사람의 눈을 착란시키는 눈속임 진법이 아니었다. 겉으로는 착시 진법처럼 보이지만, 그 속에는 군데군데 공간을 분리해놓은 함정들이 숨어 있었다. 외부인이 이것을 착시 진법이라 착각하여 대수롭지 않게 여기고 침범한다면, 얼마 지나지 않아 그 외부인은 분리된 공간에 떨어져 영원히 빠져나오지 못할 것이다. 혹은 공간의 경계에 끼어서 온몸이 갈가리 찢어질 가능성도 높았다.

물론 이탄에게는 통하지 않았다.

"뭐, 나 같은 경우는 풀림의 언령만으로도 이 진법 전체를 해체해버릴 수 있지만 말이야."

이탄이 자부심 어린 눈빛으로 이렇게 뇌까렸다.

최근 이탄은 두 종류의 서로 다른 언령에 푹 빠져 지냈다.

첫 번째는 부정 세계의 인과율을 지탱하는 마격 언령, 즉 만자비문이었다.

두 번째는 정상 세계를 지배하는 신격 언령이었다.

이 가운데 이탄은 마격 언령 1만자를 통째로 집어삼켜서 본인의 것으로 소화시켰다.

반면 신격 언령은 오직 일곱 글자만 깨우쳤을 뿐이었다.

동시구현, 가둠, 무한, 고통, 연결, 차단, 풀림.

이상 일곱 글자 가운데 이탄이 '풀림'의 권능을 발휘하면 그 즉시 이곳의 자연 흐름을 왜곡하고 공간을 분리해놓은 진법의 힘이 모래성처럼 와르르 와해될 수밖에 없었다. 정상 세계의 그 어떤 존재나 물질도 정상 세계를 지탱하는 법칙에는 저항할 수 없으므로 이것은 당연한 결과였다.

실제로 이탄은 풀림의 언령을 발휘하지 않았다. 그저 머릿속으로 풀림의 권능을 떠올렸을 뿐이다.

이탄은 단순히 생각만 했을 뿐인데도 이탄의 눈동자 속에서는 언령의 권능이 아주 희미하게나마 스며 나왔다.

스륵, 스륵.

이탄의 동공 깊은 곳에서 진한 황금빛이 언뜻언뜻 스쳐지나갔다. 그 눈빛이 짧게 스칠 때마다 마르쿠제의 탑을 둘러싼 신묘한 진법은 금방이라도 허물어질 것처럼 바르르 바르르 진동했다.

이 자리에서 진법의 떨림을 감지한 사람은 몇 되지 않았다. 대부분의 수도자들은 주변에 진법이 펼쳐져 있다는 사실조차 인지하지 못했다.

"으응?"

감각이 예민한 비앙카가 안개 속의 계단을 올라가다 말

고 고개를 갸웃했다.

감각을 끌어올려 주변을 잠시 스캔해보았지만 비앙카는 아무런 이상도 발견하지 못했다.

'내가 착각을 했나?'

비앙카는 잡념을 떨쳐내고는 다시 계단을 오르기 시작했다.

사천왕 중 으뜸으로 꼽히는 아잔데도 이상함을 느꼈다. 아잔데는 손바닥으로 자신의 민머리를 쓱쓱 쓰다듬었다.

'이상한데? 진법 속 분리된 공간이 왜 일그러지는 것처럼 느껴지지?'

아잔데는 계단 옆쪽에 위치한 진법의 중간핵 부분을 무서운 눈으로 노려보았다.

"아잔데 님, 왜 그러십니까?"

뒤쫓아 올라오던 테케가 아잔데에게 이유를 물었다. 그 옆의 브란자르도 눈을 껌뻑거려 무슨 일이냐고 의문을 표시했다.

이 두 사람은 진법의 울림을 듣지 못한 모양이었다.

"아니다. 아무 것도 아니야. 어서 가자."

아잔데가 두 선인들을 재촉했다.

'아잔데 님께서 갑자기 왜 저러시지? 뭔가 문제라도 생겼나?'

'글쎄? 나도 모르겠는데?'

브란자르와 테케는 어깨를 으쓱하고는, 다시 발걸음을 떼었다.

한편 사천왕 중의 막내인 오고우도 섬뜩한 느낌을 받았다. 오고우는 둔해 보이는 외모와 달리 무척 예민한 사람이었다.

'진법이 떨고 있어. 마치 사자를 마주한 생쥐가 발발 떠는 것처럼 떨고 있다고. 뭐지? 무형의 진법을 떨게 만들 수 있는 존재가 있나?'

세상에 그런 존재가 있을 리 없었다. 이것은 마르쿠제도 불가능한 일이었다. 오고우는 심각하게 눈을 찌푸리다가 결국 원인 파악에 나섰다.

[아잔데 님, 먼저 올라가십시오. 저는 주변을 한 바퀴 둘러보고 따라가겠습니다.]

오고우가 아잔데에게 뇌파로 보고했다.

아잔데도 뇌파로 되물었다.

[혹시 진법 때문인가?]

[엇? 아잔데 님도 느끼셨습니까?]

아잔데가 주변 사람들 몰래 고개를 끄덕였다.

[느꼈다네. 진법이 기이하게 진동을 하더군. 혹시 무슨 일이 있는지 살펴봐주시게.]

[예. 제가 한 번 살펴보겠습니다.]

오고우는 짧게 대답과 함께 대열에서 이탈했다. 오르막 계단에서 빠져나온 뒤, 오고우는 곧장 짙은 안개 속으로 진입했다.

잠시 후.

"거 참. 아무런 이상이 없네? 그럼 대체 조금 전의 그 떨림은 뭐였지?"

오고우는 연신 고개를 갸웃거리며 다시 안개 속에서 걸어 나왔다.

이탄이 진법을 통과하여 탑 안으로 들어가 버린 뒤, 진법은 다시 안정을 되찾았다. 떨림도 거짓말처럼 멈췄다.

결국 오고우는 허탕만 쳤다.

Chapter 4

랑무 성에는 수백 층 높이의 어마어마한 건축물들이 즐비하게 많았다.

그런데 희한하게도 랑무 성의 실질적인 지배자인 마르쿠제는 이렇게 어마어마한 건물에서 살지 않았다.

진법 속에 숨겨진 마르쿠제의 탑은 평범한 8층짜리였다.

그것도 나무로 만든 오래된 목조탑이었다.

탑의 맨 꼭대기에는 8각 형태의 기와지붕이 얹혀 있고, 각 층마다 처마를 두었으며, 동서남북 방향으로 커다란 창문을 내어 바람이 술술 통했다. 탑의 모양은 정갈하고 고풍스러웠으나 특별히 위엄이 느껴진다거나 하지는 않았다.

대신 1, 2, 3층이 아주 넓었다. 그에 비해서 4층부터 8층은 뾰족하게 올라가는 형태라 외관이 특이해 보였다.

이 탑이 바로 마르쿠제가 머무는 장소였다.

탑의 1층은 마르쿠제의 호위들이 경호를 위해서 사용했다.

탑의 2층은 일꾼들을 위한 장소였다.

탑의 3층과 4층은 손님들을 맞이하기 위한 공간으로 활용되었다.

5층은 법보나 부적 등을 보관하는 창고.

6층은 귀한 서책을 모셔두는 서고.

7층은 마르쿠제의 생활공간.

마지막 8층엔 마르쿠제의 전용 수련실이 마련되었다.

오늘 마르쿠제는 탑의 3층에서 손님들을 맞았다.

랑무 성의 다른 건물들이 워낙 크고 높기에 마르쿠제의 탑이 상대적으로 초라해 보이는 것은 어쩔 수 없었다.

하지만 이 마르쿠제 탑도 결코 작은 탑은 아니었다. 작기는커녕 오히려 남명 사대종파의 어지간한 건축물보다 더 크고 넓었다. 탑의 3층 응접실에는 무려 850명의 손님들이 전부 들어갈 정도였다. 거기에 더해서 마르쿠제 술탑에서 선발한 특수부대원 150명도 함께 자리를 함께했다.

이 150명 가운데는 비앙카뿐 아니라 아잔데, 브란자르, 테케, 오고우가 모두 포함되었다. 물론 이번 전쟁을 촉발시킨 장본인인 시곤도 특수부대에 참여했다.

응접실에 인원이 다 모이자 마르쿠제 대선인이 비로소 모습을 드러내었다.

"다들 모였나?"

마르쿠제의 굵은 목소리가 건물 안을 쩌렁쩌렁하게 울렸다.

"탑주님을 뵙습니다."

술탑 출신의 수도자 150명이 벌떡 자리에서 일어나 한목소리로 외쳤다. 그 다음 그 많은 인원들이 한 동작으로 동시에 무릎을 꿇었다.

군무를 보는 듯한 이 장면만으로도 이곳 혼명에서 마르쿠제 대선인의 위상이 얼마나 높은지 짐작 가능했다.

물론 혼명의 수도자들만 마르쿠제에게 예의를 표한 것은 아니었다. 남명의 수도자들도 마르쿠제의 등장에 맞춰서 자리에서 일어났다.

비록 종파는 서로 다르지만 상대는 선7급의 대선인이었다. 후배의 입장에서 대선배에게 예의를 갖추는 것이 당연했다.

"대선인님을 뵙습니다."

검룡이나 죽룡, 붕룡이 마르쿠제를 향해서 공손히 머리를 숙였다.

"마르쿠제 대선인님을 뵙습니다."

남명의 다른 수도자들도 마르쿠제에게 정중하게 목례를 했다.

마르쿠제가 손으로 앉으라는 시늉을 했다.

"먼 길 오느라 고생들 많았네. 다들 자리에 앉으시게."

"대선인님의 배려에 감사드립니다."

수도자들은 고분고분 마르쿠제의 말을 따랐다.

이후부터는 마르쿠제가 회의를 주도했다. 1천 명의 특수부대원들은 마르쿠제의 지목에 따라 한 사람씩 자리에서 일어났다.

검룡, 죽룡, 붕룡, 엄홍, 풍양, 안일평, 해원, 부공, 선봉…….

남명 사대종파에서 수도자 한 명 한 명 일어나 스스로를 소개하기 시작했다.

마르쿠제 술탑의 수도자들은 눈을 빛내며 그 소개를 세심하게 들었다. 특히 검룡이나 죽룡, 붕룡 등은 그 명성이 마르쿠제 술탑까지 자자하게 퍼졌기에 사람들의 관심을 한 몸에 받았다.

그러다 마침내 이탄의 차례가 돌아왔다.

이탄이 사뿐하게 자리에서 일어났다.

"저는 금강수라종에 계신 멸정 스승님의 제자입니다. 법술은 주로 금강체의 기본 수련법을 익혔고 백팔수라를 함께 연마하는 중입니다. 본래 저는 서차원 출신으로 가문의 이름은 쿠퍼입니다. 따라서 저를 쿠퍼라고 불러주셔도 되고, 발음이 힘드시면 편하게 이탄이라고 불러주셔도 무방합니다."

"오오!"

이탄의 소개에 마르쿠제 술탑 수도자들의 눈빛이 변했다. 이탄이 자신들과 마찬가지로 서차원(언노운 월드) 출신이라 관심이 쏠리는 모양이었다.

이탄은 사람들의 관심이 달갑지 않았다. 그래서 자기소개를 마치자마자 곧바로 자리에 앉아 버렸다.

이탄이 일어섰을 때 시곤이 희미한 미소로 아는 체를 했다.

'이탄 아우.'

'시곤 형님.'

이탄도 아련한 눈으로 시곤을 바라보았다.

지난 전쟁 이후로 이탄은 시곤을 만난 적이 없었다. 그런데 시곤의 얼굴이 많이 수척해 보여서 마음이 좋지 않았다. 이탄은 시곤과 짧게 눈짓을 주고받고는 다른 사람들의 말에 다시 집중했다.

남명의 수도자 850명이 모두 자기소개를 마치는 데는 제법 시간이 소요되었다. 그 이후에는 마르쿠제 술탑에 소속된 인물들의 자기소개가 이어졌다.

비앙카, 아잔데, 브란자르, 테케, 오고우…….

이들 4명에 대해서는 이탄도 이미 간단한 정보는 알고 있었다. 따라서 별로 새로울 것은 없었다.

시곤에 대해서도 마찬가지였다.

이탄은 시곤이 자기소개를 할 때 손가락으로 관자놀이를 긁었다. 남명의 수도자들 가운데 일부가 시곤에 대해서 성토하는 목소리를 내었기 때문이다.

"저기 저거 문제아 시곤 아냐?"

"저 녀석 때문에 그 큰 피해를 본 거잖아."

소리가 작아 속닥거리는 정도에 불과했지만 이탄의 귀에는 훤히 잡혔다.

'쩌업, 이건 아니지.'

이탄은 시곤이 욕을 먹는 상황이 은근히 불쾌했다. 시곤도 주변의 따가운 시선을 느꼈는지 최대한 간단하게 말을 마친 뒤 다시 자리에 앉았다.

제4화
은신공법과 매복용 혈적

Chapter 1

계속해서 이어지는 수도자들의 소개는 지루했다.

'비앙카와 사천왕을 제외하면 그다지 특기할 만한 수도자는 없네.'

이탄은 시시함을 느꼈다.

그러던 한 순간이었다. 이탄이 갑자기 두 눈을 번쩍 떴다.

'어엉?'

지금 저 옆쪽에서는 은색 머리카락의 여인이 일어나서 스스로를 소개하는 중이었다. 그런데 놀랍게도 이탄의 왼쪽 눈에 정보창이 확 떠오르는 것이 아닌가.

'뭐야? 갑자기 정보창이 뜬다고?'

이탄이 깜짝 놀랐다. 실제로 이탄의 왼쪽 눈에는 또렷하게 상대방에 대한 정보가 찍혔다.

　　— 종족: 필드 일족 (주술사 계열로 추정)

　　— 주무기: 팔빙선

　　— 특성 스킬: 빙벽 소환, 빙조 소환, 쇄빙령, 저온치환

　　— 성향: 백

　　— 레벨: A—

　　— 주 출몰지역: 언노운 월드 산맥

　　— 출몰빈도: 희박

이곳 동차원으로 넘어온 이후로 이탄의 왼쪽 눈에 정보창이 발동한 적은 단 한 차례도 없었다.

다시 말해서, 역대 간씨 세가의 망령들 가운데 동차원에 대한 정보를 수집한 망령은 전무했다는 소리였다.

한데 저 은발머리 여수도자는 정보창에 정보가 표시되었다.

'망령들 가운데 누군가가 저 은발머리 여수도자에 대한 정보를 수집했나 보구나. 그러니까 정보창이 반응을 보이지.'

이탄은 자세를 고쳐 앉아 여수도자에게 집중했다.

은발머리 수도자의 이름은 레베카라고 했다. 그녀는 얼음 계열의 법술에 정통한 인재였다. 또한 마르쿠제 술탑의 장로원주인 오세벨의 제자이기도 하였다.

1천 명의 특수부대원들이 소개를 마치자 곧장 저녁 만찬이 시작되었다. 마르쿠제 술탑에서는 랑무 산맥에서 채취한 영초들과 영액으로 식사를 준비했다. 마르쿠제 대선인도 특수부대원들과 함께 만찬을 나누며 한 명 한 명 격려를 해주었다.

특히 마르쿠제는 이탄의 앞에 앉았을 때 가장 뜨겁게 눈빛을 빛내었다. 이탄은 그게 부담스러워 슬그머니 눈을 찌푸렸다.

질투심이 많은 풍양은 이탄과 마르쿠제를 무서운 눈빛으로 쏘아보았다.

만찬이 끝날 즈음이었다. 술탑의 내총관인 지젝이 특수부대원들 앞에 나섰다.

"오늘 술탑에 귀하신 손님들이 찾아오셨으니 내총관인 제가 어찌 그냥 있겠습니까? 마침 탑주님의 허락도 있으셨기에 제가 여기에 선물을 좀 준비했습니다."

지젝의 말이 떨어지기 무섭게 내총관 직속 수도자들이 묵직한 꾸러미를 특수부대원들에게 하나씩 나눠주었다.

"이게 무엇입니까?"

검룡이 대표로 물었다.

지젝이 웃는 낯으로 설명을 해주었다.

"이틀 뒤, 작전이 시작될 겝니다. 남은 이틀 동안 여기 계신 귀빈들께서는 랑무 성을 자유롭게 돌아다니실 수 있습니다. 성에는 시장이 발달되어 있고, 대륙 서쪽에서만 볼 수 있는 특산품들도 잔뜩 있지요. 혹시라도 그 특산품들이 필요하시면 구매하시라고 돈을 좀 넣어놓았습니다."

돈이라는 말에 남명의 몇몇 수도자들이 얼굴을 찌푸렸다.

남명의 선인들은 돈이나 금 같은 재물을 하찮게 여겼다. 자고로 남명의 수도자들이 가장 천시하는 부류가 바로 재물에 집착하는 속된 사람들이었다.

반면 마르쿠제 술탑은 남명과 달리 무척 현실적이었다. 술탑에서는 상업을 장려하였으며, 이를 통해 부를 축적했다. 그리곤 이렇게 쌓인 부를 이용하여 영약과 영초, 영액을 대량으로 사들여 종파 발전의 원동력으로 삼았다.

"제가 드린 꾸러미를 한번 열어보시지요."

지젝이 환한 표정으로 남명의 수도자들에게 권했다.

검룡이 먼저 꾸러미를 풀었다.

묵직한 꾸러미 속에서 나온 것은 질 좋은 옥이었다. 네모난 모양으로 가공된 옥의 표면에는 은은하게 푸른빛이 감돌았다.

옥은 남명의 수도자들도 귀하게 여기는 광물이었다.

남명에서는 돈이나 금은 수련에 방해가 된다고 하여 멀리하였으나, 옥은 가까이 두었다. 일부 질이 좋은 옥들은 신묘한 기운을 내부에 품고 있는 경우가 많아서 수도자들의 수행에 도움이 되기 때문이었다. 또한 몇 종류의 희귀한 옥들은 법보와 부적의 재료로 사용되는 경우가 많았다.

그런데 지젝이 나눠준 꾸러미 속에는 이 귀한 옥이 한 가득이었다.

"정말 귀한 선물이군요."

검룡이 감탄했다.

지젝이 부드럽게 설명을 이었다.

"이곳 랑무 성에서는 옥을 재화로 여기곤 하지요. 다시 말해서 그 옥으로 물건을 살 수 있다는 뜻입니다."

"그렇군요."

"귀빈 여러분께서 랑무 성에 머무시는 동안 제가 나눠드린 옥으로 필요한 물품들을 사셔도 되고, 마땅한 물품이 없으면 꾸러미째 그냥 가져가시면 됩니다."

"내총관님의 배려에 감사드립니다."

검룡이 지젝을 향해 가볍게 목례를 했다.

눈을 찌푸렸던 남명의 수도자들도 은은하게 빛을 발하는
옥을 보면서 입꼬리가 은근히 올라갔다.

Chapter 2

만찬이 모두 끝난 뒤, 엄홍과 해원, 부공이 이탄에게 다
가왔다.

"여기 있는 부공 선인이 일전에 마르쿠제 술탑에 와 본
적이 있다더군. 우리는 부공 선인의 안내를 받아 시장에 나
가볼 요량이라네. 이탄 선인도 함께하겠는가?"

엄홍의 말이었다.

이탄이 벌떡 일어나 말을 받았다.

"지금 바로 나가신단 말씀이십니까?"

"그렇다네. 부공 선인의 설명에 따르면, 이곳 랑무 성의
시장들 가운데는 단약이나 부적, 법보, 술법서 등을 판매하
는 곳이 있다더군. 나는 혹시라도 오염된 악마들과 싸울 때
필요한 것이 있나 살펴볼 생각이라네. 지젝 내총관이 나눠
준 옥이 귀하다고 하지만, 전쟁 중에 죽어버리면 무슨 소용
이란 말인가? 옥으로 싸울 것도 아니고."

엄홍의 말이 옳았다. 전쟁을 코앞에 둔 시점에서 옥은 그

다지 필요한 물품이 아니었다. 차라리 선물 받은 옥으로 부적이나 단약, 법보를 구매하여 전쟁에서 살아남을 확률을 조금이라도 더 높이는 편이 나았다.

이탄이 냉큼 동의했다.

"엄홍 선인님의 말씀이 지당하십니다. 저도 함께하겠습니다."

"잘 생각하였네. 허허허."

엄홍은 이 자리에 모인 금강수라종의 대표였다. 엄홍이 나서자 금강수라종의 220명 수도자 가운데 상당수가 함께 움직였다.

오직 풍양만이 몽니를 부렸다.

"흥. 이딴 궁벽한 곳에 무슨 그럴듯한 법보가 있겠어? 종파에서 나눠준 단약이나 법보, 부적에 비하면 천박한 수준일 것이 뻔하지. 술법서는 더욱 형편없을 테고 말이야. 흥! 나는 차라리 그 시간에 수련이나 더 할 것이네."

풍양은 시장에 나가보자고 권하는 엄홍을 향해 이렇게 쏘아붙였다.

"그런가?"

엄홍이 머쓱함을 느꼈다.

풍양은 엄홍의 등 뒤에 늘어선 수도자들을 매섭게 한 번씩 훑어보고는, 휙 소리가 나도록 세게 등을 돌렸다.

풍양을 따르는 금강수라종의 수도자들이 함께 등을 돌려 각자의 숙소로 들어갔다. 개중 몇 명은 시장에 나가보고 싶은 눈치였으나, 풍양의 뜻을 거스를 수 없어 울며 겨자 먹기로 숙소로 향했다.

"싫은 사람은 어쩔 수 없지."

엄홍은 어깨를 한 번 으쓱하고는, 부공에게 시선을 돌렸다.

"이제 부공 선인이 길 안내를 하시게."

"네. 엄홍 선인님."

부공이 냉큼 앞장섰다. 부공은 덩치가 크고 머리가 민머리라 멀리서도 눈에 잘 띄었다. 금강수라종의 수도자들은 부공의 머리를 표식으로 삼아 낯선 랑무 성의 밤거리로 우르르 몰려나왔다.

잠시 후, 금강수라종의 수도자들은 부공의 안내를 받아 인파가 북적거리는 시장 입구에 진입했다.

부공이 손가락을 들어 동쪽 거리를 가리켰다.

"여기서부터 저 끝까지 동부대로를 따라 세워져 있는 약상들은 주로 단약과 영초 등을 판매합니다."

"단약?"

엄홍이 되물었다.

부공은 힘차게 고개를 주억거렸다.

"그렇습니다. 이곳의 단약은 우리 금강수라종의 단약보다 질은 떨어질지 모르지만, 랑무 산맥의 특산물로 만들어져서 효과가 독특한 것들이 제법 많지요."

"호오, 그렇군."

엄홍이 적당한 추임새와 함께 부공의 말을 경청했다.

엄홍이 이렇게까지 하는 것은, 풍양의 단독 행동으로 인해 혹시라도 금강수라종의 수도자들이 사기가 떨어졌을까봐 우려한 탓이었다.

'역시 엄홍 선인은 좋은 지도자감이구나.'

이탄이 엄홍의 세심한 마음씀씀이에 감탄했다.

그러는 사이 부공이 손가락의 방향을 휙 둘렀다.

"한편 서쪽 방향으로 뻗은 큰길은 부적상들이 모여 있습니다."

"부적상?"

이번에도 엄홍이 추임새를 넣었다.

부공은 신이 나서 대답했다.

"네. 마르쿠제 술탑의 부적은 금강수라종에 비해 품질이 쳐지므로 이쪽 길은 적당히 걸러도 좋을 것입니다. 다만, 이곳의 부적은 특이하게도 서차원의 마법과 결합된 것들이 있는데, 관심이 있는 수도자들은 한번 둘러보시구려."

부공의 말에 이탄이 눈을 빛냈다.

'마법과 결합된 부적이라? 흐으음. 한번 봐둘까?'

이탄이 귀를 쫑긋거렸다.

이번에는 부공이 북쪽 길을 가리켰다.

"여기 북부대로는 마르쿠제 술탑에서 생산된 법보를 판매하는 곳입니다. 부적과 마찬가지로 마르쿠제 술탑의 법보도 그다지 좋다고는 할 수 없지요. 하지만 몇몇 법보들은 마법아이템과 결합이 되어 있어 제법 연구할 만한 가치가 있고, 의외로 마보들도 많이 거래되더군요."

"억, 마보라고?"

마보, 즉 악마의 법보라는 말에 엄홍이 흠칫했다.

최근에 시곤이 녹색 마보 하나를 남명 지역으로 잘못 가져오는 바람에 엄청나게 큰 전쟁이 터졌었다.

그 사건을 되새겨보면 결코 마보를 쉽게 생각할 수 없었다. 엄홍뿐 아니라 다른 수도자들의 안색도 딱딱하게 굳었다.

부공이 당황하여 자신의 빡빡머리를 쓰다듬었다.

"아니, 내 말뜻은 마보를 구매하라는 게 아닙니다. 나는 단지 조만간 우리가 그 악마들과 싸워야 하니까, 그러니까 그 악마들이 어떤 마병들을 사용하는지 한번 봐두라는 의미지요. 어허험."

"그렇지. 부공 선인의 말이 옳아. 적을 알아야 적과 싸울 수 있지."

엄홍이 부공의 편을 들어주었다.

"옳으신 말씀이십니다."

"마보를 사지 않더라도 한번 보아둘 필요는 있겠군요."

"저희도 한번 북쪽 거리를 둘러보아야겠습니다."

수도자들이 앞다투어 엄홍의 말에 동의를 표시했다.

당황했던 부공도 비로소 얼굴을 폈다.

"마지막으로 남부대로에는 서점들이 몰려 있습니다. 하지만 이곳의 술법서는 수준이 좀 떨어져서……. 쯧쯧쯧."

부공은 "남부대로의 서점들을 기웃거리는 것은 시간낭비지요."라는 충고를 혀를 차는 소리로 대신했다.

다들 부공의 말에 히죽 웃었다.

Chapter 3

짝짝짝.

그때 엄홍이 손뼉을 쳐서 금강수라종 동료들의 시선을 모았다.

"자자자, 이제 부공 선인의 설명이 끝난 것 같네. 지금부터는 각자 흩어져서 보고 싶은 것을 보고, 필요한 것들을 사시게. 지금부터 딱 네 시간 동안 시장을 둘러본 다음, 다시 이 자리에서 모이세나."

"네, 엄홍 선인님."

"잠시 후에 다시 뵙겠습니다."

네 시간은 길다고 생각하면 길지만, 짧다면 또 짧은 시간이었다. 랑무 성의 시장이 워낙 넓어서 네 시간 동안 다 둘러보기는 힘들었다. 금강수라종의 수도자들은 각자의 관심사를 찾아서 뿔뿔이 흩어졌다. 주로 동부대로의 약상을 방문하려는 수도자들이 많았다.

엄홍도 잠시 작별을 고했다.

"어허험. 나는 따로 둘러볼 터이니 나중에 봄세."

"네, 엄홍 선인님."

이어서 해원 선인도 따로 움직였다.

이제 남은 수도자는 부공과 이탄뿐이었다. 부공이 이탄에게 호의를 베풀었다.

"어찌할 텐가? 이곳의 지리가 익숙하지 않으면 나와 함께 다니지?"

이탄은 고개를 가로저었다.

"아닙니다. 괜히 저를 챙기시느라 필요한 물건을 찾지 못하시면 안 되지요. 저는 따로 둘러보렵니다."

"그래? 그럼 네 시간 뒤에 보세나."

부공은 곧바로 약상들이 밀집해 있는 곳으로 달려갔다.

이탄은 단약에 그다지 흥미가 없었다. 법보나 부적도 이탄의 관심사는 아니었다.

"마르쿠제 술탑의 술법서가 그렇게 형편없나? 뭐, 남명의 사대종파에 비하면 역사가 짧으니까 뒤떨어질 수도 있겠지. 어디, 얼마나 후졌는지 한번 둘러볼까나?"

이탄은 서점들이 밀집해 있는 남부대로로 발걸음을 떼었다. 금강수라종의 수도자들 가운데 남쪽으로 발길을 옮기는 이는 오로지 이탄 한 명뿐이었다.

서점 거리를 걸으면서 이탄은 휙휙 눈을 움직였다. 감각도 날카롭게 벼렸다.

솔직히 이곳 대로에 세워진 서점만 세어도 그 수가 1천이 넘었다. 골목골목에 위치한 소형 서점들까지 다 합치면 서점의 수가 얼마나 될지 헤아리기 어려웠다.

'고작 네 시간 동안 이 많은 서점을 다 방문하고 책들을 일일이 살펴본다는 것은 불가능하지.'

그래서 이탄은 다른 방법을 동원했다.

'육감을 잔뜩 곤두세운 다음, 그 육감이 가리키는 서점만 들어가 보자.'

이것이 이탄의 전략이었다.

어차피 이탄은 이곳에서 뛰어난 술법서를 찾을 것이라는 기대가 없었다. 그저 책에 관심이 많고 법술 지식에 목이 말라서 남부대로를 선택했을 뿐이었다.

'상급 술법서는 기대도 안 해. 그저 흥미로운 책 한두 권이라도 발견하면 좋겠다.'

이탄은 억지로 기대치를 낮추고는 남부대로를 휘적휘적 걸었다.

"어, 춥다."

거리를 걸으면서 이탄은 습관적으로 목도리를 입까지 끌어올렸다.

언제 어디를 가더라도 목도리를 빼놓지 않는 것은 이탄의 오랜 습관이었다. 목을 빙 둘러서 새겨진 상처, 즉 듀라한의 정체성을 드러내고 싶지 않아서였다.

다행히 이탄의 모습은 눈에 두드러지지 않았다.

이곳 랑무 성은 언노운 월드에서 넘어온 사람들이 주축이었다. 자연히 사람들의 외모가 모두 이탄과 비슷했다.

'좋네.'

이탄은 한결 편한 마음으로 서점 거리를 둘러보았다.

그러던 한 순간, 이탄의 육감에 간질간질한 무언가가 기어 올라왔다.

"응?"

이탄은 거리 왼쪽으로 고개를 획 돌렸다.

이탄의 육감을 잡아끈 곳은 큰길가의 대형 서점이 아니

었다. 대로 안쪽의 비좁은 골목 안, 그 어두컴컴한 지역에 수줍게 위치한 조그맣고 낡은 고서점이었다.

이탄은 고서점 안쪽으로 쑥 들어갔다.

'이거 겉보기보다 더 엉망이군.'

이탄이 슬쩍 눈가를 찌푸렸다.

서점 내부는 실로 난잡하고 실망스러웠다. 우선 책들이 잘 정돈되어 있지 않았다. 종류 별로 책장에 딱딱 꽂혀 있는 것이 아니라, 바닥부터 천장까지 아무렇게나 쌓여 있어 이 책들이 어떤 내용을 담고 있는지 파악하기 어려웠다.

먼지가 잔뜩 쌓인 책 사이에서는 벌레들이 슬금슬금 기어 다녔다. 누렇게 얼룩이 진 책들도 많았다.

"쯧쯧. 라폴 도서관의 사서들이 이 장면을 보면 기겁을 하겠군."

이탄이 쓴웃음을 지었다.

라폴 도서관은 언노운 월드 중부 라폴리움 시에 자리한 중립 세력이었다. 이탄은 과거에 라폴 도서관에 들려서 여러 가지 정보들을 찾아본 경험이 있었다. 이탄이 트루게이스 시의 헤스티아 영애를 모시고 여행을 하다가 들린 장소였다.

당시 라폴 도서관 안에는 모든 책들이 잘 정리되어 있었고 원하는 책을 찾아보기 쉽게 색인까지 완벽하게 갖춰진 상태였다. 거기에 비하면 이 고서점의 책 관리 방법은 정말 이지 최악이었다.

그럼에도 불구하고 이탄은 한 가닥의 희망을 버리지 않았다.

"경우에 따라서는 이렇게 허술해 보이는 곳에서 오히려 더 귀한 골동품이 튀어나오기도 하는 법이지."

이탄은 트루게이스 시에서 모레툼 교단의 신관 노릇을 하면서 그런 경험을 한두 차례 겪었다.

감히 모레툼 님의 은혜를 입고도 은화를 바치지 않는 못된 배덕자(?)들을 추심하면서 이탄은 그 배덕자들의 낡은 가게에서 의외로 쓸 만한 물건들을 건지곤 하였다.

당연한 말이지만 이탄은 악당이 아니었다. 일단 좋은 물건을 건지고 나면, 이탄은 반드시 그에 합당한 분량의 은화를 배덕자들의 빚에서 탕감해주었다.

'그런 게 바로 정의지.'

이탄에게 있어서 밀린 빚을 제대로 정산하여 받아내는 일은 곧 정의였다. 잠시 과거를 회상하자 이탄의 가슴 속 깊은 곳에서 울컥하고 뜨거운 것이 치밀었다.

'술법을 배우고 법력을 쌓는 것도 재미있지만, 결국 내가 돌아갈 곳은 신관의 자리야. 하루 빨리 모든 퀘스트를 끝마치고 본래의 내 자리로 돌아가서 밀린 빚들을 받아내야 할

터인데. 쯧쯧쯧. 내가 자리를 비운 사이에 트루게이스의 일부 배덕자 녀석들은 분명히 은화가 잔뜩 밀렸을 거야.'

이탄은 밀린 은화를 생각하자 속이 쓰렸다.

그러다 그 은화를 다시 받아낼 생각을 하자 뇌 속에서 흥분 물질이 뭉텅이로 뿜어지는 기분이 들었다.

Chapter 4

"크크크크큭."

이탄이 잇새로 섬뜩한 웃음을 토할 때였다.

"손님이 오셨나?"

눈가가 짓무른 노파 한 명이 수북하게 쌓인 책 사이에서 걸어 나왔다. 노파는 허리가 새우등처럼 구부정했다. 지팡이를 짚은 손은 바람도 불지 않건만 저절로 덜덜덜 떨렸다. 하얗게 센 노파의 머리카락은 잔뜩 헝클어져 보기에 안쓰러웠다.

"무슨 책을 찾으쇼?"

노파가 우물우물 입술을 벌려 웃으며 물었다. 노파의 입술 사이에서 듬성듬성 이빨이 빠진 잇몸이 여과 없이 드러났다.

이탄은 아무 말 없이 고서점을 둘러보았다. 육감에 이끌려 이곳 서점으로 왔으니 딱히 찾는 책은 없었다.

"무슨 책을 찾으시냐니까? 책 제목을 말해줘야 내가 찾아줄 것 아니겠소."

노파가 다시금 이탄을 재촉했다.

이탄이 고개를 가로저었다.

"특별히 찾는 책은 없습니다. 그냥 한번 둘러보려고요."

이탄의 말에 노파의 안색이 어두워졌다.

노파는 요새 장사가 통 되지 않아 삶이 궁핍하던 참이었다. 오랜만에 고서점 안에 들어온 손님(이탄)마저 눈으로만 한 바퀴 휙 둘러보고 나가버리면 노파와 그녀의 증손녀는 오늘도 굶을 수밖에 없었다.

노파가 지팡이를 바들바들 떨면서 이탄의 곁으로 다가왔다.

"그러지 말고 관심 있는 책 좀 말해주소. 서점이 정돈되지 않아 주인장인 내가 아니면 책을 찾지도 못해 그렇소. 차림을 보아하니 수도자인 것 같은데, 어떤 종류의 서책에 관심이 있으쇼? 진법서? 술법서? 단약제조서? 부적제조서?"

이탄은 서점주인인 노파가 자꾸 옆에 달라붙는 것이 편치 않았다. 하지만 혹시나 하는 마음에 물었다.

"술법서나 진법서에 관심이 좀 있군요. 하급은 되었고, 혹시 중급이나 상급 술법서들도 있습니까?"

중급이나 상급 술법서는 쉽게 구할 수 있는 물건이 아니었다. 이런 낡은 서점은 어림도 없었고, 대로변의 대형 서점도 중급 이상의 술법서는 구비하지 못했다. 일반 서점들은 최하급의 기초 술법서나 가져다 놓으면 다행이었다.

이탄의 말에 노파가 똥 씹은 얼굴을 했다.

'아니, 이런. 중급 술법서가 어디 하늘에서 뚝 떨어지는 줄 아나? 그런 귀한 것들은 마르쿠제 술탑에서나 보관하겠지 왜 이런 시장통에 돌아다니겠어? 하아, 이거 재수가 없으려니까 별 거지 발싸개 같은 진상이 꼬여드네.'

서점주인 노파는 당장에라도 지팡이를 휘둘러 이탄을 쫓아내고 싶었다.

그러다 노파의 생각이 바뀌었다.

'아니지. 며칠 만에 처음 들어온 손님을 그렇게 쫓아내면 쓰나. 바짓가랑이를 붙잡아서라도 뭐라도 팔아야지.'

노파가 잇몸을 드러내고 흉측하게 웃더니 갑자기 이탄의 소매를 잡아끌었다.

"이거 잘 찾아오셨소. 내가 손님에게만 일러주는 말인데, 큰길에 세워진 서점들은 모두 최하급 술법서나 취급하는 부류들이라오. 하지만 이곳은 다르지. 여기에는 오래 전 마르쿠제 술탑에서 흘러나온 상급 술법서가 있소이다. 흘흘흘. 손님이 아주 운이 좋으시구려."

"정말 상급 술법서가 있습니까?"

이탄이 미덥지 않은 듯 되물었다.

노파가 주름진 입술을 우물거렸다.

"흘흘흘, 있다니까. 자, 손님. 이 늙은이를 따라오시구려."

노파는 이탄을 고서점 안쪽 깊숙한 곳으로 데려갔다.

안으로 갈수록 책이 썩는 냄새가 짙어졌다.

'영 구린데.'

이탄은 별다른 기대 없이 노파의 뒤를 좇았다.

노파는 어딘지 모르게 불안한 표정으로 이탄이 잘 따라오고 있는지 힐끗힐끗 뒤를 돌아보았다. 그러다 이탄과 눈이 마주치기라도 할 때면 흉측하게 웃음을 흘렸다.

그렇게 책 사이로 꼬불꼬불 돌아서 도착한 곳에는 자물쇠가 달린 책장이 하나 보였다. 먼지가 뽀얗게 쌓인 오래된 책장이었다.

"어디 보자. 케흠."

노파는 허리춤에서 놋쇠로 만든 열쇠를 꺼내어 책장을 개봉했다.

고서점에 널린 책들은 아무렇게나 방치되어 상태가 좋지

않았는데, 그나마 이 책장 속의 책들은 보관이 잘 되었다.

책의 권수는 대략 100권쯤 되어 보였다.

"흘흘흘. 여기 있는 것들은 술탑의 비법서들을 몰래 필사해둔 것이라오. 내가 아무에게나 보여주지 않는 것들이지. 흘흘흘."

"몰래 필사한 술법서들이라? 마르쿠제 술탑에서 이 사실을 알면 큰일 나는 것 아닙니까?"

이탄의 말에 노파의 얼굴이 흠칫했다.

랑무 성에서 마르쿠제 술탑의 권위는 절대적이었다. 만약 노파의 말대로 이 책들이 마르쿠제 술탑에서 중요하게 생각하는 상급 술법서의 필사본들이라면? 상급 술법서를 몰래 빼돌려 책 내용을 베껴 적는 것은 분명 중죄 중의 중죄였다. 이 사실이 발각난다면 노파는 물론이고 노파의 가족들까지도 모두 목이 잘릴 법했다.

한데 노파의 안색은 딱딱하게 굳기는 했을지언정 겁에 질린 표정은 아니었다.

'가짜네. 진짜 상급 술법서가 아니야.'

이탄은 한눈에 노파의 수작을 알아차렸다.

이 책장 안의 술법서들은 진짜 상급 술법서가 아니었다. 어수룩한 초보 수도자에게 사기를 치기 위한 가짜 책들이 분명했다.

노파가 은근하게 속삭였다.

"아우, 그 정도 배짱도 없으시오? 젊은 수도자께서 배짱이 없으시다면 상급 술법서를 손에 넣을 기회는 없어지는 게지. 흘흘흘."

이런 말과 함께 노파는 책장을 다시 닫고 자물쇠를 잠그는 시늉을 했다.

이탄은 노파의 수작이 가소로웠다. 그러나 그냥 한번 속아 넘어가기로 했다.

"이왕 이렇게 시간 낭비한 거, 무슨 책이 있나 한번 봅시다. 허허험."

이탄이 헛기침과 함께 노파의 소매를 잡았다.

노파가 듬성듬성한 이빨을 드러내며 웃었다.

"히히히, 그럴 줄 알았소. 내가 처음 딱 볼 때부터 젊은 수도자 양반께서 배짱이 두둑하실 것을 알아보았지 뭐요. 흘흘흘."

노파가 책장을 다시 활짝 열어 젖혔다.

이탄은 책장 가까이 다가가 제목을 쭉 훑어보았다. 이탄의 육감이 다시 발동했다. 이탄은 책의 제목보다는 육감에 의존하여 책을 골랐다.

'흐으음, 어디 보자. 뭔가 쓸 만한 게 걸릴 것 같은데……'

이탄은 세로로 꽂힌 책들을 손가락으로 한 권 한 권 훑으면서 지나갔다. 그러다 문득 찌르르 느낌이 왔다.

Chapter 5

'이건가?'
이탄이 책을 한 권 잡아 뽑았다.

〈〈은신공법〉〉

이것이 책의 제목이었다.
'은신공법이라? 은신술과 관련된 술법서인가?'
이탄은 처음 신관이 되었을 때 모레툼으로부터 치유의 가호와 은신의 가호, 방패의 가호와 연은의 가호를 하사받았다.
이 가운데 은신의 가호는 이탄의 몸을 투명하게 만들어 주는 뛰어난 가호였다.
'혹시 은신공법이 은신의 가호와 상호보완적이면 좋겠는데. 그럼 쓸모가 제법 있을 것 같아.'
이탄은 기대 어린 눈빛으로 책을 펼쳐보았다.

일반적으로 술법서는 한번 훑어본다고 해서 그 내용을 파악할 수 있는 것이 아니었다. 술법의 효력이나 진위 여부를 단숨에 알 수 있는 것도 아니었다.

만약 수도자들이 술법서를 보자마자 바로 파악이 가능했다면, 노파는 감히 책을 속여서 팔 생각도 못 했을 것이다.

한데 이탄은 이런 불가능한 일이 가능했다. 이탄은 술법을 꿰뚫어보는 능력을 천부적으로 타고 태어났으며, 거의 모든 종류의 법술들과 궁합이 잘 맞았다.

은신공법도 빠르게 한 번 훑어보는 순간 곧바로 느낌이 왔다.

"엥? 이게 뭐야?"

은신공법은 은신, 즉 몸을 숨기는 술법서가 아니었다. 기척이나 숨소리를 지워서 적진에 몰래 침투하기 위한 술법도 아니었다.

보통 은신이라고 하면, 몸을 투명하게 만들거나, 주변 사물과 일체를 이루는 것을 의미한다. 한데 이 은신공법은 그런 의미와는 거리가 멀었다.

'기세를 숨긴다고나 할까? 딱 봐도 느낌이 풍기잖아. 이 사람 강할 것 같다. 이 사람 위험하구나. 이런 느낌말이야. 그런데 그런 느낌을 싹 지워준다고? 은신공법을 펼치는 순간, 누가 봐도 허약하구나 싶게 기세를 낮춰준다고? 세상

에 뭐 이딴 술법이 다 있어?'

이탄은 몇 년 전에 절망과 비탄과 통곡의 악마종 화이트
니스(Whiteness)를 손에 넣었다. 화이트니스 덕분에 이탄
은 어둡고 음습한 기운을 안으로 감출 수 있었다.

아니, 단순히 감추는 정도에서 끝나지 않았다. 이탄은 화
이트니스를 통해 사악한 어둠의 기운을 성스러운 신성력으
로 포장해 버렸다.

어찌 보면 은신공법도 화이트니스와 비슷한 부류였다.

강함을 속으로 감추고, 최대한 약해 보이게.

파괴적이고 전투적인 느낌을 안으로 숨기고, 천하의 겁
쟁이로 느껴지게.

딱 마주치는 순간 적들로 하여금 슬금슬금 피하고 싶은
마음은 사라지게.

당장 달려들어 한 대 패주고 싶은 마음이 들끓게.

은신공법은 적들로 하여금 이런 마음이 들도록 만들어주
는 해괴한 술법이었다.

'하! 미치겠다. 이런 게 왜 필요한데? 왜 적들에게 약해
보여야 하는데?'

이탄이 한숨을 내쉬었다.

'이거 괜히 시간 낭비만 했잖아.'

이탄이 은신공법을 다시 책장에 꽂았다.

노파가 마음이 조급해졌다.

"아니, 왜 그러쇼? 그거 아주 어렵게 필사한 상급 술법서인데. 마르쿠제 술탑에서도 적진에 침투하는 최고의 첩자들에게만 열람을 허용하는 귀한 책이란 말이오."

노파의 입에서 새빨간 거짓말이 술술 나왔다.

"허어."

이탄은 어이가 없었다.

그러던 한 순간, 이탄의 생각이 달라졌다.

'가만?'

이탄은 광역 마법이나 광역 법술을 멀리하는 편이었다. 광역 공격을 퍼부어 싹쓸이를 해버리면 한 명 한 명 때려죽이는 손맛이 없기 때문이었다.

이렇게 한 명 한 명 상대할 때 가장 큰 문제가 적들에게 도망칠 기회를 줄 수 있다는 점이었다.

이탄이 곰곰이 생각에 잠겼다.

'사방으로 뿔뿔이 흩어져서 도망치는 적들을 하나하나 쫓아가서 때려죽이는 것이 영 귀찮기는 하지.'

한데 만약 은신공법이 효력을 발휘한다면?

적들이 이탄을 약하게 보고 마구 달려든다면?

이탄의 손에 동료들이 피곤죽이 되어서 날아가고 온몸이 산채로 찢겨서 살점째 흩어지는 광경을 보면서도 이탄이 약하다고 착각하여 우르르 덤빈다면?

'그거야말로 개꿀이 아닌가. 이건 어쩌면 시시퍼 마법의 도발 스킬과 흡사할 수 있어.'

이탄의 눈이 반짝반짝 빛났다.

시시퍼 마탑에서 이탄은 '도발 스킬'이라는 마법을 열람한 적이 있었다. 당시 이탄은 이 마법을 꼭 익히고 싶었다.

하지만 마법에 대한 이탄의 재능은 형편없는 수준이었다. 금속 애니마 계열을 제외하면, 그리고 음차원의 마나를 이용한 흑마법 계열을 제외한다면, 이탄은 정말 무서울 정도로 마법적 재능이 없었다.

그리하여 이탄은 결국 도발 스킬을 배우지 못했다.

'술법은 또 다르잖아? 잠깐 훑어보았을 뿐이지만 느낌이 와. 이 은신공법은 별 어려움 없이 익힐 수 있을 것 같아.'

이탄은 반쯤 책장에 꽂았던 은신공법을 다시 꺼내들었다.

"휴우우."

옆에서 노파가 안도의 한숨을 내쉬었다.

이탄이 기분 좋게 노파를 돌아보았다.

"이게 정말 마르쿠제 술탑이 아끼는 비법서란 말입니까?"

"어이구, 손님. 당연한 말씀을 다하시오. 내가 평생 거짓말이랑은 할 줄을 모르고 살아온 사람이오. 내가 손님께 거짓말을 하면 벼락을 맞아 죽지. 암, 그렇고말고."

노파가 주먹으로 가슴을 탕탕 두드리며 장담했다.

이탄이 은근하게 물었다.

"하면 이 술법서의 가격은 어찌 됩니까?"

노파가 이탄을 위아래로 쓱 훑어보았다.

이탄은 나이가 어려 보였다. 겉모습만 보면 십 대 후반, 혹은 이십 대 초반 정도 나이였다.

그런데 나이에 비해 입고 있는 법복은 꽤 고급스러웠다. 피부도 하얗고 곱상한 것이 고생한 티가 전혀 나지 않았다.

'어디서 헛바람만 잔뜩 든 부잣집 막내아들이로구나. 보아하니 최고의 술법을 익혀서 구름을 타고 날아다니는 선인이 되고 싶은 모양이지? 히히히, 잘 되었다. 이참에 이 불쌍한 늙은이에게 재물이나 떡하니 안겨 주거라. 그러고 나면 너도 복을 받아 다음 생애에는 마르쿠제 술탑의 수도자로 태어날 줄 누가 아느냐? 흘흘흘흘.'

노파가 주름진 입술을 오물거리며 웃었다.

Chapter 6

노파의 손가락 3개가 이탄의 코앞으로 다가왔다.

이탄이 눈을 동그랗게 떴다.

"이게 무슨 의미입니까?"

"금화 3천 냥."

노파가 당당하게 외쳤다.

"엉?"

이탄이 얼핏 당황했다. 지금 수중에 금화가 전혀 없는 탓이었다. 지쩍에게 받은 옥 꾸러미가 있기는 한데, 옥 한 덩이가 금화 몇 냥에 해당하는지 도통 감이 잡히지 않았다.

'너무 비싸게 부르면 책을 살 수가 없겠는데?'

이탄은 호구가 아니었다. 호구 짓을 하는 것도 혐오했다.

하지만 이탄에게는 시간이 별로 없었다. 그는 이곳에서 고작 이틀을 머문 뒤 피사노교로 쳐들어가야 했다.

'시간을 오래 끌면서 이 욕심 많아 보이는 노파와 흥정을 할 여유는 없는데, 이걸 어쩐담?'

이탄이 난감한 표정을 지었다.

노파가 철렁했다.

'헉, 내가 너무 바가지를 씌웠나? 이 철부지 도련님이 그냥 나가버리면 안 되는데.'

노파가 은근한 표정으로 다시 말을 붙였다.

"흘흘흘. 원래 상급 술법서라는 것이 부르는 게 값이라오. 우리도 목숨을 걸고 파는 물건인지라 결코 비싼 게 아니지. 하지만 이런 귀한 술법서는 하늘이 그 주인을 정해 주는 법이 아니겠소? 보아하니 손님께서 바로 하늘이 내린 책 주인인 것 같소. 손님께서는 지금 금화를 얼마나 가지고 계시오? 내가 한번 가격대를 맞춰봐 드리리다."

노파의 말을 듣는 순간, 이탄은 감이 왔다.

이탄에게 시간이 촉박한 것이 약점이듯이, 이 노파도 어수룩해 보이는 손님에게 사기를 쳐야 먹고 살 수 있다는 것이 약점이었다.

이탄이 팔짱을 꼈다.

"나는 금화가 한 닢도 없습니다."

"뭬요? 아니, 금화도 없으면서 무슨 상급 술법서를 찾아? 겨우 은화 쪼가리로 이 귀한 책들을 사겠다고? 하아! 나 이거 참."

당장 노파가 도끼눈을 떴다.

노파의 입에서 한바탕 욕이라도 쏟아지려는 순간, 이탄이 주먹을 노파 앞에 내밀어 살짝 폈다. 이탄의 손바닥 위에서 영롱할 정도로 푸르스름한 옥이 드러났다.

"허걱!"

순간적으로 노파의 눈이 확 바뀌었다.

그 모습을 보는 순간, 이탄도 깨달음을 얻었다.

'오호라. 지젝이 나눠준 옥이 내 예상보다 더 귀한 물건인가 보구나. 노파의 눈에 이렇게 탐욕이 감도는 것을 보니 금화 한두 닢에 거래될 물건은 아니야.'

이탄이 손바닥 위에 놓여 있던 옥은 어느새 이탄의 품속으로 다시 들어갔다.

한 박자 늦게 노파의 앙칼진 손이 다가왔다. 노파의 손은 조금 전까지 옥이 놓여 있던 빈 허공을 빠르게 훑고 지나갔다.

물론 노파는 옥 대신 공기만 움켜잡았을 뿐이었다.

"아니, 왜?"

노파가 멀뚱멀뚱 이탄을 올려다보았다.

이탄이 노파를 무표정하게 응시했다.

상대의 무심한 눈빛에 노파가 당황했다.

"손님, 왜 그러시오? 조금 전 그 옥으로 귀하디귀한 상급 술법서를 구매할 생각이 아니었소?"

"내 옥과 술법서를 맞바꾸자? 그건 셈이 맞지 않네요."

이탄이 이런 말로 노파를 떠보았다.

"맞지 않긴. 하!"

노파가 언성을 높였다.

"이보시오, 손님. 상급 술법서가 얼마나 귀한 것인지 몰라서 그러시오? 그런 귀한 술법서야말로 손님을 선인으로 만들어줄 보물이라오."

노파는 어떻게든 이탄을 설득하려 들었다.

노파의 표정은 아주 간절해 보였다. 그리고 이탄은 이렇게 간절한 사람들을 다루는 방법을 잘 알았다. 이탄이 검지를 곧게 펴서 좌우로 까딱거렸다.

"물론 상급 술법서는 귀할 테죠. 금화 3천이나 주어야 살 수 있을 만큼 귀하지 않습니까? 하지만 조금 전에 내가 보여준 옥은 그보다 더 귀하니까요. 셈이 맞지 않아요."

"윽."

노파가 움찔했다.

이탄이 노파를 물끄러미 내려다보았다.

노파가 우물쭈물하다가 한숨을 내쉬었다.

"파하아, 맞소. 맞아. 손님 말이 맞소이다. 만약 그 옥이 진짜라면 금화 3천 닢이 아니라 5천 닢은 너끈히 나갈게요. 하지만 어쩌겠소? 내게는 금화 2천 닢을 거슬러 줄 여유가 없는 것을. 하니 이러면 어떻겠소?"

"말해보시오."

노파가 새로운 거래 조건을 읊었다.

"여기 책장에 모아둔 상급 술법서는 모두 마르쿠제 술탑에서 철저하게 관리하는 것들이라오. 그 귀한 것들을 내가 아는 사람을 통해서 몰래 필사한 것들이라 값을 매길 수 없는 보물들이지. 그러므로 한 권 당 금화 3천 닢 씩은 받아야 하는데, 손님이 가지신 옥을 쪼개면 가치가 떨어지니 문제가 아니겠소? 게다나 나는 거스름돈이 없고. 그러니 우리 이렇게 합시다."

"어떻게 말이오?"

이탄이 노파의 말을 척척 받아주었다.

노파가 턱으로 책장을 가리켰다.

"손님께서 상급 술법서를 한 권 더 고르쇼. 그럼 금화 6천 닢이지. 하니 손님께서 그 옥덩이에다가 금화 1천 닢을 추가로 내고 술법서 두 권을 사가시구려."

노파는 묘안이라도 내놓은 사람처럼 뻐기며 말했다.

이탄이 피식 웃었다.

"그러지 말고 다른 방법으로 거래하시죠."

"다른 방법?"

"내가 랑무 성에 아는 분이 있습니다. 그분께 말하여 옥을 금화로 바꿔올 터이니 다시 얘기하십시다."

말과 함께 이탄이 등을 돌렸다.

노파가 그 즉시 이탄의 옷을 붙잡았다.

"아따, 성격도 급하시네. 흘흘흘. 밤도 늦었는데 어디서 옥을 바꿔온단 말이오? 흘흘흘흘. 번거롭게 그러지 말고 이렇게 합시다. 옥덩이 한 개로 상급 술법서 두 권을 가져가시오. 어이구, 이러면 내가 너무 밑지고 파는 건데."

Chapter 7

노파는 밑지고 판다는 말을 유독 강조했다.

이탄은 그런 노파를 가소롭게 쳐다보았다. 여기서 이탄이 몇 마디만 더하면 은신공법을 훨씬 더 싼 가격에 구매할 수 있었다.

은신공법은 상급 술법서가 아니었다. 옥 한 덩이가 금화 5천이라는 말도 믿을 수가 없었다.

그때 고서점 안쪽 조그만 방에서 어린아이의 기침 소리가 들려왔다. 노파의 얼굴에 얼핏 안쓰러운 표정이 스쳐 지나갔다. 간절함도 함께 엿보였다.

'은신공법의 본래 가치는 금화 3천 닢이 아니겠지. 그것보다 훨씬 더 쌀 거야. 하지만 내게는 은신공법이 금화 3천 닢이 아니라 그 몇 배의 가치가 있잖아?'

이탄이 모처럼 마음을 너그럽게 고쳐먹었다.

"험험험. 주인장. 혹시 모레툼이라는 이름을 들어보셨

소?"

이탄의 칼칼한 목소리가 갑자기 꿀이라도 바른 듯 부드러워졌다.

"모레툼? 처음 듣는 이름이오. 왜? 손님께서 랑무 성 안에 아는 분이 있다고 하셨는데, 혹시 그분의 이름이 모레툼이오?"

노파가 두려운 듯 물었다. 지금 노파는 정체불명의 싸구려 술법서를 상급 술법서로 속여서 파는 중이었다.

그런데 사기를 당한 피해자가 랑무 성의 고위층과 잘 아는 사이다? 이건 아주 곤란했다.

이탄이 고개를 가로저었다.

"아닙니다. 모레툼 님은 랑무 성에 계신 분이 아니시지요."

"휴우우."

노파가 자신도 모르게 가슴을 쓸어내렸다.

이탄이 빙그레 미소를 지었다.

"그나저나 제가 주인장께 한 가지 제안을 해보겠습니다. 만약 주인장께서 저에게 맹세를 하나 하시면 그 즉시 이 옥덩이로 책 두 권을 구매하지요."

이탄은 보란 듯이 영롱한 옥 한 덩이를 노파 앞에 내밀었다.

순간 노파의 눈이 탐욕으로 얼룩졌다. 그러면서도 노파는 여전히 머뭇거렸다.

"어떤 맹세요?"

"그다지 어려운 맹세는 아닙니다. 혹시라도 노인장이 오늘의 거래로 인하여 부당하게 이득을 취했다 싶으면, 나중에라도 그 차액을 모레툼 신전에 되돌려 놓겠다는 맹세입니다."

이탄이 하얗게 이를 드러내었다.

노파의 몸에 갑자기 원인 모를 오한이 감돌았다.

"모, 모레툼 신전이라고? 그, 그게 뭐요?"

노파가 떠듬떠듬 물었다. 어쩐지 섬뜩한 느낌에 노파의 등골에 소름이 쫙 돋았다.

이탄이 더욱 환하게 미소를 지었다.

"이상한 거 아닙니다. 모레툼 신전이란 자비로우신 신 모레툼 님을 모시는 신전이지요. 모레툼 님은 어려운 사람이 땅바닥에 쓰러져서 고통을 받을 때 그 어려운 사람에게 은화 한 닢을 던져주시는 신이십니다."

후오오오옹!

모레툼을 입에 담을 때 이탄의 전신에서 후광처럼 신성력이 번져 나왔다.

"어어엇?"

노파는 홀린 듯이 이탄을 올려다보았다.

잠시 후, 이탄은 은신공법 한 권과 기본토납법 한 권을 옥 한 덩이와 맞바꿨다.

이탄이 노파에게 건네준 옥은 정말 품질이 좋은 최상품이었다. 이 옥을 마르쿠제 술탑에 가져다주면 금화 9천 닢은 너끈히 받을 만했다. 거기에 비해서 이탄이 선택한 책 두 권은 기껏해야 금화 10닢도 아까웠다.

이것이 비록 이탄에게는 귀한 책일지 모르지만, 공식적인 가치는 그리 높지 않았다.

결국 따져 보면 노파는 이탄에게 금화 8,990닢을 빚진 셈이었다. 아니, 고리대금업의 신 모레툼에게 이만큼의 빚을 진 것이나 마찬가지였다.

'후후훗.'

옥 덩이를 소중하게 움켜쥐고 희희낙락하는 노파를 내려다보면서 이탄은 씨익 입꼬리를 끌어올렸다.

'이참에 동차원에다 모레툼 교단 지부나 세워볼까?'

이 계획이 현실이 된다면, 고서점의 노파는 모레툼 교단의 1호 노예가 된 셈이었다. 비록 지금 노파는 이것이 얼마나 무서운 일인지 꿈에도 모르겠지만 말이다.

고서점에서 나온 뒤에도 시간이 제법 많이 남았다. 이탄은 서점 거리를 더 둘러볼 생각은 없었다.

"여기서 시간을 더 보내는 것은 별로 내키지가 않네. 이번엔 부적상이 모여 있다는 서부대로로 가볼까?"

이탄은 육감이 이끄는 대로 행동했다.

동부대로를 떠나 서부대로로 접어들자 온갖 종류의 부적들을 판매하는 상가들이 길 양쪽에 쭉 늘어선 모습이 이탄의 눈에 들어왔다.

"이곳의 부적들은 남명의 부적과 달리 언노운 월드의 마법과 결합된 것들이 있다지?"

이탄이 관심을 둔 것은 바로 부적과 마법의 결합 상품이었다. 이번에도 이탄은 길 양쪽을 번갈아 살피면서 서쪽으로 쭉 걸어 내려갔다.

하염없이 걷다 보니 갑자기 주변 공기가 확 달라졌다. 이탄의 감각이 곧바로 반응했다.

아니, 엄밀하게 말해서 감각이 반응한 것이 아니었다. 이탄의 (진)마력순환로 속을 흐르는 만자비문이 톡톡 튀었다.

"뭐야? 만자비문이 왜 반응하지? 설마 이곳에 음차원이나 부정 차원의 기운이 있나?"

이탄은 좀 더 세심하게 주변을 탐색했다. 그리곤 깨달았다.

"일정한 구역이 있구나. 이 구역에 이르기 전까지는 만자비문이 반응하지 않아. 그런데 여기 붉은 기둥 상가부터 갑자기 만자비문이 톡톡 튀네."

다시 말해서, 붉은 기둥 상가부터는 만자비문을 반응하게 만드는 무언가가 존재한다는 뜻이었다.

이렇게 만자비문의 반응을 이끌어내는 상가가 대여섯 곳쯤 되었다. 그런 상가들을 지나치자 만자비문이 다시 잠잠하게 가라앉았다.

"흐음. 결국 몇몇 상가에 뭔가가 있다는 소리네."

이탄은 그 중 첫 번째 상가로 발걸음을 옮겼다. 붉은 기둥이 유독 눈에 두드러지는 대형 상가였다.

"어서 오세요."

이탄이 들어서자 똘똘해 보이는 소년이 쪼르르 달려 나왔다. 소년은 금색 더벅머리에 눈이 파란색이었다.

"특별히 찾으시는 부적이 있으신가요? 저희 역명원에서는 병마를 쫓는 부적과 액운을 감해주는 부적이 전문이랍니다. 한번 제게 귀띔을 해주세요. 제가 가격을 잘 맞춰드릴게요. 다른 가게에서 얼마까지 보고 오셨어요?"

소년은 상당히 말솜씨가 좋았다.

Chapter 8

이탄이 싱긋 웃었다.

"특별히 찾는 것은 없구나. 그리고 다른 가게에서 가격을 알아본 것도 없단다. 그냥 상점 안을 좀 둘러보고 싶은데, 안 될까?"

"아하! 얼마든지 둘러보시죠. 가게 안에 들어가 보시면 아시겠지만, 이 거리에서 저희 역명원만큼 다양한 종류의 부적을 갖춘 집은 없답니다. 지금 특별 할인 기간이라 가격도 저렴하니 한번 적극적으로 살펴보세요."

소년이 종알종알 지저귀며 이탄에게 달라붙었다.

부적상 안으로 들어가 보니 이와 같은 소년이 한두 명이 아니었다. 거의 10명에 가까운 소년들이 손님 한 명 한 명에게 달라붙어 열심히 영업 중이었다.

게다가 역명원이라는 이 부적상은 내부 구조가 안으로 길쭉하여 밖에서 보는 것보다 몇 배는 더 컸다.

이탄이 상점을 크게 한 바퀴 둘러보았다. 만자비문을 톡톡 튀게 만들 만한 부적은 딱히 보이지 않았다.

이탄은 손가락으로 2층을 가리켰다.

"위에는 또 뭐가 있느냐?"

소년이 위아래로 이탄의 옷차림을 훑어보았다. 그리곤 이탄의 법복이 꽤나 비싸 보이자 안색을 활짝 폈다.

"1층에는 마음에 차는 부적이 없으신 거죠? 그러실 줄 알았어요. 2층에는 부적과 마법을 결합한 마법부적들이 있거든요."

"마법부적?"

"네. 동차원에서는 정말 보기 드문 부적들이죠. 대신 마법부적은 가격이 상당하답니다."

"좋은 부적을 구할 수만 있다면 가격이 문제이겠느냐?"

이탄이 호기롭게 말했다.

소년이 눈을 반짝 빛냈다.

"역시! 손님은 좋은 부적을 보실 자격이 있으십니다. 제가 2층으로 뫼시겠습니다."

상점 2층은 1층보다 조금 협소했다.

그래도 어지간한 상가보다는 더 컸다.

이 넓은 공간 안에 다양한 종류의 마법부적들이 가득했다.

마법부적이란 마법 스크롤과 부적을 하나로 합친 것으로, 1차적으로 마법이 발동하여 방어와 공격을 맡고, 2차적으로 부적이 힘을 보태는 방식이었다.

예를 들어서 마법으로 아이스 애로우(Ice Arrow: 얼음화살)을 적에게 날리면서 이와 동시에 부적의 주인을 100미터 밖으로 순간이동 시키는 것이 대표적이었다.

혹은 마법으로 환상을 만들고, 그 환상 속에 부적 병사를 숨겨서 적을 공격하는 부적도 존재했다.

'이거 생각보다 괜찮은데?'

이탄은 2층을 한 바퀴 둘러본 다음, 마음에 드는 마법부적 몇 가지를 구매할 생각이었다.

소년은 이탄의 눈치를 힐끔힐끔 살피다가 검지를 위로 들었다.

"손님, 저희 역명원은 총 3층까지 있답니다."

"3층? 올라가는 계단은 보이지 않는데?"

이탄이 소년을 돌아보았다.

소년이 헤죽 웃었다.

"3층은 정말 특별한 곳이라 아무에게나 보여주지 않죠. 하지만 손님과 같이 특별한 분들께는 안내를 해드린답니다."

"그래? 3층엔 또 뭐가 있는데?"

"3층은 전쟁터에서 회수한 것들을 가져다 놓았는데요, 놀라지 마십시오. 오염된 신의 자식들이 사용하는 혈적이 있답니다."

"혈적?"

의외의 단어에 이탄이 흠칫했다.

'설마 피사노교에서도 부적을 사용하나? 그 부적들을 마르쿠제 술탑에서는 혈적이라고 부르나 보지?'

혈적이라는 단어를 듣자 이탄의 (진)마력순환로 속 만자비문들이 톡톡 튀었다.

'오호라. 이 혈적이라는 것 때문에 만자비문들이 칭얼거렸구나.'

이탄은 비로소 이유를 깨달았다.

소년이 은근히 물었다.

"어떠신가요? 혈적을 한번 보여드릴까요?"

"흐음."

이탄이 고민스러운 눈빛으로 소년을 굽어보았다.

소년은 당돌하게도 이탄의 눈을 피하지 않았다.

'후훗. 재미있는 녀석일세.'

이탄이 가볍게 웃음을 머금고는 소년에게 두 가지를 물었다.

"네게 물어볼 것이 2개 있단다. 대답해 주겠느냐?"

"말씀하세요."

"첫째, 혈적이 위험하지 않느냐? 혹시 마르쿠제 술탑에서 금지한 품목 아니냐는 뜻이다."

소년이 냉큼 고개를 가로저었다.

"아뇨. 저희들이 판매하는 혈적은 모두 마르쿠제 술탑의 허락을 받은 것들입니다."

마르쿠제 술탑은 동차원의 최전방에서 피사노교와 사투를 벌이는 곳이었다. 그럼 만큼 전사자도 많고 부상자도 많았다.

술탑에서는 이러한 전사자나 부상자들의 가족이 피폐해지지 않도록 전쟁터에서 발생한 모든 전리품들의 판매를 허락해주었다.

소년의 설명에 따르면, 동차원에 풀리는 마보나 혈적은 모두 이러한 과정을 거쳐서 판매되는 것들이었다.

물론 마보나 혈적을 그냥 팔지는 않았다. 마르쿠제 술탑에서는 특별한 정화의식을 통해서 마보와 혈적에 스며든 마기를 제거한 뒤 판매하도록 유도했다.

"그렇구나. 마르쿠제 술탑에서 정화한 혈적이라면 안전하겠군."

이탄이 중얼거렸다.

소년이 냉큼 맞장구를 쳤다.

"맞습니다. 안전하지요. 그래서 동차원의 여러 수도자들이 이곳에 와서 마보와 혈적을 사간답니다. 적들의 수법을 연구하기 위해서요."

이탄은 두 번째로 궁금한 점을 물었다.

"하면 혈적의 가격은 어떻게 되느냐?"

만약 가격이 터무니없다면 이탄은 굳이 3층을 살펴볼 마음이 없었다. 조만간 이탄은 피사노교로 쳐들어가게 될 터였다.

'그곳에서 얼마든지 혈적을 얻을 수 있을 텐데 굳이 여

기서 바가지를 쓸 이유는 없지.'

이것이 이탄의 속마음이었다.

소년은 고서점의 노파처럼 이탄을 속이려고 들지는 않았다.

"솔직히 말씀드려서 혈적이 싸지는 않아요. 2층의 마법 부적보다 기능이 떨어지는 것들도 오히려 더 비싸지요. 하지만 이건 어쩔 수 없어요. 혈적은 마르쿠제 술탑의 수도자님들께서 목숨과 맞바꾸신 전리품들이거든요. 그 전리품들을 저희가 비싸게 팔아드려야 수도자님들의 가족들이 살아갈 수 있죠."

말을 하면서 소년의 목소리가 가늘게 떨렸다. 아무래도 이 소년에게도 사연이 있는 모양이었다.

Chapter 9

'예를 들어서 이 소년의 부모도 피사노교와 싸우다 죽으면서 자식에게 혈적을 유품으로 남겼다던가.'

이탄의 예측은 정확했다.

소년은 바르르 떨리는 동공으로 위층을 올려다보았다.

소년의 간절한 모습이 이탄의 마음을 움직였다. 이탄이

선뜻 응했다.

"가보자꾸나."

"네?"

"3층 말이다. 한번 구경시켜주겠느냐? 마음에 드는 혈적이 있으면 한번 구매해서 연구해보고 싶구나."

소년이 조심스레 여쭀다.

"손님, 혈적은 가격이 천차만별입니다. 어떤 혈적들은 금화 1천 냥에 육박하는 것들도 있고요. 아무리 싼 혈적도 금화 5백 냥은 너끈히 나간답니다."

"그 정도는 지불할 수 있느니라."

이탄이 흔쾌히 대답했다.

"아하아."

소년은 입이 쩍 벌어지더니, 재빨리 구석으로 다가가서 줄을 잡아당겼다.

잠시 후, 벽이 드르륵 열리면서 3층으로 올라가는 계단이 드러났다.

"손님, 저를 따라오세요."

소년이 계단 위로 쪼르르 올라갔다.

이탄은 성큼성큼 걸어서 소년의 뒤를 따랐다.

혈적이라고 해서 별다를 것은 없었다. 생김새는 마법스크롤과 부적이 결합된 마법부적과 흡사했다. 정화의식을 거친 덕분인지 마기도 느껴지지 않았다. 이탄을 이곳으로 잡아끌었던 만자비문도 막상 3층의 혈적들 앞에서는 조용했다.

이탄은 3층의 혈적들을 한 바퀴 쭉 둘러본 다음, 소년에게 물었다.

"이 가운데 특별히 추천하고 싶은 혈적이 있더냐?"

소년이 약간 망설이다가 이탄을 한 곳으로 잡아끌었다.

"여기 이 혈적은 어떠세요?"

소년이 가리킨 혈적은 특이하게도 가죽에 붉은 주술문이 적힌 형태였다. 주술문은 언노운 월드의 고대 언어로 적혀 있었는데, 내용이 저주에 가까웠다.

이탄은 아나테마의 악령과 일수도장을 찍으면서 저주마법을 많이 익힌 터라 주술문이 뜻하는 바를 쉽게 해석했다.

'쳇. 그다지 특별한 혈적은 아니네. 기척을 지우고 주변에 동화되는 매복용 혈적이야. 내게는 별로 필요가 없어. 게다가 혈적이 온전하지 않고 일부분만 찢어져서 기껏해야 가릴 수 있는 부위도 작다고.'

매복용 혈적은 몸 전체를 가릴 수 없으면 그다지 쓸모가 없었다. 이건 피사노교의 수법을 파악하기 위한 연구용으로나 의미가 있지, 실용성은 제로였다. 이탄은 다소 실망했다.

이탄이 소년을 힐끗 보았다.

지금 소년은 두 손을 꼭 모으고 간절한 눈길로 이탄을 올려다보는 중이었다. 역시 이탄의 짐작이 맞는 듯했다.

'보아하니 소년의 부모나 할아버지가 이 혈적을 소년에게 유품으로 남기고 돌아가셨나 보구나. 아니면 심각한 부상을 입었을 수도 있겠지. 이 녀석이 생계를 책임지기 위해서 일을 해야 할 정도로 말이야.'

그러고 보니 오늘은 이탄이 은신이나 매복과 관련된 물품들과 인연이 깊은 날이었다. 고서점에서는 기세를 숨겨주는 아주 독특한 술법서를 구매했고, 이곳에서는 매복이나 은신과 관계된 혈적을 발견했다.

'별로 쓸모는 없겠지만 그래도 사줄까?'

이탄은 다시 한 번 혈적을 살펴보았다.

자세히 보니 이 혈적은 인피, 즉 사람의 껍질을 벗겨서 그 위에 주술문을 새긴 형태였다. 혈적의 폭은 5센티미터에 길이가 40센티미터가 조금 넘었다. 크기가 작다 보니 기껏해야 신체 일부밖에 가리지 못하는 것은 단점이었다.

'으응? 이게 단점이라고?'

이탄이 눈을 번쩍 떴다.

길이 40센티미터에 폭이 5센티미터면 신체 일부분만 겨우 가릴 크기였다. 따라서 매복이나 은신에는 아무런 쓸모가 없었고, 이것이 문제였다.

하지만 이러한 단점이 이탄에게는 오히려 장점이 될지도 몰랐다.

'이 혈적으로 몸을 감싸면 주변 환경에 자연스럽게 동화 시켜준다고 했지? 게다가 주술문이 제법 강력하여 발각되기도 쉽지 않거든. 그렇다면 내게는 딱 아닌가? 목둘레에 난 상처를 목도리로 숨기는 것보다는 이 혈적으로 감추는 편이 더 낫잖아?'

이탄은 발상의 전환을 했다.

목의 상처만 제대로 감출 수 있다면, 이건 꽤 쓸 만한 정도가 아니라 이탄에게 꼭 필요한 필수품이었다.

이탄은 의외의 장소에서 보물을 얻은 기분이 들었다. 하여 그 자리에서 당장 혈적을 구매했다. 그것도 금화 1천 닢이라는 거금을 주고 앉은 자리에서 흥정도 하지 않고 곧바로 사버렸다.

그러고도 이탄은 돈이 많이 남았다. 이제 보니 지젝 내총관에게 받은 옥 한 덩이는 금화 9천 닢이라는 어마어마한 가치를 지녔다.

이탄은 거스름돈이 부족해서 난감해하는 소년을 위해서 또 다른 혈적 2개를 추가로 구매했다. 마법부적도 7개나 질렀다.

이탄에게는 그다지 쓸모가 없는 것들이지만, 인피로 만든 혈적을 위해서라면 이 정도는 아깝지 않았다.

이곳 역명원에서는 부적을 판매하는 소년들에게 판매 가격의 1천 분의 1을 수당으로 지급했다.

소년은 이탄에게 총 10개의 상품을 금화 9천 닢에 팔았다. 따라서 9천 닢의 0.1퍼센트인 금화 아홉 닢이 소년의 몫이었다.

이게 끝이 아니었다. 소년은 이탄이 처음 구매한 매복용 혈적의 주인이기도 했다. 따라서 소년에게는 이 혈적을 판매한 가격의 절반인 금화 5백 닢이 추가로 주어졌다.

"우우욱."

소년이 눈물을 글썽거렸다.

509닢의 금화면 소년이 어린 동생들을 돌보기에 충분한 금액이었다. 소년은 가족 부양의 굴레로부터 자유로워졌다. 이제 더 이상 소년은 역명원에서 일할 필요가 없었다. 소년의 가슴이 벅차올랐다.

Chapter 10

'되었어. 다시 수도관에 들어간 뒤, 아버지의 뒤를 이어

서 수도자가 될 수 있다고.'

이탄 덕분에 소년은 꿈을 계속 꿀 수 있었다.

"고맙습니다, 손님. 안녕히 가십시오. 정말 고맙습니다."

소년은 멀어지는 이탄을 향해 머리가 땅에 닿도록 인사했다.

"와아, 좋겠다."

"페드로 녀석, 오늘 도대체 얼마어치나 판 거야?"

"완전히 봉을 잡았네. 봉을 잡았어."

역명원에서 일하는 동료들이 페드로라는 이름의 소년을 부러운 눈빛으로 쳐다보았다.

은신공법과 혈적을 사다 보니 어느새 약속했던 네 시간이 모두 흘렀다. 이탄은 약소 장소를 향해 발걸음을 재촉했다.

이탄이 도착했을 때 이미 약속장소에는 사람들이 많이 모였다. 엄홍과 부광, 해원 등은 하나 같이 단약을 한 보따리씩 들고 있는 모습이었다.

당연한 말이지만, 이곳 랑무 성의 시장에서 술법서를 구매한 이는 이탄이 유일했다. 대부분은 단약만 구매했고, 일부가 부적을 추가로 샀다.

부공이 이탄에게 다가와 속삭였다.

"뭘 샀어?"

이탄의 손에는 딱히 들린 것이 없었다. 이탄이 어깨를 으쓱했다.

"그냥 부적 한 장 샀어요."

"다른 건?"

"마땅한 게 없어서 그냥 눈요기만 했죠."

이탄이 적당히 둘러대었다.

부공은 껄껄 웃으며 이탄에게 엄지를 내밀었다.

"잘했어. 이곳 상인들이 바가지가 은근히 심하거든. 어휴우."

"그런가요? 헤헤."

둘이 수다를 떠는 중에 엄홍이 모두의 이목을 모았다.

"자자, 전부 모였으면 이제 다시 마르쿠제 술탑으로 가세."

"네. 엄홍 선인님."

수도자들은 엄홍의 뒤를 따라 술탑으로 향했다.

숙소로 돌아온 뒤, 이탄은 침대 위에 앉아서 은신공법을 펼쳐들었다. 처음부터 끝까지 숙독하고, 다시 한 번 훑고, 또 읽고.

이탄은 은신공법을 세 차례나 내리읽었다.

그러자 은신공법 속 모든 내용이 이탄의 머릿속에 들어

박혔다. 술법의 내면에 흐르는 이치도 모두 이탄의 것으로 소화되었다.

"누가 만들었는지 모르겠지만 그다지 효율이 좋은 술법은 아니야. 법력을 운용하는 방법도 매끄럽지 못하고, 상승의 법칙을 담고 있지도 않지."

하지만 은신공법은 독특한 매력을 지녔다.

술법이 단순한 대신 비례관계는 잘 성립하여, 법력이 높으면 높을수록 은신공법의 위력도 비례하여 증가하는 구조였다.

이탄은 법력이 차고도 넘치는 터, 자연히 이탄의 손에서 구현되는 은신공법의 위력도 무지막지할 수밖에 없었다.

일단 이탄이 은신공법을 펼치면, 이탄의 기세는 완전히 숨겨질 것이고, 이탄은 천하에 둘도 없는 약자로 비쳐질 것이며, 적의 입장에서는 이탄을 괜히 쫓아가서 한 대 패주고 싶은 마음이 새록새록 들 것이다.

그게 바로 덫이었다. 그게 바로 함정이었다.

적이 이탄을 우습게보고 달려드는 순간, 그의 온몸은 이탄의 손끝에 걸려 산산이 해체될 수밖에 없었다. 혹은 이탄의 무지막지한 100배 반탄력에 강타당해 한 줌의 피보라로 화할 운명이었다.

"어디 한번 시험해볼까?"

이탄이 법력의 극히 일부분을 운용하여 은신공법을 펼쳤다.

쭈와아아악—.

눈 깜짝할 사이에 은신공법이 이탄의 온몸을 뒤덮었다.

은은하게 피어오르던 이탄의 기세가 감쪽같이 자취를 감추었다. 대신 여리고, 약하고, 겁 많아 보이는 사내가 거울 앞에 서 있었다.

거울 속의 사내는 정말 유약해 보였다. 너무 불쌍하고 약하고 슬쩍 한번 괴롭혀 보고 싶어질 듯한 모습이었다.

"이런 나약한 것은 싫은데."

이탄이 눈가를 찌푸렸다.

어린 시절 이탄은 간씨 세가의 탑으로 강제로 팔려갔다. 그 무렵부터 이탄은 오로지 살아남기 위해서 처절한 삶을 살았다.

지옥 같은 탑에 가까스로 적응할 즈음, 이탄은 타인에 의해서 죽임을 당했다. 그것도 그냥 죽은 것이 아니라 망령이 되었다. 육체는 바스러지고 오로지 머리통만 남아 빌어먹을 망령목에 대롱대롱 매달린 것이다.

언노운 월드에 정착한 뒤에도 이탄의 삶은 순탄치 않았다. 이탄은 영문도 모르고 마녀에게 목이 잘려 망할 놈의 듀라한이 되었다.

그 뒤로 이탄은 어찌어찌 신관이 되었고, 은화 반 닢 기사단의 요원이 되었으며, 시시퍼 마탑의 제자이자 금강수라종의 수도자가 되었다. 피사노교의 사도도 동시에 겸했다.

이렇듯 이탄의 생애는 늘 아슬아슬하였다. 잠시도 긴장을 늦출 수 없었다.

그 처절한 삶이 이탄의 표정에 스며들었다. 이탄의 자세에 녹아들었다. 이탄의 힘이 되고 연륜이 되었다. 이탄이 살아온 험악한 세월이 곧 이탄이었다.

덕분에 이탄의 몸에서는 은연중에 기세가 풍겼다.

강자의 기세.

포식자의 기세.

힐끗 쳐다보기만 해도 숨이 턱 막히는 기세.

마주 대하면 절로 몸이 움츠러드는 기세.

이 기세 덕분에 333호는 늘 이탄을 어려워했다. 간씨 세가의 사람들도 이탄 앞에만 서면 쩔쩔 매었다. 아울 검탑의 검수들도, 시시퍼 마탑의 마법사들도, 은화 반 닢 기사단의 어르신들도 이탄을 함부로 대하지 못했다.

이탄을 대할 때면 다들 긴장했다.

한데 은신공법이 이탄이 살아온 세월을 한 순간에 지워버렸다. 지금 거울 속의 사내는 이탄이되 이탄이 아니었다.

"이건 아니지."

이탄은 은신공법을 풀어버렸다.

스르륵.

공법이 풀린 즉시 이탄의 섬뜩한 기세가 다시 피어올랐다. 약해 빠진 모습은 어느새 사라지고 본래의 이탄으로 되돌아왔다.

이탄이 거울 속을 위아래로 훑었다.

"역시 본 모습이 좋군. 은신공법은 꼭 필요할 때만 사용해야지."

이렇게 중얼거린 다음, 이탄은 금화 3천 닢이나 주고 산 은신공법 술법서를 손바닥 사이에 끼우고 비볐다.

Chapter 11

푸스스스스.

은신공법이 단숨에 부스러기로 흩어졌다.

이어서 이탄은 혈적을 꺼내서 목 주변에 둘러보았다.

"얇게 벗겨낸 인피라 그런지 밀착감도 좋네."

인피로 만든 혈적이 이탄의 피부 속에 스며들 듯이 부착되었다. 이탄이 거울 속을 자세히 들여다보았다.

혈적에 새겨진 주술문 덕분에 인피 자체가 이탄의 피부와 잘 매치되어 녹아들었다. 덕분에 이탄의 목둘레에 드러난 흉터가 감쪽같이 사라졌다.

이탄이 턱을 위로 바짝 치켜들고 세심하게 살폈다.

그 어디에도 흉터는 보이지 않았다.

이탄은 손가락으로 뒷목을 더듬어 보았다. 매끈한 피부만 느껴질 뿐, 우툴두툴한 흉터는 손가락에 잡히지 않았다.

"오오올. 괜찮아. 쓸 만해."

이탄이 거듭 감탄했다.

"진즉에 이런 것을 구해볼 것을. 그동안 한여름에도 여우털 목도리를 두르고 다니느라 사람들 눈에 이상하게 보였잖아. 하하하."

이탄이 모처럼 환하게 미소를 흘렸다.

이탄은 "정말 혈적을 구매하기 잘했지. 역시 내 판단이 정확했어."라고 몇 번이고 자화자찬하였다.

다음 날 오전.

엄홍과 부공, 해원 등은 다시 한 번 랑무 성 시장에 구경을 나왔다. 전날에 시간이 촉박하여 미처 다 둘러보지 못한 곳들을 방문하기 위함이었다. 이탄도 선배들을 따라서 마르쿠제 술탑을 나섰다.

금강수라종에서는 오직 풍양만이 삐딱하게 굴었다.

"푸읍. 정말 웃기는군. 고작 이런 시골구석의 시장 나부랭이에서 뭘 기대하는 게야? 그딴 곳에서 낭비할 시간이 있나?"

풍양이 비스듬하게 팔짱을 끼고 동료들을 비웃었다. 막상 사람들은 풍양의 말에는 신경 쓰지 않았다.

이 점이 풍양의 화를 더 돋웠다.

"이것들이 진짜!"

풍양은 발을 세차게 구른 뒤, 자신의 숙소로 돌아가 버렸다.

후배 수도자들이 풍양의 분노에 당황해했다. 그러자 엄홍이 후배들의 걱정을 덜어주었다.

"시간이 없으니 이만 가세나."

"네."

금강수라종의 수도자들은 어미 새를 따르는 새끼들처럼 엄홍을 잘 따랐다. 그들이 시장에 도착했을 때, 이미 다른 종파의 수도자들도 삼삼오오 무리를 지어서 시장통을 훑는 중이었다.

남명 사대종파의 수도자들은 첫 날 시장을 둘러보고는 "랑무 성의 단약이나 약초들이 의외로 훌륭하구나."라는 결론을 내렸다. 그래서 전쟁 바로 전날인 오늘까지도 단약을 구하기 위해 시장으로 나온 것이다.

수도자들은 시장에서 서로 얼굴이 마주치기라도 할 때면 가볍게 눈인사를 나누고는 곧바로 헤어졌다. 필요한 상품들을 모두 사려면 시간이 촉박했기 때문이었다. 다들 주머니가 두둑했기에 희귀한 단약이나 약초, 부적 등을 구매하는데 망설임이 없었다. 수도자들은 가격 흥정도 거의 하지 않았다.

시장의 상인들은 모처럼 큰손들이 등장했다며 신바람을 내었다.

이탄도 감각을 활짝 열고 저잣거리를 훑었다.

어제와 달리 오늘은 이탄의 마음을 잡아끄는 물건이 나타나지 않았다.

"이거 허탕이네."

이탄이 가볍게 한숨을 내쉬었다.

점심때가 되자 금강수라종의 수도자들이 다시 한 자리에 모였다.

"식사를 하기에 좋은 곳을 알고 있으니 안내하겠습니다."

부공이 친숙한 음식점으로 동료 수도자들을 데려갔다. 사람들이 그곳에서 간단하게 점심을 때우는 동안, 이탄은 홀로 서점 거리를 돌아다녔다.

오후 3시.

"이제 돌아갈 시간이로군. 5시에 전체 집합령이 떨어졌으니 모두 움직이세나."

엄홍이 부채를 살살 부치며 후배들을 챙겼다.

"알겠습니다."

금강수라종의 수도자들은 엄홍의 명에 따라 마르쿠제 술탑으로 복귀했다. 이탄도 함께 행동했다.

술탑 내부의 커다란 광장 앞에는 이미 특수부대원들이 집결한 상태였다.

"이크. 벌써 다들 모였네."

"우리가 늦었나 보구나."

금강수라종의 수도자들은 후다닥 자신들의 자리로 들어갔다.

마르쿠제 대선인이 손수 특수부대원들 앞에 나섰다. 마르쿠제는 이번 작전에 대해서 개략적인 설명을 시작했다.

특수부대원들은 바짝 긴장한 표정으로 마르쿠제의 말을 들었다. 지금 마르쿠제의 입에서 튀어나오는 이야기는 이번 작전의 세부 사항들이었다.

지금까지 마르쿠제 술탑은 기밀을 유지하느라 대원들에게도 일절 작전계획을 전하지 않았다. 하지만 이제는 계획을 공유할 때였다. 불과 일곱 시간 뒤에는 특수부대원 전원이 작전에 투입될 터, 이제부터라도 상세한 내용을 파악해야 했다.

짧게 설명을 마친 뒤, 마르쿠제가 손가락을 하늘로 들었다.

"모두 저것을 보라."

하늘에는 길쭉하게 생긴 오각형 물체가 환상처럼 부유 중이었다.

검은색으로 번들거리는 물체는 거대한 관을 연상시켰다. 크기는 산봉우리 하나를 통째로 옮겨온 듯했으며, 길쭉한 옆면에는 기괴한 형태의 고대문자들이 새겨져서 은빛으로 번쩍거렸다.

"어헉? 저것은!"

"으으음."

몇몇 특수부대원들이 화들짝 놀랐다.

지금 눈이 휘둥그레진 수도자들은 모두 피사노교와 전투를 겪어본 유경험자들이었다. 부공도 당연히 이 부류에 포함되었다.

이들이 깜짝 놀란 이유는 간단했다. 저 검게 번들거리는 물체가 바로 피사노교의 주력 전함이기 때문이었다.

마르쿠제는 수도자들의 반응을 즐기는 듯 껄껄 웃었다.

"으허허허. 이미 눈치를 챈 사람들도 있구나. 그렇다. 저

것은 오염된 신을 섬기는 자들이 만들어낸 마도전함이다. 우리 술탑에서는 적의 마도전함 한 척을 나포하여 보관 중이었다. 바로 오늘 같은 날 써먹기 위해서 말이다."

여기서 말을 끊은 뒤, 마르쿠제가 특수부대원들을 죽 둘러보았다.

대원들이 침을 꿀꺽 삼켰다.

제5화
출격

Chapter 1

마르쿠제가 손가락 끝에 힘을 딱 주어 마도전함을 지목했다.

"너희가 짐작한 바가 맞다. 앞으로 일곱 시간 뒤, 너희들은 저 마도전함에 탑승하여 차원을 넘어갈 게다. 그리곤 오염된 악마들의 본진으로 진입할 테지."

"아아!"

대원들의 숨이 가빠졌다.

"우리 술탑에서는 너희들을 태운 저 마도전함이 적의 중심부로 무사히 진입할 수 있도록 만반의 준비를 끝내놓았다. 그 다음은 너희들의 몫이니라."

"아아아!"

"다들 각오는 되어 있겠지?"

마르쿠제의 힘찬 목소리가 대원들의 가슴에 불을 지폈
다.

"되어 있습니다."

"우와아아아—."

특수부대원들은 주먹을 번쩍 들어 마르쿠제에게 자신들
의 의지를 보여주었다. 있는 힘껏 고함을 지르고 나자 불안
감이 한결 가셨다.

마르쿠제는 뒷짐을 진 채 그 모습을 흐뭇하게 지켜보았
다. 그러다 비앙카와 눈이 마주치자 살짝 걱정스러운 표정
을 지었다.

마르쿠제도 사람이었다. 악마들의 본진 한복판에 손녀
를 밀어 넣고도 걱정이 되지 않는다면 그건 말이 되지 않
았다.

마르쿠제의 이런 마음을 알아차렸는지 비앙카가 주먹으
로 자신의 가슴을 툭툭 쳤다.

'걱정 마세요. 저는 제 몫을 반드시 해낼 거예요.'

비앙카의 눈빛이 이렇게 주장했다.

마르쿠제는 턱을 주억거렸다.

'장하구나, 비앙카야. 네가 스스로 나서주지 않았더라면

내가 아무리 떠들어봤자 남명의 사대종파를 설득할 수 없
었을 게야. 그리고 이번 작전은 결국 시도도 못 해보고 접
어야 했겠지. 비앙카, 네가 목숨을 걸고 위험을 감수하였기
에 남명에서도 아낌없이 전력을 쏟아부은 게다. 크우우우.
이 할아비는 네가 만들어낸 기회를 결코 헛되이 날려버리
지 않을 테다. 할아비를 믿어다오.'

마르쿠제는 약해지려는 마음을 다시 굳건하게 다잡았다.

"출격까지는 이제 일곱 시간도 남지 않았도다. 다들 저
녁 식사를 든든히 마치고, 출격할 준비를 하여라."

"넵."

마르쿠제의 말에 수도자들이 힘차게 대답했다.

마르쿠제가 시계를 가리켰다.

"너희들이 다시 이 자리에 모이는 시간은 오늘 밤 10시
다."

"넵."

"그때까지는 자유롭게 시간을 갖되, 술탑 밖으로 외출은
허용되지 않는다. 랑무 성으로 나가는 것도 금지니라. 이번
작전의 보안을 위해서 통제를 하는 것이니 다들 이해해주
기 바란다."

"네에엡."

수도자들이 반복하여 목청을 높였다.

마르쿠제의 설명이 끝난 뒤, 수도자들은 종파 별로 따로 모임을 가졌다.

각 종파의 선임들이 일장연설을 통해 후배 수도자들의 마음을 다잡았다. 또한 각 종파에 소속된 노련한 수도자들이 한 명씩 앞으로 나오더니, 전쟁터에서 꼭 명심해야 할 사항들을 되새겨주었다.

금강수라종에서는 부공이 이 역할을 맡았다.

부공은 피사노교의 주된 공격 수법부터 시작하여 피사노교의 특징, 조심해야 할 점들을 생각나는 대로 자세히 설명했다.

부공의 말솜씨는 그리 좋지 않았다.

그래도 금강수라종의 수도자들은 부공의 말 한 마디 한 마디를 허투루 흘려듣지 않고 머릿속에 새겨놓았다. 지금 부공의 산 경험을 허술하게 듣다가는 전쟁터에서 곧바로 목숨을 잃을 수 있기 때문이었다.

저녁 식사 시간까지만 하여도 수도자들은 웃고 떠들면서 전의를 다졌다. 하지만 저녁 8시가 지나자 혀를 놀리는 수도자의 수가 급격히 줄어들었다.

대부분의 수도자들은 각자의 방에 틀어박혀서 자신들의 법보를 꼼꼼히 점검했다. 부적도 중요한 순서대로 허리춤에 꽂았다. 특히 탈출용 부족은 언제라도 꺼낼 수 있도록 가장 익숙한 자리에 배치했다.

수도자들은 비상시에 사용할 단약들도 품속에 차곡차곡 챙겨 넣었다. 그들이 등에 짊어질 짐 보따리에는 보조 법보들이 한가득 담겼다.

이탄도 자신의 방에서 전쟁 준비를 했다.

밤 9시가 되었다.

더 이상 입을 여는 수도자는 없었다. 특수부대원들은 쥐 죽은 듯한 적막을 유지했다. 대원들이 내뿜는 긴장감 때문에 주변의 공기 밀도가 빡빡하게 올라간 느낌이었다.

밤 10시.

마침내 운명의 시간이 도래했다. 수도자들은 딱딱하게 굳은 얼굴로 한 자리에 집결했다.

늦은 사람은 아무도 없었다.

이탈자도 전무했다.

특수부대에 배속된 수도자들의 얼굴엔 각오가 가득했다.

저녁 무렵 아득히 높은 곳에 떠 있던 피사노교의 마도전함은 이제 지상 300미터 높이까지 하강했다.

당연한 말이지만, 마도전함은 멀리서 보았을 때보다 지금처럼 가까이 접근했을 때가 훨씬 더 압도적이었다.

시커멓게 번들거리는 전함의 외관은 세상 그 무엇으로도

부술 수 없을 만큼 단단할 것 같았다. 전함 옆면에서 불길하게 일렁거리는 은빛 고대어들은 수도자들의 마음속에 영문 모를 불안감을 안겨주었다.

게다가 그 어마어마한 크기란!

산봉우리를 통째로 옮겨온 듯한 마도전함의 위용에 수도자들이 속으로 비명을 질렀다.

그때 마르쿠제가 나타나 우렁차게 목청을 높였다.

"흑혈청을 나눠줘라."

"흑혈청을 배포하랍신다."

마르쿠제 술탑의 내총관 지젝이 부하들에게 손짓을 했다.

내총관을 모시는 어린 소년들이 쪼르르 달려와 특수부대원들에게 검붉은 액체 한 병씩을 나눠주었다.

마르쿠제가 엄하게 명했다.

"흑혈청에 대해서는 이미 종파에서 들었을 것이다. 다들 지금 이 자리에서 복용하라."

1천 명의 특수부대원들은 즉시 병마개를 열고 검붉은 액체를 목구멍 속으로 들이부었다. 이탄도 내키지는 않았으나 흑혈청을 복용했다.

Chapter 2

흑혈청의 효과는 불과 20분 만에 나타났다.

프스스스스슛—.

특수부대원들의 혈관 속 적혈구가 기괴하게 변했다. 그 즉시 특수부대원들에게서 풍기는 기세가 완전히 달라졌다.

일반인들은 이 미묘한 변화를 알아차릴 수 없을 것이다.

하지만 남명의 수도자들은 악마의 기운에 민감했다. 주변 동료들의 몸에서 갑자기 섬뜩한 악마의 기운, 혹은 부정한 기세가 피어오르자 다들 깜짝 놀랐다.

"어억? 진짜구나."

"흑혈청의 효과가 진짜 발휘되었어."

"허어어. 이거 몸으로 직접 겪고도 믿어지지가 않잖아?"

검룡과 죽룡이 서로의 얼굴을 마주 보며 놀라움을 표시했다.

"대단한데?"

붕룡도 흑혈청의 뛰어난 효능에 감탄을 금치 못했다.

"마르쿠제 술탑에서 언제 이런 것을 만들었담?"

아쉽게도 이탄에게는 흑혈청이 통하지 않았다. 이탄의 혈관 속에는 이미 검은 드래곤의 피가 흐르기 때문이었다.

이탄도 이 점을 느꼈다.

'이걸 어쩌지?'

흑혈청이 통하지 않으니 별 수 없었다. 이탄은 미리 대비해두었던 방법을 사용하기로 마음먹었다.

이탄이 신체를 꽁꽁 감싼 화이트니스를 살짝 개방했다. 그 즉시 피사노교도 특유의 기운이 아주 살짝, 지극히 미세하게 드러났다.

후옹!

그것만으로도 주변 수도자들이 섬뜩한 한기를 느꼈다.

지젝은 특수부대원들 사이를 돌아다니며 흑혈청의 효과가 제대로 발휘되고 있는지 한 명 한 명 꼼꼼하게 검사하는 중이었다.

그러던 한 순간, 지젝이 흠칫했다.

"선인에게는 약효가 정말 잘 먹는군요. 가짜라는 것을 알면서도 등골에 소름이 돋을 정도입니다. 아주 훌륭해요."

지젝은 이탄 앞에서 박수를 쳤다.

주변의 동료들이 부러운 듯 이탄을 바라보았다. 모두가 놀랄 만큼 이탄이 뿜어내는 악마의 기운은 진득했다.

"칭찬에 감사드립니다."

이탄이 지젝에게 공손히 목례했다. 그러면서 이탄은 남몰래 이마를 찌푸렸다.

'너무 눈에 띄나 보구나. 좀 더 약하게 조절해야 할 것 같아.'

이탄은 화이트니스를 다시 조정하여 풍기는 기운을 절반으로 죽였다. 그러자 조금 나아진 것 같았다.

특수부대원 1천 명을 모두 점검한 뒤, 지젝이 마르쿠제에게 상황을 보고했다.

"탑주님, 흑혈청에 아무런 이상이 없습니다. 1천 명 모두 약효가 잘 발휘되고 있습니다."

"그렇다면 다음 단계를 시작하게."

마르쿠제의 말이 떨어지기 무섭게 술탑의 시동들이 달려 나왔다. 시동들은 특수부대원들에게 반투명한 가면을 하나씩 나눠주었다.

"이게 뭐지?"

"가면 아니야?"

특수부대원들이 고개를 갸웃거렸다.

뒤에서 지젝이 목청을 높였다.

"모두 그 가면을 쓰기 바랍니다. 우리 술탑에서 공을 들여 만든 가면을 착용하면 여러분들의 외모가 저절로 바뀔 것입니다."

"허어, 그렇단 말이지?"

검룡이 가장 먼저 가면을 써보았다.

"와아!"

옆에서 죽룡이 감탄사를 터뜨렸다.

그럴 만도 했다. 검룡은 검은 눈썹에 검은 머리카락을 자랑하던 사람이었다. 그런 검룡이 어느새 은발에 콧대가 뾰족한 언노운 월드인의 외모로 바뀌었다. 가면의 효과는 그만큼 뛰어났다.

이어서 죽룡이 가면을 썼다.

스르륵.

죽룡의 얼굴 위에 소용돌이가 이는가 싶더니, 어느새 죽룡이 브라운 계열의 곱슬머리 청년으로 변했다.

붕룡도 가면을 착용했다.

북룡은 수염이 덥수룩하고, 사각턱이 강하게 발달하였으며, 어깨가 떡 벌어진 체형으로 바뀌었다. 놀랍게도 마르쿠제 술탑에서 나눠준 가면은 사람의 얼굴뿐 아니라 체형까지도 변화시켜 주었다.

"이게 진짜로 통한단 말이야?"

이탄이 재빨리 가면을 얼굴에 썼다.

원래 이탄은 다소 호리호리하고 미소년에 가까운 외모를 지녔다. 그런데 가면을 쓰자 입술이 얇고 냉혹한 인상의 금발 중년인으로 모습이 변했다.

'야아. 이거 딱 좋군. 이러면 피사노교에서 나를 알아보

지는 못할 것 아냐. 심지어 싸마니야의 혈족들도 내 정체를 파악하지 못할걸? 하하하.'

이탄은 비로소 하나 남은 걱정거리를 덜었다. 이탄의 입꼬리가 기분 좋게 위로 치켜 올라갔다.

마르쿠제가 손을 위로 뻗었다.

"자, 준비는 모두 끝났다. 이제 탑승하라."

"출전하겠습니다."

검룡이 마르쿠제에게 목례를 한 다음, 검 위에 올라타 마도전함으로 날아올랐다.

죽룡은 자줏빛 대나무에 몸을 싣고 상승했다.

붕룡이 날개를 활짝 펴고 일직선으로 솟구쳤다.

엄홍 선인이, 풍양이, 해원이, 부공이 각자의 법보에 몸을 싣고 마도전함으로 향했다. 선봉 선자를 비롯한 음양종의 수도자들도 빠르게 상승했다. 비앙카와 레베카, 마르쿠제 술탑의 사천왕들도 그에 뒤질세라 몸을 날렸다.

Chapter 3

이탄 또한 발을 굴러 신발형 비행 법보를 가동했다.

쿠왕!

이탄의 모습이 어느새 지상에서 사라져서 300미터 상공의 마도전함 근처에 나타났다. 신발형 비행 법보는 실 형태의 비행 법보보다 10배는 더 빨랐다. 과연 상급 법보다운 위력이었다.

검게 번들거리는 오각형의 전함이 선체 밑바닥의 출입구를 활짝 열었다. 특수부대원들은 열린 문 속으로 쏙쏙 들어갔다. 마도전함의 옆구리 부분에선 은빛 고대문자가 신비롭게 일렁거렸다.

마르쿠제는 고개를 직각으로 들어 하늘을 올려다보았다.

"부디 치열하게 싸워라. 오염된 신을 섬기는 악마들에게 멋지게 한 방 먹여준 다음, 다들 무사히 돌아오너라."

말은 이렇게 하였으나 실제로 살아서 돌아오는 특수부대원의 숫자는 끽해야 300명을 넘기지 못할 것이었다. 마르쿠제는 이 사실을 너무나도 잘 알았다.

300명이라.

사실 이것도 과도하게 너그럽게 잡은 숫자였다.

악마들의 본거지에 뛰어들었다가 무사히 탈출하는 수도자가 얼마나 되겠는가? 잘 해야 10명? 20명?

마르쿠제는 다만 이 극소수의 생존자 가운데 손녀인 비앙카가 포함되어 있기를 바랄 뿐이었다. 마르쿠제가 술탑의 핵심 선인 4명, 즉 사천왕을 비앙카에게 붙여준 것도 모두 이 때문이었다.

'최악의 경우 사천왕은 본인들의 목숨을 버려서라도 비앙카에게 살 길을 열어줄 터, 너희들에게 정말로 미안하구나.'

마르쿠제는 마음속으로나마 사천왕에게 용서를 빌었다.

우르르르릉! 콰콰쾅!

시퍼런 날벼락이 세상을 뒤덮었다. 무저갱처럼 새까만 소용돌이가 허공에 나타나 주변을 빨아들였다.

쭈와아아악—.

소용돌이의 중심부로부터 무시무시한 흡입력이 발생하면서 마도전함이 차원의 벽으로 진입했다.

마도전함 안에 탑승한 사람들 눈에는 보이지 않았지만, 마치 전함 전체가 블랙홀 속으로 빨려 들어갔다가 화이트홀로 튀어나오는 듯한 현상이 벌어졌다.

원래 마도전함에는 차원을 넘나드는 능력이 담겨 있지 않았다. 만약 피사노교의 마도전함이 차원을 자유롭게 넘나들 수 있었더라면 이곳 동차원은 이미 피사노교의 손아귀에 떨어졌을지도 몰랐다.

마도전함에 특수한 이능력을 부여하여 차원을 뛰어넘게 만든 것은 다름 아닌 마르쿠제 술탑의 진법이었다.

술탑의 수도자들은 최근 몇 년간 각고의 노력 끝에 초대형 진법을 설치하였다. 마도전함을 차원 너머로 보내기 위해서였다.

언노운 월드, 혹은 서차원.

이곳이 마도전함의 최종 목표지였다.

사실 서차원과 동차원은 멀리 떨어지지 않았다. 완벽하게 서로 겹쳐서 존재했다. 다시 말해서 서차원과 동차원의 사람들은 동일한 공간을 공유하되, 차원이 달라서 서로의 존재를 느끼지 못하고 살아갈 뿐이었다.

이따금씩 서차원의 거주민들이 영문 모를 오한을 느끼며 부르르 몸을 떨 때가 있다. 이는 동차원의 사람이나 물체가 서차원 거주민의 몸을 뚫고 지나갈 때 발생하는 간섭 현상이었다.

마찬가지로 동차원의 거주민들도 서차원과 간섭이 발생하면 원인 모를 섬뜩함을 느끼곤 했다.

이럴 경우 동차원 사람들은 귀신을 본 것 같다며 몸서리를 치지만, 사실 그 원인은 서차원과의 간섭 때문이었다.

마르쿠제 술탑에서 구축한 진법은 이러한 간섭 현상을 극대화시켜서 차원을 비집고 들어가는 것이 그 원리였다. 여기에 각 수도자들이 키우는 령들의 힘이 더해지자 차원 이동이 좀 더 수월하게 진행되었다.

우르릉! 콰콰콰콰쾅!

또 다시 벼락의 향연이 시작되었다. 진법이 본격적으로 발동하자 간섭 현상이 극대화되었다.

시퍼런 벼락은 온 사방을 훑으며 지나갔고, 진법 안의 마도전함은 서서히 차원의 벽을 통과하여 서차원으로 진입했다.

동차원에서 마도전함이 떠 있던 곳은 랑무 대산맥 상공 300미터 지점이었다.

서차원, 혹은 언노운 월드에서 마도전함의 위치는 바룸 대산맥의 분지 상공에 해당했다.

동차원의 랑무 대산맥.

서차원의 바룸 대산맥.

이상 2개의 산맥은 부르는 이름은 서로 달랐으나 공간상으로는 동일하게 겹쳐 있는 지형이었다. 다만 차원이 달랐기에 각 차원의 사람들은 두 산맥이 동일하다는 사실을 인지할 수 없었다.

이렇듯 자연 환경은 서차원과 동차원이 공유했으되, 인공물은 서로 다르게 발달했다.

예를 들어서 동차원 랑무 산맥에 세워진 마르쿠제 술탑의 건축물은 나무와 돌, 기와를 골고루 사용했다.

반면 바룸 대산맥에 설립된 피사노교의 건축물은 특유의 검은 돌, 즉 블랙 스톤(Black Stone)이 주 재료였다.

쿠르릉.

마도전함이 가까이 다가오자 거무스름한 보호막이 갑자기 허공에 나타나 전함의 앞을 가로막았다.

쿠르릉, 쿠르릉, 우르르릉!

분지를 통째로 뒤덮은 반구 형태의 보호막은 마도전함을 향해 경고라도 하듯이 어두운 빛을 번뜩였다.

마도전함이 이에 반응했다.

웅웅웅웅웅~.

전함 옆면에 새겨진 은빛 고대문자들이 형형한 빛을 토한 것이다. 그 즉시 보호막 위에도 은빛 고대문자가 드러났다. 양측의 문자들은 서로 대화라도 주고받는 것처럼 한동안 번쩍거리다가 다시 사그라졌다.

이게 끝이 아니었다. 보호막에서 방출된 기운이 마도전함 안쪽까지 파고들어서 1천 명의 특수부대원들을 한 명한 명 훑었다.

만약 특수부대원들이 흑혈청을 복용하지 않았더라면, 곧바로 발각이 났을 상황이었다.

꿀꺽.

검룡이 긴장하여 침을 삼켰다.

다들 주먹을 꽉 움켜쥐었다.

Chapter 4

다행히 검문검색 단계를 무사히 통과한 모양이었다. 잠시 후, 마도전함의 진입 승인이 떨어졌다.

거무스름한 보호막이 문 한쪽을 스르륵 개방했다. 마도전함은 열린 문 속으로 천천히 진입했다.

"으으음."

검룡이 잇새로 신음을 토했다.

마도전함 아래 펼쳐진 광경은 그야말로 장관이었다. 블랙 스톤으로 만들어진 특이한 건축물들이 바다를 가득 채운 파도처럼 끝없이 펼쳐졌다. 그 건축물들 사이로 높이가 수백 미터나 되는 초대형 조각상들이 삐쭉삐쭉 솟아 있었다. 심지어 어떤 조각상은 그 크기만 수 킬로미터가 넘었는데, 그 어마어마한 크기 때문에 조각상의 무릎 위쪽은 구름에 가려서 제대로 보이지도 않았다.

기이이잉—.

이탄을 태운 마도전함은 서로 마주 보고 앉아 있는 거대한 조각상들 사이로 유유히 날아갔다.

두 조각상 모두 검자루를 지팡이 삼아 양손으로 쥐었고, 검끝을 땅에 잇댄 모습이었다. 마도전함이 지나가자 놀랍게도 거대한 조각상이 마치 살아 있는 거인처럼 움직였다.

쿠우우우웅!

두 조각상은 땅을 짚었던 검을 다시 들어 X자로 교차했다.

마도전함이 한참을 날아서 도착한 곳은 바룸 대산맥의 분지 중심부였다. 마도전함의 아래에는 피사노교의 건축물들이 빼곡하게 들어서 있었다. 건물의 밀집도로 보건대 이 지역이 피사노교에서 가장 번화한 거리 같았다.

철컹!

마도전함의 밑바닥 출입구가 갑자기 열렸다.

검룡이 비앙카를 돌아보았다.

"이곳이 최종목적지가 맞습니까?"

"저희들도 여기까지 와보기는 처음입니다. 하지만 이곳이 목적지임은 확실하네요."

비앙카가 긍정적인 답변을 내놓았다.

"좋습니다. 그럼 곧바로 작전에 돌입하시죠."

검룡의 말이 떨어지기 무섭게 1천 명의 특수부대원들이 벌떡 일어났다.

검룡이 섬뜩한 눈빛으로 아군을 돌아보았다.

"제련종은 목숨을 바쳐 적들과 싸울 각오가 되었는가?"

"각오가 되어 있습니다."

제련종의 차석종주가 묻는 물음이었다. 제련종의 수도자

209명이 우렁차게 대답했다.

붕룡이 검룡의 뒤를 이었다.

"음양종은 어떠한가?"

"저희도 죽을 각오가 되어 있습니다."

음양종의 219명 수도자들은 제련종과 경쟁이라도 하듯이 목청을 높였다.

금강수라종에서는 엄홍이 기합을 넣었다.

"금강수라종, 추울—저—언 태세!"

"추우울—저어언 태세!"

엄홍의 선창을 따라 219명 금강수라종 수도자들이 목이 터져라 고함을 질렀다.

천목종이라고 뒤질 리 없었다. 천목종을 대표하여 죽룡이 두 손을 번쩍 치켜들었다.

"천목종이여!"

"위대한 천목종이여!"

천목종에 소속된 199명의 수도자들이 함성으로 복창했다.

마지막으로 비앙카가 일어섰다.

비앙카는 마르쿠제 술탑이라는 명칭을 굳이 내세우지 않았다. 그저 손만 까딱했을 뿐이다.

"가자."

"와아아아아— ."

그럼에도 불구하고 마르쿠제 술탑의 149명 수도자들은 목젖을 흔들면서 괴성을 질러댔다.

출전 준비가 끝나자 검룡이 선수를 쳤다. 검룡은 검 위에 척 올라타고는 그대로 한 줄기 빛살이 되어 마도전함 하단부의 출입구로 뛰쳐나갔다.

휘익, 휘익, 휘익— .

그 뒤를 이어 제련종의 수도자들이 각자의 비행 법보에 몸을 실었다.

음양종의 붕룡은 거대한 날개를 활짝 펴고 검룡의 뒤를 따랐다. 음양종 소속 수도자들도 붕룡과 어깨를 나란히 하며 밖으로 쏘아졌다.

금강수라종과 천목종은 거의 동시에 출발했다.

엄홍이 가장 먼저 획 치고 나갔다.

풍양이 경쟁이라도 하듯이 엄홍을 앞질렀다.

천목종의 죽룡도 어느새 풍양의 뒤를 바짝 쫓았다.

비앙카가 비행 법보에 몸을 실었다. 마르쿠제 술탑의 사천왕이 여왕벌을 호위하는 말벌처럼 비앙카의 주변을 에워쌌다.

콰앙!

이탄도 발을 세차게 굴러 지상으로 뛰어내렸다.

피사노교에서 한바탕 전쟁을 치를 생각을 하자 이탄의 가슴이 두근두근 뛰었다. 입안에 침이 바짝 말랐다.

그렇지 않아도 이탄은 침샘에서 침이 거의 나오지 않는 편이었다. 그나마 존재하던 타액도 바짝 말라붙었다.

이탄의 낙하하는 속도가 어찌나 빨랐던지 지상이 확 가까워졌다. 블랙 스톤으로 지어진 특이한 건축물들이 눈앞으로 와락 다가왔다.

"뭐, 뭐얏?"

"아직 전함에서 하선하라는 허락도 떨어지지 않았는데 왜 저래?"

지상에서 마도전함을 올려다보던 피사노 교도들이 깜짝 놀랐다.

보호막 안쪽으로 진입한 마도전함들은 교단 상부로부터 하선 허락이 떨어질 때까지 함부로 병력을 내려놓을 수 없었다.

이것은 엄격한 교법이었다. 만약 교법을 어기는 함장이 있다면 그는 즉결처분을 받아 그 자리에서 참살을 당하게 마련이었다.

한데 지금 막 보호막 안으로 들어온 마도전함은 교법을 어겼다. 기습적으로 출입문을 개방하는가 싶더니 병력들을 마구잡이로 쏟아내는 것 아닌가. 높은 상공에서 우수수 낙

하하는 병력의 규모는 얼핏 보기에도 수백 명은 넘는 듯했
다.

"설마 반란이냣?"

"비상! 비상!"

경비를 서던 피사노 교도들이 악을 썼다.

뎅뎅뎅뎅뎅!

요란하게 비상종이 울렸다.

그때 이미 동차원의 특수부대원들은 지상에 거의 도착한
상태였다. 5월 23일 새벽 1시, 기습적으로 전쟁이 발발했
다.

Chapter 5

검룡이 우렁차게 지시했다.

"거신강림대진을 펼칠 준비를 하라."

거신강림대진을 펼치려면 넓은 공간과 시간이 필요했다.

이 가운데 공간은 이미 확보되었다. 마르쿠제 술탑에서
는 피사노교의 총단 중심부의 메인 광장을 타겟으로 삼아
이곳에 특수부대원들을 낙하시켰다.

광장 주변엔 경계도 그리 강하지 않았다. 마르쿠제 술탑

에서 피사노교에 침투시킨 첩자들이 오늘을 대비하여 미리 손을 쓴 덕분이었다.

"적이 침공했다."

"놈들을 막앗."

"어서 상부에 이 사실을 알려라."

광장 근처에 머물던 치안 담당 사도들이 신속하게 대응했다.

하지만 사도들의 명을 따를 경비병들의 숫자가 그리 많지 않았다.

"안 되겠다. 네가 가서 다른 교도들에게 알려라."

"위에도 보고해야 해."

6명의 사도들은 서로 눈빛을 주고받더니, 그 가운데 한 명이 벼락처럼 후방으로 몸을 날렸다. 피사노교의 수뇌부에게 직접 보고하기 위함이었다.

나머지 5명은 동차원의 침입자들을 향해 동시에 달려들었다.

후와아아앙—.

사도들이 어깨에 걸친 검보랏빛 망토가 맞바람을 받아 거칠게 펄럭였다. 사도들이 스쳐 지나간 경로를 따라 돌바닥이 달그락 달그락 일어났다. 사도들은 몸을 날리는 것과 동시에 떡갈나무 지팡이를 높이 들었다가 내리찍었다.

꽈릉!

지팡이 끝에서 벼락이 내리쳤다. 그 벼락이 땅바닥에 지름 10센티미터의 시커먼 구멍을 만들었다.

꽈드득, 꽈드득, 꽈드득, 꽈드드득.

뻥 뚫린 구멍 속에서 괴이하게 생긴 고목이 자라났다. 잎사귀는 전혀 없이 울퉁불퉁한 가지만 남은 고목나무는 눈깜짝할 사이에 크기를 부풀리더니 동차원의 수도자들을 막아갔다. 나무 전체가 불길한 검보라색으로 번들거렸다.

검룡이 눈을 빛냈다.

"진법을 제대로 펼치려면 시간이 필요하겠지?"

"암. 우리가 나서서 시간 좀 벌어주세."

붕룡이 대답했다.

사대종파의 대표들, 즉 검룡을 비롯하여 붕룡, 죽룡, 엄홍 선인과 마르쿠제 술탑의 아잔데가 빠르게 눈빛을 주고받았다.

이들 5명의 선인들은 서로 다른 방향에서 뻗어오는 5개의 고목나무를 하나씩 맡아서 몸을 날렸다.

촤라라락!

검룡이 손을 뻗자 그의 몸 곳곳에서 36자루의 금빛 검이 떠올랐다. 휘황찬란하게 빛나는 금빛 검들은 검룡의 머리 위에 부채꼴 모양으로 쫙 펼쳐지더니, 이내 검보랏빛 고목나무를 향해 쏘아졌다.

원래 검룡이 제련한 금빛 검들은 지난번 피사노교의 기습 공격 때 수명을 다했다.

이 사실을 알게 된 제련종의 장로들은 선대 검선들이 사용하던 상급 법보를 검룡에게 새로 내주었다.

검룡은 짧은 시간 동안 선대의 검들을 길들이기 위해서 전력을 다했는데, 그 결과물이 오늘 첫 선을 보였다. 밤하늘에 금빛 줄기 서른여섯 가닥이 번쩍인다 싶더니, 특수부대원들을 향해 달려들던 검보랏빛 고목나무를 썽둥썽둥 베었다.

"이럴 수가."

고목나무를 소환했던 사도가 입을 쩍 벌렸다.

검보랏빛 고목나무는 이렇게 쉽게 절단을 당할 물건이 아니었다. 이 고목나무는 언노운 월드의 정상적인 나무가 아니라 부정 차원에서 이식해온 악마종 가운데 하나였기 때문이다.

이른바 탐식과 억압의 악마종이 이 고목나무의 정체였다. 부정 차원의 중급 악마종답게 고목나무는 쉽게 물러서지 않았다.

꾸득, 꾸드득, 꾸드득.

검룡의 검에 토막 난 부위로부터 새로운 가지가 다시 돋았다. 검보랏빛 고목, 즉 탐식과 억압의 악마종은 수백 개의 가지를 구렁이처럼 뻗어서 검룡을 공격했다.

"훙. 어딜 감힛."

검룡이 허공에서 손가락을 빠르게 놀렸다. 서른여섯 자루의 금빛 검이 검룡의 손놀림에 따라 허공을 가로 세로로 마구 난도질했다. 흉악하게 달려들던 검보랏빛 가지가 다시 수십 가닥으로 쪼개졌다.

그 즉시 고목나무가 재생하여 검룡을 공격했다.

검룡은 금빛 검들을 가까이 회수하여 둥그런 원을 만들었다. 그 다음 구렁이처럼 달려드는 검보랏빛 가지들을 향해 한꺼번에 폭발하듯이 검을 쏘았다.

콰콰쾅!

폭음이 귀청을 찢었다. 검보랏빛 고목나무가 터지듯이 폭파되었다. 억센 나무의 파편이 사방으로 튀었다.

"흐흥. 그러면 그렇지."

검룡이 코웃음을 칠 때였다.

스르르륵.

땅바닥에 뚫린 깊은 구멍으로부터 새로운 고목나무가 다시 자라났다. 분명 검룡이 고목나무의 줄기까지 전부 터뜨렸건만, 고목나무는 마치 "이 정도 공격쯤은 아무것도 아니다."라고 항변을 하는 것처럼 눈 깜짝할 사이에 다시 재생을 해버렸다.

Chapter 6

"으으음."

자신만만하던 검룡의 표정이 비로소 딱딱하게 굳었다.

한편 붕룡은 붕조를 소환했다.

뿌아아아아—.

날개 한 장의 크기만 무려 400미터나 되는 거대한 새가 괴성과 함께 날아올랐다. 붕조는 그런 날개를 무려 넉 장이나 펼쳐서 지상을 휩쓸었다. 붕조의 부리에서 발산된 강력한 초음파가 검보랏빛 고목을 집중 공격했다.

퍼퍼펑!

구렁이 떼처럼 무섭게 뻗어오던 고목나무 가지가 초음파에 의해서 사정없이 터졌다. 탐식과 억압의 악마종이 주춤했다.

그러는 사이 붕조가 거대한 발톱을 번쩍 들었다가 고목나무를 빠르게 낚아챘다.

뿌드득!

붕조의 발톱에 붙잡혀 검보랏빛 고목나무가 통째로 뽑혀

나왔다. 붕조는 징그러운 거머리처럼 꿈틀거리는 고목나무를 저 멀리 내팽개쳤다.

"으하하하."

붕조의 머리 위에서 붕룡이 호탕하게 웃었다.

그 웃음은 그리 오래 가지 못했다.

촤라락—.

나무가 뽑혀나온 컴컴한 구멍 속에서 검보랏빛 괴물이 쏜살같이 튀어나와 붕조의 발목을 잡아챈 탓이었다.

뿌아아아아아아.

붕조가 기습 공격한 적을 향해 초음파를 터뜨렸다. 그와 동시에 거대한 날개를 퍼덕거려 힘차게 날아올랐다.

불가능했다. 붕조의 발을 휘감은 검보랏빛 덩어리는 놀랍게도 초음파 공격을 거뜬히 버텼다. 붕조의 거력에도 잡아 뽑히지 않고 오히려 붕조를 꽉 붙들었다.

이게 끝이 아니었다. 검보랏빛 덩어리로부터 새로운 나뭇가지가 우르르 돋아나더니 붕조의 발목 부근을 공격했다.

뿌아아, 뿌아아, 뿌아아, 뿌아아아아.

붕조가 연달아 괴성을 질렀다. 붕조가 미친 듯이 홰를 쳤다. 강한 날갯짓에 지상에 강한 돌개바람이 불었다. 바람에 으스러진 바위가 돌멩이가 되어 날아다녔다. 검보랏빛 고목은 금방이라도 줄기가 끊어질 듯 비틀거렸다.

하지만 고목은 끝끝내 끊어지지 않고 붕조를 지상에 붙들어 두었다.

"크으윽. 뭐가 이렇게 질겨?"

붕룡이 당황한 동안, 그 옆에서는 죽룡이 고군분투 중이었다. 죽룡은 자죽림을 소환하여 탐식과 억압의 악마종에 맞서 싸웠다.

촤라라락.

검보랏빛 나뭇가지 수백 개가 자죽림 안으로 파고들려 시도했다. 자죽림은 단단한 철옹성과도 같이 적의 공격을 막아내었다. 그러다 가끔씩 뾰족한 죽순을 쏘아 검보랏빛 고목을 관통했다.

하지만 반격은 별 효과를 보지 못했다. 검보랏빛 고목나무가 금방 재생하여 자죽림을 공격했다.

엄홍도 위기에 빠졌다.

엄홍 선인은 검룡이나 죽룡에 비해서 한 단계 아래였다. 다른 대표들이 선5급의 선인인 것에 비해 엄홍은 이제 고작 선4급이었다.

물론 붕룡도 엄홍과 마찬가지로 선4급에 해당했다. 하나 붕룡은 선4급의 끝자락에서 선5급을 넘보는 수준인 데다, 영물 중의 영물인 붕조를 길들였기에 그 위력이 선4급을 훌쩍 넘어 선5급이나 마찬가지였다.

거기에 비해서 엄홍은 순수한 선4급이니 다른 선인들보다 더 힘들 수밖에 없었다.

"크윽, 큭."

검보랏빛 나뭇가지가 벼락처럼 날아와 엄홍을 후려칠 때마다 엄홍의 신체가 와르르 흔들렸다. 그나마 엄홍이 상급 법보를 지녔고, 그의 법술이 전투에 특화되어 있기에 이 정도로 버티는 것이 가능했다.

엄홍은 특별한 먹물을 찍은 붓으로 허공에 그림을 그렸다.

그 그림이 사자로 변하고 기린으로 변해서 슝슝 튀어나왔다. 엄홍에 의해 소환된 소환수들은 검보랏빛 고목나무와 혈투를 벌이며 시간을 끌었다. 엄홍은 정말 전력을 다해 탐식과 억압의 악마종에 맞서 싸웠다. 소환수가 하나 찢겨 나가면 곧바로 다음 소환수를 불러내어 어떻게든 악마종의 공격을 막아냈다.

마르쿠제 술탑에서는 사천왕 가운데 첫째인 아잔데가 나섰다. 아잔데는 마르쿠제 술탑의 서열 3위로 추앙받는 주술사였다.

츠츠츠츳—.

탐식과 억압의 악마종이 빠르게 가지를 뻗었다.

아잔데가 허리춤에서 병을 꺼내 바닥에 기울였다.

스르륵.

병에서 흘러나온 자주색 액체는 수은처럼 금속 느낌을 풍겼다. 그 액체가 이윽고 거대하게 부풀어 자주색 거미의 모습을 갖추었다.

검보랏빛 나뭇가지가 벼락처럼 다가와 거미를 공격했다. 거미는 자주색 거미줄을 뿜어서 나뭇가지를 칭칭 휘감았다. 그 다음 눈 깜짝할 사이에 고목나무 위로 기어올랐다. 커다란 덩치에 어울리지 않게 자주색 거미는 아주 민첩했다.

검보랏빛 고목나무가 가지를 마구 휘저어 거미를 찌르려고 들었다.

그때마다 거미는 하얀 거미줄을 뽑아내어 가지들을 칭칭 휘감았다.

얼마 지나지 않아 고목나무 전체가 하얀 고치에 쌓인 것처럼 거미줄로 뒤덮였다. 그때부터 고목나무의 움직임이 눈에 띄게 느려졌다.

끈끈한 거미줄로 적의 움직임을 봉쇄한 다음, 자주색 거미는 고목나무의 단단한 껍질을 이빨로 벗겨내고는 나무 속살에 강력한 독액을 침투시켰다.

치이이익!

독액과 닿은 부위에서 자주색 연기가 피어올랐다. 검보랏빛 고목나무가 미친 듯이 몸체를 뒤틀었다.

잠시 후, 자주색 연기가 불꽃으로 변했다.

화르륵!

거대한 몸체를 자랑하던 고목나무가 눈 깜짝할 사이에 한 줌의 재로 스러졌다.

하지만 아잔데는 기뻐하지 않았다. 심각한 눈으로 고목나무가 솟구쳤던 구멍을 노려볼 뿐이었다.

아잔데의 판단이 옳았다. 검보랏빛 고목나무는 자주색 불꽃에 노출되어 활활 타버린 듯 보였지만, 이것은 나무껍질만 탄 것일 뿐 알맹이는 그대로였다.

좌라라락—.

무서운 소리와 함께 검보랏빛 덩어리가 튀어나와 아잔데를 낚아챘다.

"흥. 내 이럴 줄 알았지."

아잔데가 풀쩍 뛰어올라 적의 공격을 피했다.

Chapter 7

슈슈슉!

아잔데의 발밑에서 검보랏빛 나뭇가지가 무려 열여덟 번이나 허공을 베고 지나갔다.

아잔데는 스스로 발등을 찍으며 열여덟 번 연달아 점프한 뒤, 허공에서 손을 까딱거렸다.

하얀 고치 위에서 웅크리고 있던 자주색 거미가 풀쩍 뛰었다. 거미줄이 그보다 한발 앞서 나가 검보랏빛 덩어리를 휘감았다.

검보랏빛 덩어리가 발악을 하며 가지를 뻗었다. 자주색 거미는 어떻게든 적을 거미줄로 포박하려 애썼다.

검룡, 봉룡, 죽룡, 엄홍, 아잔데.

이상 5명의 선인들이 탐식과 억압의 악마종과 맞서 싸우며 시간을 버는 사이, 나머지 995명의 특수부대원들은 거신강림대진을 펼칠 준비를 하느라 정신없었다. 대대로 음양종 내부에서만 비밀리에 전수되어 내려오는 이 전설적인 진법을 구현하려면 무려 8백 명 이상의 능숙한 수도자가 필요했다.

이 8백 명은, 거신의 방어를 전혀 생각하지 않았을 때 필요한 인원이었다. 만약 거신의 방어를 위해 갑주를 만든다면 8백 명이 아니라 1천 명 이상이 족히 요구되었다.

특수부대원들은 자한 선자에게 훈련받은 대로 행동했다.

50명의 수도자들이 광장 오른쪽에 2열 종대로 늘어서서 거신의 오른팔을 구성했다. 이 가운데 가장 중요한 팔꿈치 관절 부위는 금강수라종의 해원 선인이 맡았다. 해원은 선

3급의 강력한 수도자였다.

또 다른 수도자 50명이 역시 2열 종대로 늘어서서 거신의 왼팔을 만들었다.

그 아래쪽에는 50명씩 3열 종대로 2개의 파트가 구성되었다. 이 두 파트가 바로 거신의 두 다리였다.

여기에 관절을 담당한 특수부대원 100명이 추가로 투입되었다. 이렇게 해서 총 300명의 특수부대원들이 '거신의 육체'를 만들었다.

한편 또 다른 특수부대원들은 100명 단위로 둥글게 뭉쳤다. 이런 구체가 무려 3개나 형성되었다.

드디어 '거신의 삼중핵' 완성!

이 가운데 첫 번째 핵은 거심의 가슴 부위로 날아가 박혔다.

두 번째 핵은 거신의 복부를 맡았다.

마지막 세 번째 핵은 거신의 사타구니 바로 위쪽을 담당했다.

이탄은 거신의 배꼽 부분에 자리했다. 이탄에게 주어진 역할은 거신의 두 번째 핵을 컨트롤하는 것이었다. 다시 말해서 이탄은 거신의 두 번째 핵을 조종하는 4명의 조종자 가운데 한 명이었다.

음양종 자한 선자의 외동딸인 선봉 선자도 이탄과 함께

두 번째 핵의 조종자 역할을 맡았다.

선봉이 법력관을 꼭 움켜쥐고는 이탄을 힐끗 보았다. 마침 이탄도 동료 조종자들을 둘러보던 참이었다. 둘의 눈이 허공에서 딱 마주쳤다.

느닷없이 선봉이 뺨을 살짝 붉혔다. 그리곤 골이 난 것인지 아니면 즐거워하는 것인지 알 수 없는 표정으로 고개를 획 돌렸다.

'뭐야?'

상대의 뜬금없는 반응에 이탄이 고개를 갸웃했다.

거신의 삼중핵은 자리가 온전히 차지 않았다. 이탄의 왼편, 4명의 조종자 가운데 선봉장의 자리가 비어 있었다.

여기는 죽룡을 위해서 비워둔 자리였다.

거신의 심장 쪽에도 4명의 조종자 가운데 한 자리가 비었다. 이곳에는 엄홍 선인이 합류할 예정이었다.

앞의 두 핵과 달리 거신의 세 번째 핵, 즉 사타구니 쪽 핵은 조종자가 모두 찼다.

4명의 조종자 가운데 선봉은 천목종의 안일평이 맡았다. 안일평은 선4급 뛰어난 선인이었다.

거신의 육체가 거신의 삼중핵과 완전히 결합했다. 이제 거신을 소환하기 위한 기본적인 얼개는 모두 갖춰진 셈이었다.

그러는 사이 200명의 수도자들이 뭉쳐서 '거신의 무력'을 완성했다.

아니, 엄밀하게 말해서 198명이 거신의 무력을 완성 직전 단계까지 만들었다. 거신강림대진이 완전하게 펼쳐지고 나면, 이 거신의 무력 파트는 거신의 몸체와 결합하여 머리 역할을 할 것이다. 그 다음 거신의 왼쪽 눈에 검룡이, 오른쪽 눈에는 붕룡이 자리를 잡으면 거신의 무력, 즉 거신의 머리가 비로소 완전해지는 셈이었다.

쿠우웅!

그 전단계로 거신의 가슴 위에 거신의 무력이 결합했다. 이제 거신의 머리(거신의 무력)와 거신의 가슴, 배, 사타구니(거신의 삼중핵), 그리고 거신의 팔다리(거신의 육체)가 전부 뼈대를 잡은 모양새였다.

"이제 남은 것은 거신의 갑주인가?"

비앙카가 나직하게 뇌까렸다.

남명 사대종파 출신의 수도자 50명.

마르쿠제 술탑의 수도자 150명.

자한 선자는 이 두 부류의 사람들에게 '거신의 갑주'를 구성하라고 명했다.

거신의 갑주는 진법에 대한 깊이 있는 이해가 없이도 구현이 가능했다. 체내의 모든 법력을 진법에 쏟아부어 거신의 방어만 담당하면 되기 때문이었다.

"체엣. 재미없어."

비앙카는 상대적으로 덜 중요한 역할을 맡은 것 같아 속이 상했다.

하지만 이것은 어쩔 수 없는 일이었다. 자한 선자는 음양종의 비법인 거신강림대진이 외부에 공개되는 것을 꺼렸다.

"제련종이나 금강수라종, 천목종에게 공개되는 것도 싫은 판국인데, 우리 술탑에 진법의 내용을 공개할 리 없지. 쯧쯧쯧."

비앙카가 내심 혀를 찼다.

그러는 사이 200명, 아니 아잔데를 제외한 199명의 수도자들이 두 부류로 나뉘어 거신의 몸통 옆에 자리를 잡았다.

이 가운데 왼쪽 100명은 거신의 후면, 즉 등쪽 갑주를 맡을 예정이었다. 그리고 오른쪽 99명과 아잔데는 거신의 앞면 갑주를 형성할 예정이었다.

5명의 대표 선인들이 탐식과 억압의 악마종과 맞서 싸우는 동안 거신강림대진을 펼칠 준비가 모두 완료되었다.

"시작하라."

천목종의 안일평이 깃발을 높이 들었다.

슈우우웅!

1천 명에 가까운 수도자들이 법력관을 양손으로 꽉 움켜쥐고는 자신들의 법력을 관 안쪽으로 불어넣었다.

관을 통해 모인 법력들이 각 부위별 조종자들에게 밀려들었다.

"끕!"

갑자기 엄청난 양의 법력이 밀려들자 선봉 선자가 신음을 흘렸다. 순간적으로 선봉의 코 밑에서 말갛게 선혈이 흘렀다.

Chapter 8

밀려드는 법력의 양이 장난이 아니었다.

그래도 선봉은 끝끝내 법력관을 손에서 놓지 않았다. 구슬땀을 흘리며 애를 쓰더니, 결국 법력을 컨트롤하기 시작했다.

이탄도 법력관을 잡았다.

후웅!

좁쌀만큼 미약한 법력이 밀려들었다.

농담이 아니고, 이탄이 느끼기에는 진짜로 좁쌀에도 미

치지 못했다. 평소 이탄이 몸속에서 돌리는 마나의 양에 비하면, 그리고 그 마나가 법력으로 전환되는 양에 비하면, 고작 25명의 수도자들이 내뿜은 법력은 좁쌀의 수천만, 아니 수억 분의 1에도 미치지 못했다.

이탄의 입에서 한숨이 절로 나왔다.

'에효오. 이건 간에 기별도 가지 않잖아? 전투 중에 선봉 선자가 힘에 부치면 내가 그녀의 몫까지 모두 가져와야지. 여차하면 두 번째 핵의 법력을 모두 끌어와도 될 거야. 그러면 조금 느낌이 오려나? 하아아.'

이탄은 이 밍숭밍숭한 법력이 성에 차지 않았다. 생각 같아서는 여기에 본인의 법력을 잔뜩 풀어놓아 빡빡한 느낌을 맛보고 싶었다. 무지막지한 법력을 진법 안에 때려 박아 거신의 위력을 극한의 극한까지 끌어올려 보기를 원했다.

'아쉽지만 일단은 자제하자. 치열한 전투 중에 좋은 기회가 생길지도 몰라. 그때까지는 꾹 참아야지.'

이탄은 가슴 저 밑바닥부터 끓어오르는 폭력성을 애써 가라앉혔다.

그러는 와중에도 진법 곳곳에서 깃발이 올라왔다. 법력관을 통해서 법력이 봇물처럼 쏟아졌다.

거신의 삼중핵이 그 법력을 모아서 강하게 펌프질했다.

인간은 심장이 하나지만, 거신은 심장이 3개였다. 가슴과 배꼽, 사타구니로부터 출발한 법력이 거신의 온몸으로 공급되었다.

우우우우웅.

거신이 신체를 덜덜덜 떨었다.

츠츠츠츠.

진법 위로 뿌옇게 안개가 끼었다.

콰콰쾅!

밤하늘을 찢어발기며 마른번개가 내리쳤다. 거신의 머리 위에는 먹장구름이 모여들어서 나선형으로 빙글빙글 돌았다.

"거신강림대진이 거의 완성되어 갑니다."

선봉 선자가 목청을 높였다.

그 말을 들은 검룡이 서른여섯 자루의 검을 사방으로 뿌렸다. 금빛 검들이 서로 다른 궤적을 그리며 탐식과 억압의 악마종 세 그루를 동시에 상대하기 시작했다.

"먼저들 합류하시게."

검룡이 동료들을 재촉했다.

"네."

"저희가 먼저 가보겠습니다."

엄홍 선인과 아잔데가 1차적으로 발을 뺐다. 두 선인은 각자의 비행 법보에 올라타더니 둥근 궤적을 그리며 진법이 설치 중인 곳으로 복귀했다.

빛살처럼 날아온 엄홍 선인이 거신의 첫 번째 핵, 즉 가슴 부위의 핵으로 들어가 조종자 자리에 앉았다.

후우웅!

엄홍이 법력관을 손에 움켜쥐고 법력을 불어넣자마자 거신의 가슴 전체가 환한 빛을 내뿜었다.

아젠데는 거신의 앞면 갑주 정중앙에 자리를 잡았다. 아잔데도 법력관을 손에 움켜쥐고 법력의 주입을 시작했다.

그 사이 검룡은 36개의 검을 12개씩 나눠서 세 그루의 악마종을 동시에 막았다.

검보랏빛 나뭇가지가 쉴 새 없이 재생되어 검룡을 공격했다.

"크읏."

검룡은 아랫입술을 꽉 깨물었다. 혼자서 셋을 동시에 막으려니 여간 버거운 것이 아니었다.

그때 또 한 명의 동료가 전선에서 이탈했다.

"이제 나도 진법에 합류해야 할 것 같으이. 검룡, 뒤를 부탁함세."

천목종의 죽룡이 검룡에게 이렇게 말하고는 몸을 빼냈다.

다행히 죽룡은 무책임하게 그냥 빠지지는 않았다. 전장에서 이탈하기 전, 죽룡은 검룡 앞에 자죽림을 우르르 소환해주었다.

빽빽하게 자라난 자주색 대나무들이 탐식과 억압의 악마종을 거뜬히 막아주었다. 그 사이 검룡은 금빛 검들을 휘저어 네 그루의 악마종을 차단했다.

검룡이 뒤를 막아주는 사이, 죽룡은 거신의 삼중핵 가운데 두 번째 핵에 안착했다.

후우우웅!

죽룡이 법력관을 움켜쥐자마자 거신의 배꼽 부위에서 휘황찬란한 빛이 터졌다.

이제 삼중핵이 모두 가동을 시작했다. 넘쳐흐르는 법력이 거신을 일으켜 세웠다.

콰콰쾅!

소용돌이치는 먹장구름으로부터 시퍼런 낙뢰가 수도 없이 떨어졌다.

1천 명의 수도자들을 내부에 머금은 채 거대한 신이 강림을 시작했다. 고대문명에서나 존재해오던 상고의 신이 어마어마한 세월을 뛰어넘어 다시 등장한 것이다.

우르르—.

거신의 다리가 생겼다.

우르르—.

거신의 두 팔에 근육이 붙었다.

우르르, 우르르—.

거신의 몸뚱어리가 기세 좋게 일어났다.

우르르, 우르르, 우르르—.

거신의 얼굴이 윤곽을 드러내었다. 거신의 머리가 천천히 위로 들렸다. 거신이 상체를 일으키자, 그 옆에 나뒹굴고 있던 거신의 앞면 갑주와 뒷면 갑주가 저절로 떠올라 거신의 몸통에 찰칵 입혀졌다.

거신이 오른팔로 땅을 짚고 거대한 몸을 서서히 일으켰다.

거신의 신장은 수 킬로미터가 넘었다. 거신의 손가락 한 마디 한 마디는 육중한 기둥을 보는 듯 두툼했다. 거신이 몸을 일으킬 때 사방에서 천둥소리가 울리고 낙뢰가 내리꽂혔다. 그 어마어마한 광경에 피사노교의 사도들이 입을 쩍 벌렸다.

"으악. 저, 저게 뭐야?"

"아군을 데리러 간 녀석은 뭘 하고 있어? 어서 지원병력을 데려와야 한다고."

"아니, 여기서 이렇게 천둥이 몰아치고 전투가 치열한데 왜 아무도 안 보이는 거야? 지금 비상이라고. 비상."

제6화
거신 강림

Chapter 1

뎅뎅뎅뎅뎅!

피사노교의 사도들이 비상종을 미친 듯이 두드렸다.

그러는 사이 거신강림대진이 완성되었다.

"우리도 얼른 합류하세."

검룡이 서른여섯 자루의 금빛 검을 크게 터뜨려 시간을 벌었다. 그 사이 붕룡이 붕조를 타고 날아올라 거신에게 향했다.

검룡도 금빛 검에 올라타서 거신 쪽으로 쏘아졌다.

거신의 왼쪽 눈에 검룡 안착!

거신의 오른쪽 눈에 붕룡 안착!

거신의 무력을 담당하는 두 선인이 합류하자 비로소 거신강림대진은 완벽해졌다.

까마득한 상고의 시대, 산악과도 같은 몸체를 일으켜 신들과 맞서 싸우고 악마와 전투를 벌였다는 거신이다. 그 거대한 신이 드디어 이 땅에 강림했다.

쿠어어어어어!

두 주먹을 불끈 쥐고 하늘을 향해 포효를 터뜨린 뒤, 거신이 쿵쿵 발걸음을 떼었다.

파직.

징그럽게 꿈틀거리던 탐식과 억압의 악마종이 거신의 거대한 발에 짓밟혀 납작하게 터졌다.

거신이 왼팔을 뿌리치듯 휘둘렀다.

이번엔 피사노교의 거대한 조각상이 와르르 허물어졌다. 블랙 스톤으로 지은 건축물들도 거신의 발에 채여 붕괴했다.

"으헉, 안 되겠다."

"일단 뒤로 후퇴해야 해."

5명의 사도들이 거신의 어마어마한 모습에 기가 질려 꽁무니를 뺐다.

적들의 도주를 그냥 두고 볼 거신이 아니었다.

쭈왕! 파스스—.

거신의 오른쪽 눈에서 주홍색 광선이 일직선으로 내리꽂

했다. 섬뜩한 광선에 스치자마자 사도 2명이 한 줌의 재로 변했다.

다름 아닌 붕룡의 공격이었다.

"으어억? 안 돼."

"모두 흩어져서 피해라."

나머지 3명의 사도들은 검보랏빛 로브를 펄럭거리며 각기 다른 방향으로 도주했다. 거신의 오른쪽 눈동자가 그중 한 사도를 겨냥했다.

검룡이 재빨리 피사노교의 핵심 건물을 가리켰다.

"붕룡. 저런 피라미들을 상대할 때가 아니야. 적의 수뇌부들이 몰려오기 전에 저곳부터 부숴야 하네."

비앙카가 말을 보탰다.

"검룡 선인님의 말씀이 옳습니다. 저희 마르쿠제 술탑에서 적진에 침투시킨 첩자들이 미리 사전 작업을 해놓았어요. 오늘 여러분들이 거의 아무런 방해를 받지 않고 무사히 진법을 완성한 것은 이러한 사전 작업 덕분이죠. 하지만 적의 수뇌부들이 곧 이 사태를 알아차릴 거예요. 그 전에 적들이 가장 뼈 아파하는 곳을 파괴해야 합니다."

검룡과 비앙카의 주장이 일치했다. 두 사람의 뜻이 법력관을 통해 거신의 삼중핵에 전달되었다.

거신의 사타구니 부위에 자리를 잡은 세 번째 핵이 법력의 일부를 움직여 거신의 두 다리를 조종했다.

쿠웅, 쿠웅, 쿠웅, 쿠웅.

거신이 방향을 틀었다.

삼각형의 피라미드처럼 생긴 건물이 거신의 목표였다.

마르쿠제 술탑에서 입수한 정보에 따르면, 저 삼각형 건물 안에 피사노교의 축적된 마법 지식이 보관되어 있다고 했다. 또한 피사노교에서는 저 건물을 '부정의 요람'이라 부른다고 하였다.

거신이 두 팔로 구름을 헤치며 달려갔다.

그때까지도 피사노교의 수뇌부들은 이곳에 도착하지 못했다. 대신 부정의 요람을 보호하기 위한 방어 마법들이 자동으로 작동했다.

가장 먼저 발동한 것은 한 쌍의 거대 조각상이었다. 이들 조각상은 서로 마주 보고 앉아서 검을 X자로 교차한 상태였는데, 놀랍게도 거신이 부정의 요람을 향해 빠르게 다가오자 한 쌍의 조각상들이 벌떡 일어나서 검끝을 거신에게 겨누었다.

"석화 악마종! 저놈들은 평범한 조각상이 아니었어요. 석화 악마종이었어요."

비앙카가 소리를 질렀다.

그녀의 말대로였다. 키가 800미터나 되는 조각상들은 부정 차원의 여러 악마종 가운데 중상급으로 분류되는 석화 악마종이었다.

오래 전 피사노교의 전대 수뇌부들은 한 쌍의 석화 악마종을 포획하여 마법으로 정신을 제압한 다음, 이곳 길목에 조각상으로 위장하여 놓아두었다. 만약 적들이 쳐들어와서 부정의 요람이 위험해지면 이 석화 악마종들이 저절로 깨어나 침입자들과 맞서 싸우도록 고안한 것이다.

"하지만 석화 악마종은 저렇게 크지 않은데. 잘해야 수십 미터 크기일 뿐인데, 어떻게 저렇게 거대한 종이 있을까요?"

비앙카가 알 수 없다는 듯이 뇌까렸다.

붕룡이 코웃음을 쳤다.

"수십 미터면 어떻고 수백 미터면 또 어떻단 말인가. 놈들이 오염된 신을 섬기는 악마의 무리라면 모두 깨부수면 그만인 것을."

붕룡의 냉랭한 목소리와 함께 거신의 오른쪽 눈이 휘황찬란한 광채를 터뜨렸다.

쭈우와—왕!

거신의 오른쪽 눈에서 날아간 주홍빛 빛기둥이 석화 악마종 가운데 하나를 직격했다.

쿠와앙!

빛과 돌이 부딪쳤는데, 희한하게도 둔중한 폭음이 울렸

다. 석화 악마종이 검을 크게 휘둘러 주홍빛 광선을 맞받아치면서 생성된 폭음이었다.

석화 악마종이 들고 있는 검 표면에서 흐릿하게 회색빛 문자들이 떠올랐다.

붕룡이 화난 음성을 터뜨렸다.

"감히 사악한 악마 주제에 우리의 앞을 가로막겠다는 것이냐?"

붕룡이 의지를 일으켰다. 그 의지가 거신의 가슴 쪽 핵을 통해 거신의 오른팔에 전달되었다. 거신이 오른팔을 들어 석화 악마종을 가리켰다.

뿌아아아아아!

거신의 손끝에서 방출된 강력한 초음파가 2명의 석화 악마종을 동시에 휩쓸었다.

이 초음파는 붕조의 초음파보다 수십 배는 더 강력했다. 음파에 잠깐 노출되는 것만으로도 강철보다 더 단단하다는 블랙 스톤 건물들이 여지없이 허물어졌다.

Chapter 2

석화 악마종들도 일순간 두려운 눈빛을 보였다.

하지만 악마종들은 도망치지 않았다. 수백 미터 길이의 거대 검을 빠르게 휘둘러 검막을 만들더니, 그 검막으로 초음파에 맞섰다.

거신의 초음파와 석화 악마종의 검막이 정면으로 충돌했다. 시퍼런 불똥이 사방으로 튀었다. 충돌의 여파로 인하여 주변 건물들이 와르르 붕괴했다.

결과는 거신의 승리.

석화 악마종들은 무려 수백 미터나 뒤로 밀려났다. 악마종 가운데 하나는 한 손으로 검을 짚고 한쪽 무릎을 땅에 꿇은 채 헐떡거렸다. 다른 악마종은 두 다리를 비틀거리며 겨우 중심을 잡았다.

"이걸 버텨?"

붕룡이 흠칫했다.

붕룡이 다시금 오른손을 들었다. 동차원의 수도자 수백 명의 법력이 법력관을 통해 붕룡에게 밀려들었다. 그렇게 동료들의 힘을 모으고 진법으로 힘을 증폭하자 그 역도가 어마어마하였다.

이 파괴적인 힘!

이 압도적인 괴력!

붕룡은 마치 자신이 신이 된 느낌이 들었다. 이 거대한 역도를 휘두르기만 하면 눈앞의 비루한 악마종 따위는 단숨에 허물어버릴 수 있을 것 같았다.

"죽어랏."

붕룡이 힘에 취해 오른팔을 힘차게 떨쳐내었다.

거신의 오른팔이 붕룡의 자세를 좇아 앞으로 힘차게 튀어나왔다. 순간적으로 거신의 오른팔 전체가 환한 법력으로 물들었다.

파츠츠츠춧.

잔뜩 집결된 법력이 얼핏 거대한 새의 모양으로 뭉쳤다.

이것은 붕룡이 키우는 실제 붕조가 아니었다. 법력이 뭉쳐서 만들어진 붕조였다. 거신의 오른팔로부터 방출된 법력의 붕조는 부리를 쩍 벌리고 날아가더니 2명의 석화 악마종을 그대로 덮쳤다.

쿠와아앙!

엄청난 폭음이 울렸다. 두 석화 악마종은 무려 수십 미터를 튕겨 나가 바닥에 나뒹굴었다. 석화 악마종의 등에 깔려 수십 채의 건물이 으스러졌다. 석화 악마종이 들고 있던 거대 검은 산산이 박살 났다. 악마종 가운데 한 명은 가슴이 움푹 함몰되었다. 다른 악마종은 팔이 한쪽 날아갔다.

단숨에 악마종을 쓰러뜨린 뒤, 법력의 붕조가 유유하게 허공을 선회하여 다시 거신의 오른팔 속으로 스며들었다.

"으하하하하."

거신의 오른쪽 눈 안에서 붕룡이 호탕하게 웃었다.

이번에는 검룡이 나섰다.

거신이 발을 쿠웅 굴렀다. 수 킬로미터나 되는 거대한 몸체가 구름 위로 후웅 떠올랐다. 발 구르기 한 방에 땅이 쩍쩍 갈라졌다. 지반이 허물어질 듯 뒤흔들렸다.

그렇게 구름 위로 떠올랐던 거신이 2명의 석화 악마종 앞에 벼락처럼 떨어졌다. 그러면서 거신의 왼손이 허공에 곡선을 그렸다.

그 곡선의 마디마디가 빛의 덩어리로 뭉쳤다. 빛의 덩어리들은 이내 길쭉하게 변하더니 이내 빛으로 빚은 검이 되었다.

거신이 왼손을 앞으로 쭉 뻗었다.

츄라라라락!

빛의 검들이 거신의 손끝이 가리킨 방향으로 무섭게 쏘아졌다.

검룡은 평소 36개의 금빛 검을 자유롭게 다루었다.

거신은 그보다 세 배나 많은 108자루의 검을 단숨에 응결하여 쏘아내었다. 거신강림대진을 통해 무섭게 증폭된 법력이 이러한 일을 가능케 만들어 주었다.

콰콰콰콰콰!

거신의 손끝에서 쏘아진 빛의 검들은 폭격이라도 하듯이 2명의 석화 악마종을 난도질했다.

검이 부서진 악마종은 몸을 잔뜩 웅크리고 검을 막다가 결국 온몸이 난도질당했다.

반쯤 부서진 검을 마구잡이로 휘두르던 악마종도 검룡의 공격을 감당하지 못하고 결국 뒤로 쓰러졌다.

쿠와아앙.

키가 800미터나 되는 악마종들이 쓰러지고 나뒹굴자 그 아래 깔린 건축물들은 납작하게 변형되었다.

단숨에 적들을 쓰러뜨린 뒤, 거신이 부정의 요람을 향해 쿵쿵 내달렸다.

이번엔 또 다른 방어 마법이 발동했다. 거무튀튀한 보호막이 반구형으로 일어나 부정의 요람을 보호한 것이다.

"흥! 어딜 감히."

붕룡이 코웃음을 쳤다.

붕룡이 손을 뻗었다. 거신도 똑같은 자세로 오른손을 내밀었다. 거신의 오른손에 법력이 잔뜩 몰려들어 붕조의 형상을 갖추었다.

뿌아아아악—.

법력의 붕조가 거친 울음과 함께 날아올라 거무튀튀한 보호막을 온몸으로 들이받았다.

출러엉~.

놀랍게도 거무튀튀한 보호막은 법력의 붕조와 충돌하고도 깨지지 않았다. 마치 언노운 월드에서 디저트로 먹는 젤리처럼 크게 출렁거리기만 했을 뿐이었다. 법력의 붕조는 마치 고무 벽에 부딪친 것처럼 뒤로 튕겨 나오더니 벌렁 나자빠졌다.

"뭐야?"

붕룡이 깜짝 놀랐다.

이번에는 검룡의 차례였다. 검룡이 왼손을 부드럽게 휘둘렀다. 거신이 왼손으로 허공에 둥근 궤적을 그렸다.

그 궤적으로부터 빛의 검 108자루가 응결되어 튀어나왔다. 빛의 검들은 벼락처럼 쏘아져 거무튀튀한 보호막을 두드렸다.

펑펑펑펑펑!

보호막 표면에서 사납게 불똥이 튀었다. 빛의 검과 부딪칠 때마다 거무튀튀한 보호막은 금방이라도 찢어질 것처럼 출렁거렸다.

하지만 끝끝내 찢어지지 않고 검룡의 공격을 버텨내었다.

쭈우왕!

붕룡이 기습적으로 광선을 쏘았다.

거신의 오른쪽 눈에서 방출된 주홍색의 빛기둥이 거무튀튀한 보호막을 직격했다. 보호막 표면에 순간적으로 구멍이 뚫렸다.

"옳거니."

봉룡이 쾌재를 불렀다.

하지만 불과 몇 초 만에 보호막에 뚫린 구멍이 다시 사르륵 아물었다.

Chapter 3

"끄으응. 지독하군."

봉룡이 어금니를 갈았다.

"서둘러야 해. 우리에게는 시간이 별로 없네."

검룡은 마음이 조급했다. 그는 빛의 검을 다시 응결하여 보호막을 두드렸다.

하나 보호막은 뚫릴 듯 뚫릴 듯 뚫리지 않고 계속 버텨내었다.

이번엔 부공이 나섰다. 순간적으로 거신의 오른팔이 3개로 늘어났다. 그 오른팔이 각기 다른 자세, 즉 주먹과 손바닥, 그리고 손가락 끝을 이용하여 보호막의 약해진 부위를 동시에 후려쳤다.

백팔수라 제1식 수라초현이 작렬했다.

터어엉!

거무튀튀한 보호막이 크게 뒤로 밀려나 심하게 찌그러졌다.

"이때다."

검룡이 눈을 번쩍 빛냈다. 검룡은 뒤로 밀려난 보호막이 제자리로 돌아오지 건에 108개의 검을 날렸다.

빛의 검들이 꼬리에 꼬리를 물고 날아가 보호막의 아래쪽을 집중적으로 공략했다.

뒤로 잔뜩 밀려났던 보호막이 고무공처럼 다시 앞으로 쏠렸다.

부공은 수라초현을 다시 한 번 구현했다. 이번에는 거신의 오른팔뿐 아니라 왼팔도 함께 거들었다.

순간적으로 거신이 거대한 수라처럼 변했다. 총 6개나 되는 수라의 손바닥이 거무튀튀한 보호막을 있는 힘껏 후려쳤다.

쿠와앙!

젤리처럼 물렁물렁한 보호막이 다시 뒤로 잔뜩 밀렸다.

검룡이 그 기회를 놓치지 않았다. 또다시 108개의 검을 쏘았다.

이번엔 효과가 나타났다. 백 자루가 넘는 검이 한 곳만 집중적으로 공략하자 마침내 보호막의 아랫부분이 찢어졌다.

"이이이이익."

부공이 어금니를 꽉 깨물고 세 번째 수라초현을 날렸다.

퍼어엉!

거대한 손 6개가 보호막을 있는 힘껏 후려쳐서 뒤로 날렸다. 붕룡이 그 틈을 놓치지 않고 끼어들어 보호막 아래쪽에 법력의 붕조를 충돌시켰다. 법력으로 이루어진 거대한 붕조가 보호막의 취약부위를 그대로 들이받았다.

이들의 연쇄 공격에 마침내 보호막이 찢어졌다. 보호막 아래쪽이 쩌억 벌어지는가 싶더니 마침내 막 전체가 훌렁 뒤집혀 버렸다. 거신은 찢어진 보호막을 양손으로 헤치며 보호막 안으로 돌파했다.

이제 부정의 요람까지 거리는 불과 1킬로미터밖에 남지 않았다. 여기서 거신이 한 발만 더 내딛고 손만 길게 뻗으면 즉시 닿을 거리였다.

그때였다. 피사노교의 세 번째 방어 마법이 작동했다.

쩌저저저적! 빠캉! 빠카카캉!

시퍼런 벼락이 그물처럼 일어나 하나로 연결되었다. 마치 체인(Chain)처럼 연결된 벼락의 그물망이 부정의 요람을 통째로 뒤덮었다. 이제 부정의 요람 주변은 감히 접근할 엄두도 나지 않는 벼락으로 꽁꽁 싸였다.

기다렸다는 듯이 요조 선인이 등장했다.

요조는 음양종에 소속된 선3급의 선인이었다. 그는 붕룡의 고향 후배인 동시에 흙과 관련된 술법에만 오롯하게 매달린 외골수였다.

"흙은 벼락과 상극이지. 흐아압."

요조가 법력관을 힘껏 잡아당겼다.

순간적으로 거신의 통제가 요조에게 집중되었다. 요조는 거신의 두 팔을 둥글게 모아 원을 그렸다.

그 원으로부터 길이 10킬로미터, 몸통의 두께가 14킬로미터나 되는 거대한 흙의 용이 튀어나왔다.

평소 요조는 고작 수십 미터의 흙룡을 소환하는 수준이었다. 그러나 진법으로 동료들의 법력을 끌어모으고 거신과 일체를 이룬 지금은 그 위력이 수십 배나 증폭되었다.

꾸어어어어엉!

거신보다도 더 거대한 흙의 용이 난폭하게 울부짖었다. 그리곤 일말의 두려움도 없이 벼락의 향연 속으로 뛰어들었다.

흙의 용이 어찌나 거대하였던지, 그 기다란 몸을 꿈틀거리자 벼락으로 이루어진 반구 전체가 칭칭 감겼다.

빠카카카캉!

시퍼런 벼락이 쉴 새 없이 작렬했다.

부도체인 흙이 벼락을 고스란히 받아내었다. 흙의 용은 벼락 속에 뛰어들고도 쓰러지지 않았다. 오히려 더욱 힘을 내어 벼락의 보호막을 조이고 또 조였다.

콰드득.

마침내 벼락의 보호막이 붕괴하기 시작했다.

꾸어어어엉—.

흙의 용이 긴 포효와 함께 몸에 힘을 주었다. 그러자 용에게 칭칭 감긴 보호막이 으스러질 듯 뒤틀렸다.

그 틈새를 향해 부공이 수라초현을 때려 넣었다.

화아악!

순간적으로 온 세상이 하얗게 백열되었다. 벼락의 보호막이 강제로 찢어지면서 엄청난 폭발이 일어났다.

"우리 차례구나."

아잔데가 이빨을 꽉 깨물었다.

사천왕에 속한 브란자르와 테케, 오고우가 두 주먹을 불끈 쥐었다. 비앙카도 젖 먹던 힘까지 쥐어짜서 법력관에 법력을 쓸어넣었다.

후오옹!

순간적으로 거신의 갑주가 환하게 빛났다.

갑주에서 발휘된 방어력이 고열의 폭발을 상쇄시켰다.

방어 성공.

벼락으로 이루어진 그물망 전체가 폭발하면서 어마어마한 에너지를 밖으로 내뿜었건만, 거신은 다친 곳 하나 없이 멀쩡했다.

반면 피사노교도들의 거주지는 고열에 녹아버렸다.

시뻘건 화마가 시가지를 휩쓸었다.

"안 돼."

"아아악."

피사노교도들이 비명소리와 함께 촛농처럼 녹아 흘렀다. 도로가 엿가락처럼 휘었다. 조각상이 문드러졌다. 눈 깜짝할 사이에 피사노교의 중심부가 초열지옥으로 변했다.

쿠웅, 쿠웅.

거신이 부정의 요람을 향해 발걸음을 떼었다. 더 이상 거신의 앞을 가로막을 상대는 존재하지 않았다.

Chapter 4

"이제 끝이다."

붕룡이 사납게 소리쳤다.

거신이 붕룡의 의지에 따라 오른 주먹을 번쩍 들었다. 붕룡은 단숨에 주먹을 휘둘러서 피사노교가 애지중지하는 장소를 박살 낼 요량이었다.

바로 그때였다.

"이것들이 쳐 돌았나."

뒷골이 절로 서늘해질 정도로 으스스한 음성이 거신의 뒤쪽에서 들렸다.

그 뒤를 이어서 또 다른 칼칼한 목소리가 울려 퍼졌다.

"아주 죽으려고 환장들을 하셨군요. 그렇다면 깔끔하게 모가지를 따서 죽여 드리지요."

첫 번째 목소리는 노란 드레스를 치렁치렁하게 늘어뜨린 노파의 입에서 흘러나왔다.

노파는 키가 작았으며, 코는 매의 부리를 닮았고, 눈빛은 독사의 그것처럼 표독했다. 손에는 무려 3미터가 넘는 기다란 핼버드(Halberd: 긴 창대에 도끼날이 달린 무기)가 들려 있었다.

이것은 동차원의 수도자들이 미늘창이라고 부르는 무기였다.

두 번째 목소리의 주인공은 붉은 갑옷으로 늘씬한 몸을 감싼 여인이었다. 이 매혹적인 여인은 의복뿐 아니라 머리카락도 타는 듯이 붉었다. 입술도 새빨간 핏빛이었다. 여인의 손아귀 안에서는 기다란 검 한 자루가 들려서 빙글빙글 회전 중이었다.

"으으음."

검룡이 신음을 토했다.

검룡의 눈에 비친 노파와 여검수는 지닌바 한계가 가늠되지 않는 초강자들이었다. 상대방에게서 풍기는 기세만 보아도 동차원의 선6급 대선인들을 가뿐히 능가하였으며, 선7급, 혹은 그 이상일 것이라 짐작되었다.

'맞붙는 순간 죽는다. 번쩍 하는 순간에 내 목이 땅에 떨어질 게야.'

검룡의 피부를 타고 오소소 소름이 돋았다.

다만, 이런 공포는 검룡이 상대방과 일대일로 맞붙었을 경우에 해당했다. 지금 검룡은 999명의 동료들과 함께 거신강림대진을 이룬 상태였다.

온몸에 뿌듯하게 휘몰아치는 막대한 힘과 권능을 떠올리면, 피사노교의 저 사악한 마녀들과도 한 판 붙어볼 만했다.

"흥. 저것들이 뭐라는 게야?"

붕룡이 콧방귀를 뀌었다.

붕룡은 언노운 월드의 언어를 알아듣지 못하였다. 그는 지금 막 주먹을 휘둘러서 부정의 요람을 부수려던 참이었는데, 갑자기 웬 마녀들이 나타나서 뭐라고 지껄였을 따름이었다. 붕룡의 생각에 저 마녀들이 지저귀는 개소리는 가뿐하게 무시해주면 그만이었다.

"흐으아압."

붕룡이 주먹을 다시 높이 들었다.

거신이 구름보다 훨씬 위, 공기가 희박하여 어쩌면 우주와 맞닿을지도 모르는 까마득한 상공까지 주먹을 치켜들었다.

부와앙—.

수 킬로미터 상공에서 거대한 주먹이 지상으로 내리꽂혔다. 그 주먹이 구름을 산산이 흩어버리고 내려고 부정의 요람을 후려쳤다.

아니, 후려치기 직전에 막혔다.

꽈앙—앙앙앙앙.

커다란 종이 깨지는 듯한 굉음이 온 사방을 떨어 울렸다. 큰 소리와 함께 거신의 주먹이 옆으로 튕겨 나갔다.

거신의 주먹을 막은 것은 커다랗게 증폭된 핼버드 날이었다.

붕룡이 거신을 조종하여 주먹을 내리꽂는 동안, 노란 드레스의 노파는 본인만의 마법을 사용하여 초거대 조각상으로 빙의했다.

구름을 뚫고 까마득한 상공까지 솟구친 초거대 조각상이 어느새 노파가 되었다. 노파의 애병인 핼버드도 어느새 수십 킬로미터 크기로 커져서 초거대 조각상에게 딱 맞는 병기가 되었다.

노파는 초거대 조각상에 깃들자마자 곧바로 양손을 풀스윙(Full Swing)했다.

빠아아아앙—.

공기를 찢어발기며 날아든 핼버드가 거신의 주먹을 옆에서 후려쳤다. 금속이 깨지는 굉음과 함께 거신의 주먹이 옆으로 튕겨났다.

"크왁?"

붕룡이 깜짝 놀라는 사이, 검룡이 나섰다.

거신이 왼손을 들어 완만한 곡선을 그렸다. 그 곡선으로부터 빛의 검들이 우수수 튀어나가 초거대 조각상을 공격했다.

노파가 빙의한 초거대 조각상은 뒤로 풀쩍 물러나 발에 거치적거리는 건물들을 짓밟은 다음, 핼버드를 다시 풀스윙해서 빛의 검들을 후려쳤다.

핼버드 날과 빛의 검이 부딪치기 전, 핼버드의 창대로부터 회색 문자들이 희미하게 일어나서 노을처럼 번져갔다.

이 회색 문자들이 끈끈한 힘을 발휘하여 빛의 검들을 묶었다.

빛의 검은 말 그대로 빛으로 빚어진 검들이었다. 따라서 모든 물리적인 속박으로부터 자유로웠다. 그 어떤 방패나 그물로도 막거나 붙잡을 수 없는 것이 바로 빛의 검이었다.

한데 회색으로 번들거리는 희미한 문자들은 거신강림대진으로 수백 배나 증폭된 빛의 검을 거뜬히 구속했다.

'어라? 저것도 만자비문 같은데? 비록 흐릿하기 이를 데 없고 만자비문의 본래 위력의 수억 분의 1에도 못 미치기는 하지만, 어쨌거나 만자비문은 분명해.'

거신의 배 부위에서 이탄이 흥미진진하게 사태를 바라보았다.

이탄이 지켜보는 가운데 빛의 검들이 회색으로 오염되어 뚝뚝 떨어지기 시작했다.

"헉, 이럴 수가."

검룡이 깜짝 놀라서 헛바람을 집어삼켰다.

빛의 검은 순수함의 결정체, 예리함과 고고함의 정수였다. 제련종 전체를 통틀어서도 빛의 검을 방출할 수 있는 단계에 오른 선인은 극소수에 불과했다. 심지어 검룡도 빛의 검을 다루는 경지에 이르지는 못했다. 지금은 단지 거신강림대진 덕분에 빛의 검을 무려 108자루나 뽑아내었을 뿐이었다.

한데 그 순수한 빛의 검이 회색빛으로 오염되어 추락했다. 검룡의 입장에서는 도저히 상상할 수 없는 사태가 벌어진 것이다.

핼버드를 수평으로 크게 휘둘러서 빛의 검들을 낙엽처럼 떨어뜨린 다음, 노파는 연결동작으로 핼버드를 위로 치켜들었다.

거대한 핼버드 날이 별에 닿을 듯 솟구쳤다. 핼버드 창대에서는 흐릿한 회색 문자들이 아지랑이처럼 일렁거렸다.

빠아앙!

무지막지한 속도로 내리꽂히는 핼버드.

"안 돼."

붕룡이 비명과 함께 뒤로 물러섰다.

Chapter 5

뒤로 물러섬과 동시에 붕룡은 오른팔을 쭉 뻗어 법력의 붕조를 출동시켰다. 거신의 오른팔에 어렸던 막대한 법력이 붕조의 형상으로 변하여 전면으로 쏘아졌다.

콰앙!

뿌아아아악.

아스라이 붕조의 비명이 들렸다. 놀랍게도 회색 문자에 휩싸인 핼버드는 법력으로 이루어진 붕조를 둘로 쪼개버렸다.

"커헉."

거신의 눈 속에서 붕룡이 피를 토했다.

붕조가 쪼개지면서 발생한 타격은 거신의 갑주를 통과하면서 수백분의 1로 완화되었다. 그럼에도 불구하고 붕룡은 각혈을 하고 정신이 아득해졌다. 몸속의 법력이 금방이라도 터져버릴 것처럼 출렁거렸다. 두 귀가 먹먹했다. 붕룡의 눈앞에선 별똥별이 마구 돌아다녔다.

검룡이 다시 한 번 빛의 검을 빚어내었다.

급하게 법력을 끌어올리느라 108개가 아니라 72개의 검만 겨우 만들었다.

그 검들이 간씨 세가의 미사일처럼 곡선을 그리며 날아가 초거대 조각상을 공격했다.

"흥. 어림도 없다."

노파가 검룡을 향해 비웃음을 흘렸다. 노파는 핼버드를 수평으로 휘둘러 한 겹의 보호막을 만들었다.

따다다당!

빛의 검은 그 보호막을 뚫지 못했다. 그저 보호막 표면에서 콩 볶는 소리만 내었을 뿐이었다.

"이제 내 차례인가?"

방어에 치중했던 노파가 다시 공격으로 전환했다. 뒤로 힘껏 젖혀졌던 핼버드가 무지막지한 속도로 튀어나와 거신의 정수리를 찍었다.

"안 돼."

거신이 두 팔을 들어 올려 노파의 공격을 막았다. 비앙카와 아잔데, 브란자르, 테케, 오고우 등이 최후의 한 방울까지 법력을 쥐어짜서 양팔에 방어막을 둘렀다.

그 위에 초대형 핼버드가 내리꽂혔다.

콰창!

사방으로 빛이 터졌다.

구름보다 훨씬 더 높은 곳에서 터진 빛의 폭발은 구름 위쪽을 붉게 물들이며 동심원 모양으로 퍼져나갔다.

순간적으로 거신의 방어막이 으깨졌다. 부서진 방어막의 틈새로 흐릿한 문자들이 벌떼처럼 파고들었다.

이 문자에 담긴 의미는 '분쇄'였다. 사물을 원자 단위로 흔들어 쪼개는 권능이 이 흐릿한 문자에 담겨 있었다.

만약 노파가 만자비문을 제대로 읽어내는 전승자였다면, 문자와 접촉한 즉시 거신이 원자 단위로 쪼개져야 마땅했다.

다행히 노파는 만자비문을 제대로 읽어내지 못했다. 그저 막연한 감으로 만자비문의 지극히 일부 힘만 이끌어내었을 따름이었다.

그것만으로도 위력은 무궁무진했다.

무려 200명의 수도자들이 법력을 합쳐 거신의 양팔을 보호했다. 거신강림대진이 그 법력을 수십 배, 수백 배로 증폭시켰다. 이 정도 방어력이면 선7급의 대선인이 전력을 다해 공격해도 한 번은 너끈히 막아낼 법했다.

한데 노파의 핼버드는 그 두터운 방어막을 단숨에 깨뜨렸다.

"크왁?"

아잔데가 피를 토했다.

브란자르가 법력관을 손에서 놓치고 휘청거렸다.

테케는 숨도 쉬지 못하고 뒤로 넘어갔다.

오고우만이 겨우겨우 버텼다.

사천왕이 보호해준 덕분에 비앙카도 크게 다치지는 않았다. 하지만 비앙카도 뒤통수를 해머로 얻어맞은 듯 머리가 멍했다.

거신의 갑주가 제 기능을 잃은 사이, 방어막을 찢고 들어온 회색 문자들이 거신의 두 팔을 빠르게 갉아먹었다.

거신의 팔에 자리한 해원 선인이 입을 쩍 벌렸다. 참을 수 없는 고통이 해원 선인의 온몸을 장악했다.

모두가 크게 당황한 가운데 이탄만이 멀쩡했다. 이탄은 법력관을 좌우로 흔들었다. 거신의 삼중핵 가운데 배꼽 부위의 핵에서 법력이 물밀 듯이 일어났다. 그 법력이 거신의 두 팔을 장악했다.

이탄은 거신의 육체로부터 통제를 뺏어온 다음, 곧바로 반격에 나섰다.

"이미 치명타를 입은 상태에서 뒤로 물러서봤자 손해만 볼 뿐이지."

이것이 이탄의 판단이었다.

이탄은 붕괴하기 시작한 팔뚝은 사용하지 않았다. 대신 초거대 조각상을 향해 오른쪽 어깨를 밀어넣었다.

거신이 눈 깜짝할 사이에 상대의 겨드랑이로 파고들었다. 그 상태에서 거신은 어깨를 위로 치켜 올려 상대의 겨드랑이에 꽉 끼웠다. 동시에 위로 확 튕겨 올라온 거신의 허리가 초거대 조각상의 중심을 허물어뜨렸다.

부웅—.

공기가 갑자기 확 쪼개졌다.

순간적으로 노파는 어리둥절함을 느꼈다.

'어엉?'

조금 전까지만 해도 노파는 분명 별을 머리에 이고 있었다.

그런데 저 높은 곳에 떠 있던 별이 수평으로 내려왔다. 대신 무릎 높이에 깔려 있던 융단 같은 구름이 눈앞으로 확 다가왔다.

'이게 뭐지?'

노파가 이런 생각을 머금은 순간이었다.

쿠와아아아앙.

인간의 귀로는 들을 수 없는 어마어마한 굉음이 천지를 뒤흔들었다. 강한 충격의 여파로 밤하늘의 구름이 다 흩어졌다. 지상에 자잘하게 깔려 있던 블랙 스톤 건축물들은 이미 폭풍에 휘말린 조각배처럼 박살 난 지 오래였다.

무려 수 킬로미터가 넘는 초거대 조각상이 그대로 메다꽂힌 것이었다. 두 다리를 하늘로 치켜들고 머리를 땅에 처박으며 콰아앙!

노파가 멍하게 두 눈을 껌뻑였다.

Chapter 6

강한 충격 때문에 노파의 빙의 마법이 풀렸다. 노파의 정신은 어느새 본체로 돌아와 버렸다. 목이 꺾인 초거대 조각상은 피사노교의 건물들을 완전히 박살 낸 채 우르르 허물어지는 중이었다.

빙의 마법이 풀리면서 노파의 핼버드도 다시 원래 크기로 축소되었다. 3미터 길이의 핼버드가 노파의 손에 들려서 부르르 진동했다.

놀라운 체술로 단숨에 초거대 조각상을 메다꽂은 뒤, 이탄이 거신을 다시 움직였다.

이탄은 흐릿한 문자에 에워싸인 거신의 팔뚝을 노파에게 문질렀다.

"으허헉?"

노파는 세상 그 무엇도 두려워하지 않았다.

하지만 저 흐릿한 문자는 예외였다. 그 누구의 통제도 받지 않고 주변의 모든 것을 분쇄해 버리는 것이 바로 저 회색 문자였다.

한데 거신은 자신의 팔뚝을 갉아먹는 회색 문자를 오히려 무기로 삼아 노파를 공격하는 것이 아닌가.

노파는 겁이 덜컥 났다. 행여나 회색 문자에 침식을 당할까 봐 두려운 것이다.

"이런 미친."

노파가 노란색 드레스를 펄럭이며 뒤로 수십 미터나 후퇴했다.

이탄은 거인을 조종하여 노파에게 따라붙었다. 그리곤

회색 문자에 물든 팔뚝을 노파를 향해 휘둘렀다.

이건 마치 극독에 중독된 자신의 팔뚝을 오히려 무기로 삼아 적에게 함께 죽자고 달려드는 셈이었다. 노파의 입장에서는 무척 당황스러울 수밖에 없었다.

다른 한편으로는 이탄은 반대쪽 팔도 휘둘러서 붉은 갑옷을 입은 여검수를 공격했다.

"크윽, 젠장."

붉은 갑옷 여검수는 전쟁터에 나서면 일체 후퇴를 모르던 전사 중의 전사였다. 그래서 그녀에게 붙은 별칭이 '진격의 티스아' 였다. 뒤로 물러서지 않고 오로지 앞으로만 진격하는 티스아.

이런 용맹한 여검수도 회색 문자가 다가오자 질겁하며 백스텝을 밟았다.

거신이 양손을 마구 휘젓는 동안, 회색 문자는 점점 더 희미하게 흐려졌다가 결국 자취를 감추었다.

원래 만자비문은 시간이 지났다고 해서 사라지지 않는다. 오로지 목표를 달성했을 때만 사라진다. 하지만 노파가 만자비문의 권능을 제대로 사용할 줄 모르기에 시간 제약이 걸렸다. 회색 문자가 자취를 감춘 것은 바로 이 때문이었다.

그즈음 거신의 팔은 반 이상 붕괴한 상태였다. 이탄은 팔의 회복을 위해서 법력을 잔뜩 불어넣어 주었다.

"끄응차."

"으흐윽."

삼중핵에 배치된 특수부대원들이 이탄의 강요에 의해 강제로 법력을 토해놓았다. 이탄은 그렇게 쥐어 짜낸 법력을 쏟아부어 거신의 팔을 다시 복구하기 시작했다.

츠츠츠츠츠—.

거신의 팔이 되살아나는 동안 당연히 거신의 공격도 멈췄다. 노파와 여전사는 그제야 겨우 한숨을 돌렸다.

"끄흐흠. 요런 앙실방실한 놈."

노파가 거신을 무섭게 노려보았다.

거신의 팔이 회복되자 이탄은 강제로 빼앗아왔던 거신의 통제를 다시 검룡에게 넘겼다.

"이탄 선인, 고맙네."

검룡이 이탄에게 감사를 표시했다.

이탄의 적절한 대처가 아니었다면 거신이 단숨에 박살 나고 특수부대원들이 떼 몰살을 당할 수도 있는 상황이었다. 검룡은 마음속으로 이탄의 임기응변과 뛰어난 체술에 감탄했다.

순간, 노파가 또다시 빙의 마법을 펼쳤다. 이번엔 사자의 몸뚱어리에 독사의 머리가 달린 괴조각상이 노파의 목표였다.

크왕!

머리부터 꼬리까지 길이가 수 킬로미터나 되는 괴조각상이 포효와 함께 높이 도약했다.

검룡이 반사적으로 빛의 검을 소환해 괴조각상의 공격을 막았다. 빛의 검과 괴조각상의 발톱이 허공에서 맞부딪쳤다.

한낱 돌로 만들어진 조각상 따위가 빛의 검을 이겨낼 리 없었다. 그러니 빛의 검이 괴조각상의 발톱을 단숨에 잘라내야 정상이었다.

한데 결과는 딴판이었다.

놀랍게도 괴조각상의 발톱이 빛의 검을 단숨에 쪼개버렸다.

이탄이 자세히 관찰해 보니, 괴조각상의 앞발톱 주변에 흐릿하게 회색 문자들이 떠돌았다.

"어어엉? 설마!"

이탄이 두 눈을 크게 떴다. 그 어디에도 노파의 핼버드가 보이지 않는다.

"설마 노파의 핼버드가 변형하여 저 괴조각상의 발톱에 스며들었단 말인가?"

이건 실로 놀라운 일이었다. 핼버드가 저절로 변형하여 괴조각상의 발톱에 스며들었다는 말을 믿기는 쉽지 않았다.

하지만 그게 아니라면 지금 이탄의 눈앞에서 벌어지는 현상들을 설명할 길이 없었다. 노파의 손에 들려 있던 핼버드가 괴조각상의 발톱으로 변형된 것이 분명했다. 이탄은 그렇게 판단했다.

그 사이 괴조각상이 앞발을 교묘하게 휘저어 거신의 가슴을 베었다.

서걱, 서걱—.

날카로운 소음이 울렸다.

거신이 풀쩍 후퇴하여 적의 공격을 피했다.

괴조각상이 벼락처럼 거신에게 따라붙어 연속공격을 퍼부었다. 그때마다 거신은 쩔쩔 매면서 후퇴를 거듭했다.

붕룡이 거신의 오른쪽 눈으로 주홍색 광선을 몇 번 쏘았다.

괴조각상은 앞발톱으로 주홍색 광선을 분쇄해 버렸다. 혹은 민첩한 몸놀림으로 광선 공격을 피하기도 했다.

검룡이 빛의 검을 응축하여 쏘아 보내도 마찬가지였다. 괴조각상은 앞발톱으로 빛의 검을 찢어버렸다. 혹은 민첩하게 피하면서 거신의 측면을 노렸다.

뱀처럼 생긴 괴조각상의 머리가 아가리 부위를 쩍 벌려서 거신을 물어뜯으려고 들었다.

거신이 흠칫 놀라 후퇴하자 괴조각상이 그때를 노려 달

려들었다. 괴조각상의 앞발톱이 거신의 종아리를 할퀸 것이다.

"크악."

거신의 갑주를 총 지휘하던 아잔데가 비명을 질렀다. 적의 앞발톱에 찢긴 충격이 가장 먼저 아잔데를 급습했다. 거신의 종아리 부위에 회색 문자가 흐릿하게 맴돌면서 신체를 갉아먹기 시작했다.

화가 난 비앙카가 법력관을 꽉 움켜쥐고 악을 썼다.

"젠장, 제대로 싸울 줄도 모르면서. 어서 쿠퍼 선인께 주도권을 넘겨옷. 이러다가 우리가 다 죽게 생겼어요."

비앙카의 주장이 옳았다.

그리고 검룡이나 붕룡은 헛된 공명심에 눈이 멀어 고집을 피우는 어리석은 사람들이 아니었다. 두 선인은 황급히 거신의 조종 권한을 다시 이탄에게 넘겼다.

Chapter 7

후오오옹!

순간적으로 이탄의 온몸이 순백의 광채로 물들었다. 이탄은 갑자기 쏟아지는 법력을 거뜬히 받아내었다. 그리곤 곧바로 자신의 신체를 거신과 동기화시켰다.

거신이 갑자기 슬라이딩하듯이 미끄러졌다.

일반적으로 동차원의 수도자들은 싸울 때 땅바닥에 나뒹구는 것을 수치로 여겼다. 남명은 물론이고, 마르쿠제 술탑에 소속된 수도자들도 어지간해서는 땅에 나뒹굴지 않았다. 천박하게 보이기 때문이었다.

이탄은 달랐다.

이탄은 싸울 때 멋을 추구하지 않았다. 품위를 따지지도 않았다. 오로지 최적의 경로로 적을 압살해버리는 것만이 이탄의 목표였다.

"어엉?"

갑자기 거신의 상체가 아래로 쑥 꺼지자 노파가 흠칫했다. 순간적으로 노파는 시야에서 거신을 놓쳤다.

이게 큰 실수였다. 거신은 괴조각상의 배 밑으로 슬라이딩하듯이 미끄러져 들어오더니, 두 다리를 갑자기 번쩍 들어서 상대의 복부를 휘감았다. 그것도 그냥 휘감은 것이 아니라 발목을 X자로 엮어서 꽉 조였다. 그 다음 이탄은 상대가 앞발을 사용할 수 없도록 괴조각상의 배에 거신의 상체를 바짝 밀착했다.

쿠아아, 쿠아아아.

괴조각상이 뱀머리를 휘저어 거신을 물어뜯었다.

이탄은 굳이 방어하지 않았다.

비록 뱀머리가 흉측해 보이기는 하지만, 그래 봤자 돌로 만든 조각일 뿐이었다. 이 정도 공격으로는 거신의 피부에 흠집 하나 낼 수 없었다.

조금 전, 검룡과 붕룡은 뱀머리가 갑자기 달려들자 깜짝 놀라서 정신을 빼앗겼다. 그러다가 상대의 앞발톱에 종아리를 긁혀서 큰 위기를 맞았다.

이탄은 그런 실수를 범하지 않았다. 뱀머리의 공격은 무시한 채, 오로지 앞발톱만 조심했다. 그러면서 종아리로 상대의 복부와 등을 꽉 조여 버렸다.

지금 거신의 종아리에는 회색 문자가 벌떼처럼 떠돌아다니며 주변에 스치는 모든 물질들을 분쇄하는 중이었다.

한데 이탄은 이 회색 문자를 상대방의 복부에 밀착시켜 버렸다. 그러자 회색 문자는 거신의 종아리뿐 아니라 괴조 각상의 복부와 등까지 함께 분해하기 시작했다.

"크아악, 이런 미친 놈."

노파가 분해서 괴성을 질렀다.

노파의 입장에서 보았을 때 거신의 종아리가 붕괴되는 것은 반길 만한 일이지만, 상대가 그 오염된 종아리로 괴조 각상의 복부와 등을 문지르는 것은 예상에 없던 사태였다. 노파는 어이가 없기도 하고, 겁이 나기도 했으며, 약도 잔

뚝 올랐다.

물론 이대로 시간이 흐르면 거신은 두 다리를 잃고 앉은 뱅이가 될 것이 뻔했다.

대신 괴조각상도 허리가 뚝 끊기게 생겼다.

빙의 마법을 사용한 상태에서 괴조각상의 허리가 끊기면, 노파의 허리도 끊어지는 것이 문제였다.

"크아악, 분하다."

결국 노파는 빙의 마법을 풀고 본래의 몸으로 돌아갔다.

빙의가 풀린 괴조각상은 한낱 돌조각에 불과했다. 거신은 다리의 압력으로 괴조각상의 허리를 단숨에 부러뜨린 다음, 벌떡 일어났다.

스스스스스—.

이탄이 법력을 종아리로 보내어 붕괴하는 세포들을 되살렸다. 시간이 조금 흐르자 회색 문자가 흐릿하게 변하면서 결국 사라졌다.

"크으으으읏. 이런 어처구니없는 놈. 내 네놈을 그냥 두지 않겠노라."

노파가 뿌드득 이빨을 갈았다.

노파의 눈이 세 번째 빙의 대상을 물색하는 동안, 이탄이 풀쩍 점프했다.

거신이 단숨에 구름 위로 뛰어올랐다. 그리곤 다시 나타난 곳이 바로 부정의 요람 상공이었다.

"안 돼애애."

여검수 티스아가 비명을 질렀다.

"이런 미친."

노파도 입을 쩍 벌렸다.

티스아와 노파는 거신과 혈투를 벌이는 데 몰두하느라 지금 무엇이 중한지 잊어버렸다. 저 얄미운 거신을 거꾸러뜨리는 것은 둘째 문제였다. 그녀들의 최우선 목표는 다름 아닌 부정의 요람을 지키는 일이었다.

이 사실을 깨달았을 때는 이미 늦었다. 구름을 뚫고 내려온 거신의 육중한 두 다리가 부정의 요람 양쪽에 철기둥처럼 콰앙 내리꽂혔다. 이어서 가슴 높이까지 들렸던 거신의 주먹이 일직선으로 내리뻗어서 부정의 요람을 가격했다.

콰아아앙.

사방으로 파편이 튀었다. 부정의 요람을 에워싸고 있던 블랙 스톤이 운모의 파편처럼 날카롭게 쪼개져서 사방으로 흩날렸다. 거신의 주먹은 부정의 요람 전체를 속 수십 미터 깊이로 처박아 버렸다.

부정의 요람은 단지 땅속에 파묻히기만 한 것이 아니었

다. 거신의 주먹과 부딪친 순간, 부정의 요람 안에 보관 중이던 모든 물건들, 이를테면 피사노교의 역사와 유품, 마법 아이템 등이 모조리 가루가 되었다.

그중에서도 가장 중요한 것은 부정 차원으로 통하는 통로였다.

Chapter 8

그렇다.

부정의 요람은 다름 아닌 차원 게이트(Gate), 즉 차원의 문이었다.

피사노교의 수뇌부들은 부정의 요람을 통해서 부정 차원의 상위 악마들과 거래를 하였다. 부정 차원의 악마종들을 이곳 언노운 월드로 데려오기도 했다.

한데 그 중요한 통로가 박살 났다.

물론 피사노교의 수뇌부들이 지닌 실력을 총동원한다면 부정 차원과 연결하는 통로를 얼마든지 다시 열 수도 있었다. 또한 피사노교에는 이곳 부정의 요람 이외에도 부정 차원으로 통하는 게이트가 몇 개 더 존재했다.

하지만 이러한 게이트 가운데 부정의 요람이 가장 큰 역할을 했다. 따라서 이곳이 부서진다는 것은 피사노교 입장에서는 이만저만한 피해가 아니었다.

"으아아아악, 안 돼애애."

노파가 두 손으로 자신의 얼굴을 감싸며 괴성을 질렀다.

"이럴 수가."

여검수 티스아는 얼굴이 하얗게 질렸다.

반면 동차원에서 파병한 1천 명의 특수부대원들은 일제히 만세를 불렀다. 노파와 여검수가 저토록 괴로워하는 모습을 보니, 부정의 요람이 얼마나 중요한 건축물인지 새삼 실감이 났다.

"으하하하. 보았느냐? 이것이 복수다. 너희 악마들이 우리 남명을 기습하여 수많은 동료들의 목숨을 앗아갔으렷다? 이것이야말로 너희들의 악업에 대한 복수이니라. 우하하하하."

붕룡이 미친 사람처럼 웃었다.

지난번 쌀라싸와 캄사의 공격 때문에 음양종의 두 노조, 극양 대선인과 현음 대선인이 큰 피해를 입었다. 수도자들도 많이 죽었다. 그에 대한 복수를 이제야 했다고 생각하자 붕룡은 가슴이 뻥 뚫리는 기분이었다.

죽룡은 스승을 떠올렸다.

"흐으윽, 스승님."

지난 전쟁에서 죽룡의 스승인 죽노는 이루 말할 수 없이 큰 피해를 입었다.

죽룡은 그런 스승의 복수를 하기 위해서 목숨을 던져가며 특수부대에 자원한 것이었다. 그런데 적들이 진심으로 괴로워하는 모습을 보자 특수부대에 참여하기 잘했다는 생각이 들었다. 죽룡의 뺨을 타고 굵은 눈물이 주르륵 흘러내렸다.

검룡도 부르르 몸서리를 쳤다.

"아아아아아!"

검룡은 제련종의 복수 때문에 몸서리를 친 것이 아니었다. 조금 전 이탄이 거신을 조종할 때, 검룡도 마치 이탄과 한 몸이 된 것처럼 동일한 감각을 느꼈다. 거신을 통해서 검룡은 이탄과 시야를 공유했다. 감각을 함께 나눴다. 신체를 합일했다.

그러면서 검룡은 깨달았다.

'이탄 선인은 진짜로 하늘이 내린 천재구나. 어떻게 이렇게 몸을 쓰지? 어떻게 이런 공격이 가능하지? 어떻게 이렇게 적의 아픈 곳만 찌를 수 있지? 대체 어떻게?'

검룡은 잠깐 동안 이탄과 감각을 공유하면서 이탄에 대한 존경심을 느꼈다.

이 놀라운 경험이 검룡에게 충격을 주었다. 검룡에게 믿지 못할 경험을 선사했다. 그리고 결국엔 검룡이 한 단계 더 높은 곳으로 도약할 수 있도록 계기가 되어주었다.

후오오옹!

순간적으로 검룡의 온몸이 환한 빛으로 타올랐다.

깨달음은 섬광처럼 찰나에 찾아왔다.

검룡이 참을 수 없는 희열에 휩싸인 동안, 붉은 머리카락의 여검수 티스아가 거신을 향해 벼락처럼 몸을 날렸다.

"이 노오오옴, 갈가리 찢어서 개밥으로 던져주마."

티스아는 거신을 향해 검을 크게 휘둘렀다. 티스아의 검에서 발현된 오러가 무려 수백 미터의 크기로 자라나 거신을 세로로 베었다.

"이크."

이탄이 옆으로 굴러서 티스아의 검을 피했다.

티스아의 검이 훑고 지나간 자리엔 길이 수백 미터, 너비 1미터의 고랑이 깊게 팼다. 고랑의 단면은 거울의 표면처럼 매끄러웠다.

후왕—.

세로로 쪼개오던 티스아의 검이 어느새 유연하게 한 바퀴 돌아서 이번엔 수평으로 세상을 잘랐다.

그 동작이 어찌나 빨랐던지 도저히 피할 수가 없었다.

티스아의 검은 노파의 핼버드처럼 기이한 문자의 힘을 담고 있지는 않았다. 하되, 순간적인 파괴력만큼은 결코 노파의 공격에 뒤지지 않았다.

"갑주 쪽, 대비하세요."

이탄이 법력관에 입을 대고 외쳤다.

동시에 이탄은 거신의 왼팔을 뻗어 티스아의 오러가 지나가는 경로에 내주었다.

써걱!

거신의 왼팔이 세로로 길게 쪼개졌다.

"크윽."

"꺄악."

마르쿠제 술탑의 사천왕과 비앙카 등이 동시에 비명을 질렀다. 그래도 이탄이 미리 경고해준 덕분에 그들이 받은 정신적인 충격은 덜했다.

이탄은 적에게 한쪽 팔을 내주면서 시간을 번 다음, 동료들의 법력을 있는 대로 다 끌어모았다.

"후으읍."

그렇게 숨을 잔뜩 들이마신 다음, 이탄이 자신만의 법술을 풀어내었다.

Chapter 9

백팔수라 제2식 수라군림(修羅君臨) 작렬!

순간적으로 거신의 다리가 2개에서 36개로 불어났다. 거
신의 팔도 마찬가지로 36개로 늘어났다. 당연히 머리도 개
수가 많아졌다.

물론 36개의 팔 가운데 절반은 이미 티스아의 검에 베어
진 터라 제대로 움직이지 않았다. 하지만 상관없었다. 수라
군림은 두 다리를 주로 사용하는 수법이었다.

후르르릉—.

블랙 스톤의 파편들이 뿌옇게 일어나 온 세상을 검게 뒤
덮었다. 지상에서 일어난 구름은 눈 깜짝할 사이에 수십 킬
로미터 상공까지 솟구쳤다.

그 아득한 암흑 속에서 우르릉 우르릉 우레성이 울렸다.
36개의 거신 다리가 흙구름을 몰고 다니며 온 사방을 뒤덮
었다.

얼마 전 남명에서 첫 선을 보였던 괴물 수라가 재현했다.
그 무지막지한 괴물이 또다시 세상에 등장하여 피사노교의
중심부를 어지럽게 휘저었다.

그것도 그냥 괴물 수라가 아니었다. 거신의 신체로 펼쳐
낸 괴물 수라는 그 크기가 수 킬로미터에 달했으며 팔과 다

리의 굵기도 어마어마했다.

"어헉? 이게 다 뭐야?"

천지가 개벽하는 듯한 광경에 티스아가 어금니를 꽉 물었다. 티스아는 죽음이 코앞에 닥친 듯 머릿속이 쭈뼛해졌다. 그래서 젖 먹던 힘까지 모두 쥐어짜서 검에 담았다.

후오오오옹!

티스아의 검에서 방출된 오러가 벽이 되어 티스아의 앞을 가로막았다.

그 위에 수라군림이 작렬했다.

폭음은 들리지 않았다. 그저 빛만 터졌다.

"아아악."

티스아는 피투성이가 되어 저 멀리 날아갔다. 티스아가 애지중지하던 검은 산산이 박살 나서 흔적조차 남기지 못했다. 티스아가 구축했던 오러의 벽도 완전히 으깨져 버렸다.

티스아가 제아무리 피사노교의 수뇌부라고 하지만, 상대는 무려 1천 명의 수도자의 힘을 끌어모아서 소환한 상고시대의 거신이었다.

그 거신이 수라군림에 의하여 괴물 수라로 변했다.

이 막대한 파괴력을 감당하기에는 티스아의 힘이 부족했다. 그나마 한 줌의 핏물로 스러지지 않고 목숨을 부지한 것만으로도 티스아는 대단한 여검수였다.

노란 드레스를 입은 노파도 큰 타격을 받았다.

노파의 이름은 피사노 아르비아.

피사노 싸마니아의 넷째 누이이자 피사노 쌀라싸의 바로 아래 동생이 바로 이 노파의 정체였다.

"이야아압—."

아르비아는 온 세상을 검게 물들이며 다가오는 수라의 폭풍을 향해 핼버드를 크게 휘둘렀다. 핼버드의 창대에서 쏟아진 흐릿한 문자가 수라군림을 단숨에 갉아먹으려 들었다.

불가능했다.

회색 문자들은 알 수 없는 힘에 의해 등장과 동시에 사그라졌다.

"뭐, 뭣이?"

피사노 아르비아가 소스라치게 놀랐다.

회색 문자의 권능이 없다면, 도대체 무슨 수로 저 엄청난 공세를 막아낸단 말인가? 순간적으로 아르비아의 눈이 아득해졌다.

"끄아아악—."

잠시 후, 백팔수라 제2식 수라군림이 아르비아를 처참하게 짓밟았다. 아르비아는 피투성이가 되어 수 킬로미터 밖으로 튕겨져 날아갔다.

이탄은 이참에 수라군림으로 적들을 휘몰아쳐 목숨 줄을 완전히 끊어놓을 요량이었다. 괴물 수라의 발밑에서 새까맣게 흙먼지가 피어올랐다. 괴물 수라는 36개의 다리를 우르르 움직여 적들을 향해 달려갔다.

이때 이미 피사노 아르비아와 피사노 티스아는 피투성이가 되어 까무러친 상태였다.

이대로 괴물 수라가 달려들어 짓밟아버리기만 하면 끝. 아르비아와 티스아에게 살아날 구멍은 없어 보였다.

그때 기적적으로 피사노교의 주력이 도착했다.

쮸왕! 쮸왕! 쮸왕!

오각형의 마도전함 십여 기가 북쪽 하늘에 나타나 괴물 수라를 향해서 시커먼 광선을 난사했다. 그 옆에서는 양탄자를 탄 흑마법사들이 대규모로 날아드는 모습도 보였다.

'피사노 캄사의 혈족들인가?'

이탄이 잠시 이마를 찌푸렸다.

그러는 동안에도 시커먼 광선은 계속 날아들었다.

마도전함에서 쏜 광선들은 수라군림의 위력에 밀려서 괴물 수라에게 제대로 된 타격을 주지는 못했다. 대신 광선이 흩어지면서 그 빛의 파편이 마치 가루처럼 변해서 아르비아와 티스아의 몸을 뒤덮었다.

검은 가루가 두 마녀를 뒤덮자마자, 번쩍!

빛이 터졌다. 아르비아와 티스아의 모습이 이탄의 시야로부터 감쪽같이 사라졌다.

"허어, 이건 또 무슨 마법이야?"

듣도 보도 못한 마법에 이탄은 깜짝 놀랐다.

동차원에서 개발한 탈출용 부적은 공간을 뛰어넘어 멀리 몸을 피신하게 만들어주는 유용한 도구였다.

한데 조금 전 아르비아와 티스아에게 내려앉은 검은 가루도 그 효능이 탈출용 부적과 비슷한 모양이었다.

"야아. 이거 이러면 닭 쫓던 개가 지붕만 쳐다보는 격인데."

이탄이 손가락으로 관자놀이를 긁적였다.

제7화
피사노 싯다와 다시 마주치다

Chapter 1

특수부대는 부정의 요람을 부순 것만으로도 충분히 목적을 달성했다.

하지만 이탄은 좀 더 욕심을 부렸다. 이참에 피사노교의 수뇌부 2명까지 잡아볼 생각이었다.

한데 예상치 못하게 적들이 탈출해버렸다.

"젠장. 닭을 놓쳤으니 꿩이라도 잡아야지. 꿩 대신 닭이 아니라, 닭 대신 꿩이다."

이탄이 목표를 수정했다.

쭈와아악!

동료들의 법력을 최후의 한 방울까지 갈취한 다음, 이탄은 그 법력을 때려 박아 백팔수라 제2식 수라군림을 다시 한 번 전개했다.

쿠르르르르—.

온 세상이 뿌연 흙먼지에 뒤덮였다.

수십 킬로미터가 넘는 초대형 흙먼지 속에서 우르르릉 우르릉 천둥이 쳤다. 번쩍 번쩍 벼락이 뛰놀았다. 다리가 36개인 괴물수라가 흙먼지 속에서 흐릿하게 그 모습을 드러내었다. 세상을 단숨에 찢어버릴 듯한 거력이 북쪽 하늘에 떠 있는 마도전함 10기를 동시에 덮쳤다.

콰콰쾅!

괴물 수라의 발에 걷어차여 마도전함이 추락했다. 괴물 수라의 어깨에 들이받혀 마도전함이 빙글빙글 회전하면서 날아갔다.

괴물 수라로 변한 거신은 피사노 아르비아와 피사노 티스아를 놓친 화풀이라도 하듯이 적의 마도전함들을 차례로 박살 냈다. 양탄자를 타고 도망치는 피사노 캄사의 혈족들을 쫓아가 한 줌의 핏물로 만들어 버렸다.

"일단은 여기까지가 한계인가?"

이탄이 아쉽게 입맛을 다셨다.

거신강림대진은 무한히 지속될 수 있는 진법이 아니었다. 만약 이게 가능했다면 남명에는 사대종파가 아니라 오로지 음양종만 남았을 것이다.

"허어억, 허억, 허억, 헉."

법력이 약한 특수부대원들이 먼저 나가떨어졌다.

한 명 두 명 이탈자가 나오기 시작하자 남은 특수부대원들에게 더 큰 부담이 가중되었다. 결국 검룡은 이탄에게 거신강림대진의 해체를 권했다.

"더는 버티기 힘들어. 아무래도 진법을 해체해야겠네."

"알겠습니다."

이탄은 순순히 검룡의 말을 따랐다.

검룡이 진법의 해체를 의미하는 깃발을 꺼내서 힘차게 휘둘렀다.

"휴우우, 살았다."

구슬땀을 흘리며 끝까지 법력관을 붙잡고 있던 특수부대원들이 비로소 부담감으로부터 해방되었다.

거신의 팔다리가 우수수 흩어졌다.

거신의 삼중핵이 세 덩이로 분리되었다가 다시 300명의 특수부대원으로 분해되었다.

거신의 무력이 자리에서 이탈했다.

거신의 갑주도 진법으로부터 벗어났다.

까마득한 높이에서 거신의 눈으로 지상을 굽어볼 때는 잘 보이지 않았던 것들이 진법을 해체하고 나자 특수부대원들의 눈에 들어왔다.

주변은 온통 잿더미였다. 거신과 초대형 조각상의 혈투로 인하여 인근의 건물들은 모두 갈려나간 지 오래였다. 지상 곳곳에는 마도전함의 잔해물들이 내리꽂혀 으스스한 폐허의 분위기를 풍겼다.

특수대원들은 떨리는 눈빛으로 주변을 둘러보았다. 거신으로 변한 상태에서는 느끼지 못했었는데, 폐허로 변한 적진의 모습을 가까이서 보자 비로소 전쟁터 한복판에 서 있다는 사실이 실감 났다.

"으으으."

"참으로 처참하구나."

특수부대원들은 부르르 몸서리를 쳤다.

검룡이 동료들의 흐트러지려는 마음을 수습했다.

"다들 정신 차리게. 이곳은 적진 한복판이야. 조만간 적들이 또 몰려올 것이고, 우리는 거신강림대진을 한 번 더 펼쳐서 이곳을 탈출해야 한다네."

붕룡이 옆에서 거들었다.

"검룡 선인의 말이 맞아. 우리가 당장 해야 할 일은 고갈된 법력을 다시 채우는 것이야. 그래야 거신강림대진을 한 번 더 펼칠 수 있지."

옳은 주장이었다. 특수부대원들은 적당한 곳에 자리를

잡아 앉아서 고갈된 법력을 다시 축적하기 시작했다.

죽룡이 특수부대원들의 외곽에 듬성듬성 자주색 대나무를 소환해 놓았다. 혹시라도 피사노교에서 기습 공격을 하면 대응하기 위해서였다.

검룡은 대나무 옆 외곽지대에 책상다리를 하고 앉았다. 지그시 눈을 감았음에도 검룡의 눈꺼풀은 바르르 떨렸다.

깨달음 때문이었다.

조금 전 검룡은 이탄의 의식을 공유하면서 벽을 한 단계 뛰어넘을 수 있는 실마리를 붙잡았다. 아직 벽을 뚫고 선6급으로 올라선 것은 아니지만, 만약 검룡이 이 깨달음을 잘만 파고든다면 조만간 제련종에 신임 대선인이 탄생할 것이다.

한편 붕룡은 검룡의 맞은편에 책상다리를 하고 앉았다. 그 옆에는 흙의 술법사인 요조가 자리했다.

비앙카는 검룡으로부터 비교적 멀리 떨어진 곳에 자리를 틀었다. 비앙카도 법력이 고갈되어 숨이 가쁜 처지였다. 게다가 치열했던 전투의 영향 때문인지 그녀의 손가락 끝에서 계속 경련이 일었다.

"아가씨, 마음을 다스리시지요."

사천왕 가운데 첫째인 아잔데가 비앙카를 걱정했다.

비앙카는 현명한 여인이었다.

"알겠어요. 죄송해요."

말귀를 알아들은 즉시 비앙카는 눈을 감고 마음을 차분하게 가라앉혔다.

아잔데를 비롯하여 브란자르와 테케가 삼각형 모양으로 앉아서 비앙카를 보호했다. 사천왕의 막내인 오고우는 조금 떨어진 곳에 기대앉아 멀리서 접근하는 적이 있는지 정찰했다.

Chapter 2

금강수라종의 수도자들은 엄홍 선인을 중심으로 뭉쳤다.

엄홍이 후배들을 다그쳤다.

"최대한 신속하게 법력을 보충하게나. 단약이건 영약이건 아끼지 말고 복용하게. 언제 적들이 들이닥칠지 몰라."

"넵. 엄홍 선인님."

수도자들이 단약을 입에 넣고 곧바로 법력을 운용했다.

엄홍은 손수 해원 선인의 목을 받치고 그의 입속에 단약을 넣어주었다.

해원 선인은 이번 전투에서 큰 타격을 입었다. 그래서 혼자 힘으로는 단약을 먹을 기력도 없었다.

엄홍이 해원을 돌보는 동안, 부공도 금강 대선인으로부터 하사받은 상급의 단약을 입속에 털어 넣었다. 몸에 약기운이 돌자 한결 법력을 운용하기 편해졌다. 부공은 바른 자세를 취한 다음 두 눈을 스르륵 감았다.

이탄도 단약을 한 알 먹는 척했다.

사실 이탄은 법력을 다시 채울 필요가 없었다. 법력의 소모가 거의 없었기 때문이다.

'하지만 혼자서 멀쩡하면 다른 사람들의 의심을 사겠지?'

이탄은 일부러 지친 척 연기했다.

풍양이 그런 이탄을 못마땅하다는 듯이 노려보았다.

"크허험. 꼴사납구나. 전쟁 한 번 치렀다고 그렇게 비틀거리다니."

풍양은 대놓고 이탄을 깠다.

이탄은 모르는 척했으나, 그의 눈가에 스산한 빛이 스쳐지나갔다.

'저걸 확 지워버릴까?'

이탄은 결코 녹록한 성격이 아니었다. 저렇게 대놓고 신경을 건드리는 녀석을 동료라고 해서 그냥 놓아둘 리 없었다.

게다가 지금은 전쟁 중이었다. 이런 급박한 상황에서는 누가 어떻게 죽어도 이상하지 않았다. 이탄은 적당한 기회가 오면 풍양을 손봐주기로 마음먹었다.

한편 풍양 외에도 또 다른 시선이 이탄을 귀찮게 만들었다.

'응? 선봉 선자도?'

먼발치에서 이탄을 물끄러미 바라보고 있는 사람은 다름 아닌 선봉 선자였다. 음양종의 대선인 가운데 한 명인 자한 선자의 딸이자 현음 노조의 직계 핏줄인 선봉 선자가 이탄에게서 눈을 떼지 못했다.

이탄이 마주 시선을 돌리면, 선봉은 고개를 홱 돌려 외면했다. 그러다가 이탄이 다시 시선을 거두면, 선봉은 다시 고개를 원상복귀시켜서 이탄을 빤히 쳐다보았다.

'아우, 이거 참. 이쪽도 은근히 신경이 쓰이네. 확 저것도 함께 처리해?'

이탄은 아랫입술을 슬며시 깨물었다.

그러다 다시 마음을 고쳐먹었다.

사실 풍양과 선봉은 경우가 달랐다. 이탄을 향한 풍양의 눈빛에는 적대감이 가득했다. 그래서 이탄도 거리낌 없이 상대를 세상에서 지워버릴 생각을 했다.

반면 선봉의 시선은 알쏭달쏭했다.

호기심? 관심? 탐색?

이탄을 향한 선봉의 감정이 정확하게 어떤 것인지는 알 수 없었다. 분명한 것은 선봉의 눈에 담긴 기색이 적대감은 아니라는 점이었다.

'에이. 굳이 죽일 것까지는 없겠지. 에효오, 차라리 내가 먼저 신경을 끄자.'

이탄은 선봉 선자가 지켜보건 말건 신경 쓰지 않았다.

잠시 후, 특수부대원들이 고갈된 법력을 다시 충전하고 는 하나둘 자리에서 일어났다. 실력이 뛰어난 수도자일수록 법력을 충전하는 속도가 빨랐다. 혹은 부상이 약할수록 빨리 회복했다.

그렇게 정신을 차린 특수부대원들은 선봉과 마찬가지로 이탄을 힐끗거렸다.

'이탄 선인은 대체 뭐야?'

'괴물 수라, 괴물 수라 하더니 진짜로 괴물 같았어. 세상 에 수라의 팔다리가 각각 36개씩이라니, 이게 말이 돼?'

'대체 이탄 선인은 어느 단계일까? 선2급은 분명히 넘는 것 같고, 선3급? 아니면 선4급? 에이. 설마. 선5급은 아니 겠지.'

'당연히 아니겠지. 수련을 시작한 지 얼마나 되었다고 벌써 선5급이겠어? 이건 말도 안 되는 일이라고.'

지금 특수부대원들에게 최대 관심사는 이탄이었다.

보통 선배 수도자들은 후배에게 추월을 당하면 질투심이 먼저 고개를 들게 마련이었다.

하지만 이 자리에 있는 특수부대원들은 이탄을 질투하지 않았다. 이곳이 전쟁터라는 특수성 때문이었다.

'이 지옥에서 살아남으려면 강한 동료가 옆에 버티고 있는 편이 나아.'

'이탄 선인이 함께 있으니 믿음직스럽군.'

'만일의 경우 거신강림대진이 무너지면 어떻게 하지? 검룡 선인이나 붕룡 선인, 죽룡 선인과 함께 움직이는 편이 가장 살아남을 확률이 높겠지? 혹은 비앙카나 엄홍 선인, 해원 선인도 괜찮은 것 같아. 그런데 그들과 헤어진 상황이다? 그럼 이탄 선인에게라도 매달려야지.'

특수부대원들은 최악의 경우 동료들과 흩어졌을 때 '과연 나는 누구와 함께 동행해야 하나?'를 걱정했다.

놀랍게도 까마득한 후배인 이탄이 그 명단에 올라 있었다. 동료 수도자들이 꼽은 '위기 상황에서 함께 하고 싶은 선인 목록 20위' 안에 이탄이 거뜬히 이름을 올린 셈이었다.

특수부대원들의 이러한 결심을 아는지 모르는지 이탄은 묵묵하게 오늘의 전쟁 상황을 머릿속으로 재구성했다.

거신강림대진을 펼치던 순간.

노란 드레스를 입은 피사노 아르비아가 초거대 조각상에 빙의하여 공격하던 순간.

진격의 여검수 피사노 티스아가 오러를 무려 수백 미터나 뽑아내어 휘두르던 순간.

이탄이 거신을 조종하여 초거대 조각상을 업어치던 장면.

이탄이 거신으로 수라군림을 펼치던 장면.

이 모든 일들이 하나의 연속된 그림으로 변하여 이탄의 뇌리에 담겼다.

"후우우우—."

이탄이 책상다리를 하고 앉아서 길게 호흡을 뱉어내었다.

어슴푸레 먼동이 터왔다.

새벽이 될 때까지도 피사노교에서는 공격을 재개하지 않았다. 그저 멀리서 이탄 일행을 둘러싼 다음 포위만 유지할 뿐이었다.

그럴 만도 했다.

피사노교의 공식 서열 4위인 피사노 아르비아.

피사노교의 공식 서열 9위인 피사노 티스아.

절대자라 불리는 이 두 사람이 거신과 싸우다가 인사불성이 되었다.

거기에 더해서 마도전함이 무려 10기나 추락했다. 피사노 캄사의 혈족들 가운데 일부도 거신의 공격에 휘말려 목숨을 잃었다.

"함부로 덤빌 때가 아니다. 저놈들을 어설프게 공략하다가는 아군의 피해만 커질 뿐이야. 좀 더 병력이 모이기를 기다려야지."

검보랏빛 로브를 입은 노인이 이렇게 뇌까렸다.

Chapter 3

아무도 노인의 말에 토를 달지 않았다.

노인의 정체는 피사노 싯다.

피사노교의 공식 서열 6위이자, 과거 과이올라 시에서 이탄에게 화이트니스를 빼앗겼던 바로 그 절대자가 등장했다.

피사노 싯다의 등 뒤에는 지금 이 순간에도 피사노교의 신규 병력들이 속속들이 도착하는 중이었다.

지난밤, 피사노교의 대륙 서북쪽 거점이 적의 공격을 받았다는 소식은 이미 피사노교의 수뇌부들 전체에게 전달되었다.

그 즉시 서열 4위인 피사노 아르비아와 서열 9위 피사노 티스아가 달려왔다. 이어서 서열 6위에 이름을 올린 피사노 싯다가 전쟁터에 도착했다.

서열 3위인 피사노 쌀라싸와 5위인 피사노 캄사는 아쉽게도 이곳에 오지 못했다. 이들 2명은 지난번에 차원을 넘어 남명으로 쳐들어갔다가 큰 부상을 입었기 때문이다.

대신 피사노 캄사는 혈족들을 보냈다. 적의 공격으로부터 부정의 요람을 지키기 위함이었다.

아쉽게도 피사노 캄사의 기대는 이루어지지 않았다. 부정의 요람은 이탄의 손에 산산이 박살 났고, 캄사의 혈족들 또한 상당수가 목숨을 잃었으며, 피사노 아르비아와 피사노 티스아는 기절했으니 캄사의 지원은 있으나 마나 한 셈이었다.

피사노 싯다가 무뚝뚝한 눈빛으로 뒤를 돌아보았다.

"싸마니야는 아직 오지 않았나? 크흠."

싯다가 아랫입술을 꽉 깨물었다.

피사노교의 교주인 와힛은 부정 차원에 들어가서 모습을 보이지 않은 지 오래였다.

와힛과 어깨를 나란히 한다는 피사노교 공식 서열 2위 이쓰낻도 최근에 교에 모습을 비춘 적이 없었다.

이미 인간의 한계를 뛰어넘어 인외의 존재가 되어가는 와힛과 이쓰낸을 제외하고, 부상자들을 빼면, 이제 피사노교에서 합류할 만한 수뇌부는 교내 서열 7위인 피사노 사브아와 8위인 피사노 싸마니야가 전부였다.

"사브아, 고 싸가지 없는 년은 분명히 전쟁이 끝난 뒤에나 어슬렁어슬렁 낯짝을 드러내겠지. 하지만 싸마니야는 분명히 올 텐데. 왜 이렇게 늦지?"

피사노 싯다가 찌푸린 얼굴로 중얼거렸다.

지금 싯다가 애타게 기다리는 사람은 여러 형제자매들 가운데 여덟째인 피사노 싸마니야였다.

무리해서 혼자 전쟁터에 나서기보다는 싸마니야와 함께 힘을 합치겠다는 것이 싯다의 계획이었다.

한데 새벽이 될 때까지도 싸마니야의 모습은 보이지 않았다.

"혹시 싸마니야에게 무슨 일이 생겼나? 그 녀석은 음흉하게 몸을 사릴 성격은 아닌데?"

싯다가 다시 한 번 뒤를 돌아보았다.

그래도 피사노 싸마니야는 나타날 줄 몰랐다.

싯다가 잠시 뜸을 들이는 사이 동이 완전히 텄다. 날이 훤하게 밝았다. 동차원의 특수부대원들은 차분하게 기력을 회복하여 다시 한 번 거신강림대진을 펼칠 준비를 마쳤다. 피사노 싯다 입장에서는 더 이상 공격을 늦출 수가 없었다.

슈우욱—.

한순간 피사노 싯다의 몸이 유령처럼 하늘에 떠올랐다.

"저건 또 누구지?"

검룡이 이맛살을 찌푸렸다.

머리부터 발끝까지 검보랏빛 로브로 휘감고, 회색 수염을 가슴까지 늘어뜨렸으며, 오른손에 꾸불꾸불한 떡갈나무 지팡이를 오른손에 움켜쥔 노인은 한눈에 보기에도 심상치 않았다.

특수부대원들도 고개를 위로 들어 싯다를 바라보았다.

'아, 젠장.'

이탄이 얼굴을 구겼다.

이탄은 상대가 피사노 싯다임을 한눈에 알아챘다.

　— 종족: 필드 일족 (법사 계열로 추정)

　— 주무기: 떡갈나무 지팡이, ?

　— 특성 스킬: 앱니어 디스커스(Apnea Discus: 무호흡 원반), 블러드 쉴드(Blood Shield), 검보랏빛 뇌전, 붉은 점액 독, ?

　— 성향: 흑

— 레벨: 추정 불가

— 주 출몰지역: 언노운 월드 산속

— 출몰빈도: 희박

이탄의 왼쪽 망막 위에는 피사노 싯다에 대한 정보가 떠올랐다.

그런데 희한하게도 과거에 이탄이 확인했던 정보와는 다른 점들이 눈에 띄었다.

'분명히 전에는 싯다의 특성 스킬이 온통 물음표뿐이었거든. 그런데 이제는 싯다의 특성 스킬 가운데 4개가 밝혀졌네. 앱니어 디스커스와 블러드 쉴드라? 과이올라 시에서 내가 싯다의 검보랏빛 원반과 번개, 검붉은 블러드 쉴드, 그리고 붉은 점액질의 독 등을 목격했기 때문에 새롭게 정보가 등재된 것일까?'

이탄이 이런 의문을 품었다.

그 예상이 맞았다. 과거에 이탄은 과이올라 시에서 싯다의 원반을 목격했다. 블러드 쉴드도 두 눈으로 똑똑히 보았다. 검보랏빛 뇌전과 붉은 독도 확인했다. 그렇기에 이탄이 목격한 정보가 간씨 세가의 정보창에 업데이트가 된 것이다.

파츠츠츠츠!

싯다의 떡갈나무 지팡이가 온 사방으로 검보랏빛 뇌전을 내뿜었다. 싯다의 머리 위에는 검보랏빛 원반이 무려 1킬로미터 크기로 자라났다. 이 원반이 바로 모든 생명체의 생명력을 깎고 호흡을 막는 앱니어 디스커스였다.

'이번에도 또 저 공격이구나. 어째 저 마법을 사용할 것 같더라.'

이탄의 예감은 틀리지 않았다. 싯다가 공격을 개시했다.

"가라."

싯다가 떡갈나무 지팡이를 번쩍 들자 검보랏빛 원반이 위아래로 세차게 출렁거렸다. 그러다가 싯다가 지팡이로 목표물을 지목하는 순간, 원반은 빛살보다 빠르게 지상으로 쏘아져 특수부대원들을 덮쳤다.

슈와아아—.

"안 돼."

검룡이 금빛 검 서른여섯 자루를 방출했다.

"이야압—."

붕룡은 두 손으로 허공을 휘감은 다음 하늘을 향해 떠받치듯 밀어 올렸다. 그 즉시 붕조가 붕룡의 옆에서 솟구쳐서 원반을 향해 달려들었다.

Chapter 4

뿌아아아아—.

붕조의 부리로부터 초음파가 강렬하게 터졌다.

싯다의 원반과 붕조가 만들어낸 초음파의 막이 허공에서 격렬하게 맞부딪쳤다.

쩌저저저적!

원반으로부터 방출된 검보랏빛 번개가 온 사방을 지져댔다. 붕조가 쏘아낸 초음파 막은 허무할 정도로 손쉽게 으깨졌다.

산산이 깨진 초음파 막 안쪽에서 36개의 금빛 검이 날아올라 검보랏빛 원반을 타격했다. 뇌전으로 휩싸인 원반은 놀랍게도 검룡의 금빛 검마저 단숨에 집어삼켰다. 그리곤 원래의 속도 그대로 낙하를 계속했다.

"크으윽. 안 되겠다. 모두 피해야 해."

검룡이 잇새로 경고음을 토했다.

뿌어억?

붕조가 황급히 날개를 휘저어 원반을 피했다.

"피햇!"

특수부대원들도 사방으로 뿔뿔이 흩어졌다.

직후.

콰아아아아앙!

어마어마한 충격이 특수부대원들이 앉아 있던 자리를 강타했다. 직경 1킬로미터가 넘는 거대한 원반이 지상에 떨어지면서 대지에 깊은 균열을 발생시켰다. 균열은 무려 수 킬로미터에 걸쳐서 거미줄처럼 방사형으로 뻗었다.

치이이익—.

깊게 팬 대지의 틈새로부터 검보랏빛 아지랑이가 솟구쳤다. 아지랑이는 눈 깜짝할 사이에 주변을 뒤덮었다.

이 수상한 아지랑이는 주변 모든 생명체의 생명력을 깎고 호흡을 방해하는 특징을 지녔다. 이탄은 이미 과이올라 시에서 싯다의 마법을 겪어보았다.

반면 특수부대원들은 이번이 첫 경험이었다. 그들은 검보랏빛 원반을 아슬아슬하게 피한 뒤, 자신도 모르게 안도의 한숨을 내쉬었다.

그렇게 특수부대원들이 잠깐 방심한 사이, 대지의 균열로부터 뿜어진 검보랏빛 아지랑이가 일어나 사방을 휘감았다.

"흐읍."

"헙. 커억. 컥. 숨이 안 쉬어져."

"후으읍. 후으읍."

특수부대원들이 당황했다.

하늘 위에서 싯다가 기괴하게 웃었다.

"크크크큿. 고작 그 정도로 당황하였느냐? 크크큭."

싯다는 앱니어 디스커스로 특수부대원들의 호흡을 빼앗은 뒤, 곧바로 두 번째 힘을 드러내었다.

싯다의 어깨 부위 로브가 들썩거린다 싶더니, 옷을 찢고 악마의 머리 2개가 솟구쳤다. 피사노 싯다의 어깨 부위에서 돋아난 악마의 머리는 아나콘다처럼 긴 목을 꿈틀거리며 싯다의 머리보다 더 높이 머리를 세웠다.

과거 이탄이 만났던 쌀라싸는 가슴 부위에 악마를 품고 있는 모습이었다.

이에 비해서 싯다는 양 어깨에 두 마리 악마와 결합한 모습을 보여주었다.

"흐으음?"

이탄이 흥미로운 눈빛으로 싯다와 결합한 악마들을 올려다보았다.

[헉? 졸음과 기절의 악마종이잖아?]

이탄의 뇌리에 느닷없이 아나테마의 목소리가 울렸다.

이탄이 동차원으로 차원이동을 했을 때, 아나테마의 악령은 함께 쫓아가지 못했다. 이탄이 간씨 세가로 넘어갈 때도 아나테마의 악령은 제외되었다.

그러다 이탄이 다시 언노운 월드로 돌아오자 아나테마의

악령도 자연스럽게 깨어났다.

물론 아나테마는 이탄의 복귀와 동시에 곧바로 정신을 차리지는 못했다. 정신이 얼떨떨하고 머리가 어지러워 헤롱거리다가 조금 전에야 비로소 제정신이 들었다.

[여기가 대체 어디야? 주변의 이 폐허는 또 뭐고? 그리고 저놈은 뭐지? 과이올라 시에서 만났던 그 늙탱인가? 그런데 저 늙탱이의 왼쪽 어깨에 왜 졸음의 악마종이 붙어 있지? 오른쪽 어깨에는 왜 기절의 악마종이 매달려 있고?]

아나테마가 쉴 새 없이 재잘거렸다.

이탄이 물었다.

'졸음의 악마종? 기절의 악마종? 그것들은 또 뭐요?'

[내가 묻고 싶은 말이다. 대체 여기가 어디냐? 그리고 악마종과 신체를 결합한 저 늙은이는 왜 또 마주쳤어?]

'아, 시간도 없는데 자꾸 쓸데없는 질문 하지 말고 묻는 말에 대답이나 하쇼. 졸음의 악마종과 기절의 악마종은 뭐요? 그들은 어떤 특징을 지녔소?'

이탄이 다그쳤다.

아나테마가 움찔했다.

[아니 뭐. 자세한 건 나도 모르지. 내가 부정 차원의 수천억 종의 악마종들을 어찌 다 알겠어?]

'그래서? 모르겠다는 거요?'

[모르긴 누가 몰라. 그냥 내 지식에도 한계가 있다, 이 말이지. 고대 악마사원의 문헌에 따르면, 졸음의 악마종은 적을 순간적으로 수면에 빠뜨리는 특징을 지녔다. 그리고 기절의 악마종은 적을 짧게 기절시키는 것이 주특기지. 둘 다 본래 무력은 약하지만 흑마법사와 결합하면 제법 강한 콤비네이션을 넣을 수 있지. 바로 지금처럼. 크흑!]

말을 하다 말고 아나테마의 악령이 이탄의 정신세계 속에서 픽 쓰러졌다.

아나테마만이 아니었다.

"컥."

죽룡이 자죽림을 소환하다 말고 그대로 뒤로 넘어갔다.

"어억?"

붕룡은 붕조의 등에 올라타려는 순간에 옆으로 픽 쓰러졌다.

마르쿠제 술탑의 사천왕들도 예외는 아니었다. 심지어 사천왕의 첫째인 아잔데도 버티지 못했다. 다들 비앙카를 보호하다가 말고 푹푹 고꾸라졌다.

오로지 오고우만이 쓰러지지 않고 버텼다. 오고우는 특수한 체질이라 정신적인 공격에 대해서 내성이 극도로 높았다.

한편 비앙카도 기절하지 않았다. 대신 비앙카는 앉은 자리에서 꾸벅꾸벅 졸음에 빠졌다.

엄홍과 풍양, 부공도 깜빡 졸았다.

"으음? 으으으윽."

그나마 검룡은 비틀거리면서도 졸음에 빠지지 않으려고 애썼다. 검룡이 이나마 버티는 것은 그의 정신력이 남들보다 유달리 강해서였다.

다들 픽픽 쓰러지는 가운데 이탄만큼은 아무런 영향을 받지 않았다.

다만 이탄은 싯다의 눈에 띄기 싫어서 일부러 기절한 척했다.

제8화
단절의 권능

Chapter 1

'어디 보자.'

이탄이 남몰래 피사노 싯다를 훔쳐보았다.

싯다의 왼쪽 어깨에서 솟구친 악마가 두 눈을 나선형으로 빙글빙글 회전시키면서 사람들을 졸음에 빠뜨리는 장면.

싯다의 오른쪽 어깨 부위에 결합한 악마가 2개의 뿔을 좌우로 흔들면서 사람들을 기절시키는 장면.

이런 것들이 이탄의 두 눈에 똑똑히 들어왔다.

이탄이 판단컨대 싯다의 전략은 훌륭했다. 우선 싯다는 앱니어 디스커스로 특수부대원들을 무호흡 상태로 만들었다. 이어서 그는 두 종류의 악마종을 부려서 특수부대원들을 기절시키거나, 혹은 졸음에 빠뜨렸다.

물론 졸음은 길지 않을 것이다.

기절 상태도 오래 지속되기는 힘들었다.

하지만 지금은 전쟁 상황이었다. 이 위험한 상황에서 깜빡 졸거나 기절하는 것은 상대방에게 목을 내놓는 행위나 다를 바 없었다.

피사노 싯다는 이 짧은 틈을 놓치지 않았다.

파츠츠츠츠!

싯다의 머리 위에서 검보랏빛 원반이 하나 더 생겼다.

"가라."

싯다가 떡갈나무 지팡이로 지상을 가리켰다. 그 즉시 직경 1킬로미터가 넘는 대형 원반이 특수부대원들을 향해 쏘아졌다.

그때까지도 특수부대원들은 정신을 차리지 못했다.

'안 되겠구나. 이대로 방치했다가는 아군이 전멸하겠어.'

이제는 어쩔 수 없었다. 정체가 발각 날 위험을 무릅쓰고라도 이탄이 나설 수밖에 없었다. 이탄은 땅바닥에 드러누운 자세에서 양손을 가슴께로 모았다.

후오옹!

이탄의 온몸으로부터 강렬한 에너지가 발산되었다. 이탄은 그 에너지를 신성력으로 전환한 다음, 모레툼으로부터 하사받은 가호를 떨쳐내었다.

지둔의 가호 발현!

모레툼이 신도들을 위해 하사한 4천 개의 가호들 가운데 당당히 3,024번에 이름을 올린 광역 방어막이 거창하게 일어났다.

무려 수 킬로미터에 걸쳐서 형성된 반투명한 보호막은 하늘에서 떨어지는 검보랏빛 원반과 정통으로 맞부딪쳤다.

콰차앙!

무시무시한 굉음이 터졌다. 지둔의 가호가 그대로 으깨졌다. 싯다가 소환한 검보랏빛 원반, 즉 앱니어 디스커스는 지둔의 가호를 단숨에 깨버린 다음, 특수부대원들의 머리 위로 계속 떨어져 내렸다.

"역시 지둔의 가호만으로는 무리인가?"

이탄이 쓴웃음을 흘렸다.

한편 피사노 싯다는 흠칫했다.

"엉? 이건 모레툼 교단 잡놈들의 수법인데? 설마 마르쿠제 술탑이 모레툼 교단과 공동작전을 펼쳤나?"

설령 마르쿠제가 모레툼 교단과 손을 잡은들 어쩌하랴. 감히 피사노교의 총단을 급습한 저 원수 놈들을 그냥 짓뭉개버리면 그만이리라.

싯다가 두 눈에서 검보랏빛 광채를 번뜩였다.

사실 조금 전까지만 해도 싯다는 은근히 우려를 했었다. 적들이 피사노교의 수뇌부인 피사노 아르비아와 피사노 티스아를 단숨에 격퇴했기 때문이었다. 그래서 싯다는 혼자서 적들을 공격하지 않고 싸마니아가 합류하기만을 기다렸다.

한데 막상 적들을 공격해보니 의외로 손쉬웠다.

'쳇. 별 것 아니잖아? 이럴 줄 알았으면 진즉에 저놈들을 짓뭉개버릴걸.'

피사노 싯다가 막 이런 생각을 할 때였다.

지상에서 또 한 차례 신성력이 뿜어졌다. 그 신성력이 만들어낸 방어벽, 즉 지둔의 가호가 싯다가 소환한 앱니어 디스커스를 한 차례 더 막았다.

콰차앙!

폭음이 터졌다. 충돌로 인한 광채가 사방을 검보랏빛으로 물들였다.

"크흐흐."

싯다의 입꼬리가 기분 좋게 비틀렸다.

느낌이 왔기 때문이다. 적의 2차 방어막이 와장창 깨지고, 앱니어 디스커스가 적들을 향해 계속 뚫고 나가는 장면이 피사노 싯다의 눈앞에 생생하게 그려졌다.

이제 끝이다. 졸음과 기절 상태에 빠진 적들은 영문도 모르고 검보랏빛 원반에 휩쓸려 갈가리 분해될 것이다.

싯다가 이렇게 자신할 때였다.

빠앙!

아스라이 소음이 들렸다.

그보다 한발 앞서 섬뜩한 장면이 피사노 싯다의 망막에 맺혔다. 좁쌀 크기의 조그만 빛이 싯다의 턱을 뚫고, 뇌를 곤죽으로 만든 뒤, 두개골 위로 관통해 날아가는 장면이었다.

Chapter 2

싯다의 망막에 맺힌 장면은 물론 실제로 벌어진 사건은 아니었다.

아직까지는 말이다.

하지만 불과 몇 초 뒤에 이 장면은 현실이 될 터, 피사노 싯다의 특성 스킬 가운데 하나가 발동했다.

근미래 예지.

가까운 미래를 미리 보는 특성 스킬이 싯다의 목숨을 살렸다.

"끄요옵?"

싯다는 죽을 힘을 다해 상체를 뒤로 젖혔다.

직후, 섬뜩한 빛이 쏜살같이 위로 솟구쳤다. 빛은 싯다의 머리통이 머물던 공간을 단숨에 뚫고 지나갔다.

"허억, 헉, 헉."

어찌나 놀랐던지 싯다는 하마터면 오줌을 지릴 뻔했다.

조금 전에 지나간 빛은 비록 싯다의 머리통을 관통하지는 못했지만, 대신 싯다의 뱃가죽을 살짝 스쳤다. 싯다의 검보랏빛 로브가 칼날에 베인 것처럼 둘로 잘렸다. 싯다의 복부에서 피가 주르륵 흘렀다.

"이걸 피해?"

지상에서 이탄이 허탈하다는 듯이 웃었다.

조금 전 이탄은 지둔의 가호로 싯다의 공격을 늦춘 다음, 남몰래 광정을 날렸다. 대제국 쥬신에서 전해져 내려오는 비장의 수법으로 단숨에 싯다를 요격하겠다는 것이 이탄의 계획이었다.

한데 이탄의 공격이 수포로 돌아갔다. 놀랍게도 싯다는 빛의 속도로 쏘아진 광정을 피했다.

"어떻게 이게 가능하지? 미리 눈치라도 챈 것인가?"

이탄이 고개를 갸웃했다.

그러는 와중에 검보랏빛 원반은 좀 더 가까이 접근했다. 여기서 이탄이 한 번 더 지둔의 가호를 펼쳐준들, 아무런 피해 없이 싯다의 공격을 막아내기란 불가능했다.

그렇다고 이탄이 다른 방어 수법을 사용하는 것도 마땅치 않았다.

'금강 종주님이나 스승님은 내 출신을 알고 계시지. 그러니까 내가 모레툼 님의 가호를 펼치는 것은 괜찮아. 하지만 다른 수법을 펼치는 건 좀 꺼림칙한데.'

결국 이탄은 고민 끝에 백팔수라를 사용하기로 마음먹었다.

백팔수라 제2식 수라군림 발현!

눈 깜짝할 사이에 이탄의 두 팔이 36개로 불어났다. 이탄의 다리도 36개가 되었다. 이탄의 머리는 18개에 달했다.

이탄이 직접 몸으로 펼쳐낸 수라군림은 비록 그 위력은 거신강림대진을 통해 구현한 수라군림보다는 뒤졌으나, 싯다의 공격 마법을 상대하기에는 충분했다.

고오오오옹!

괴물 수라는 눈꺼풀을 한 번 깜빡 감았다가 다시 뜰 사이에 거의 수백 미터 영역을 뒤덮었다. 지상에서 흙먼지가 뿌옇게 일어났다. 짙은 흙먼지 속에서 괴물수라가 위풍당당하게 발을 놀렸다.

와장창!

무시무시한 기세로 날아든 검보랏빛 원반이 괴물 수라와 부딪치자마자 그대로 터져나갔다. 이것만 보면 분명 이탄의 승리였다.

하지만 이탄도 방어에 완전히 성공한 것은 또 아니었다. 수라군림은 고작 수백 미터 영역만 방어해 내었을 뿐이었다. 반면 앱니어 디스커스의 범위는 무려 1킬로미터가 넘었다.

"아아악."

"커헉."

이탄이 커버해주지 못한 외곽 지대에서 특수부대원들의 비명이 터졌다. 깜빡 졸거나 기절했던 특수부대원들은 갑자기 날아든 검보랏빛 원반에 갈려 한 줌의 핏물로 변했다. 그 수가 비록 일고여덟 명에 불과했으나, 어쨌거나 아군이 피해를 입은 것은 사실이었다.

"크윽, 젠장."

이탄이 안타깝게 발을 굴렀다.

사실 지금 이 사태는 다분히 이탄의 잘못이었다.

만약 이탄이 좀 더 적극적으로 싯다를 막았더라면?

만약 이탄이 광정으로 싯다를 공격하는 대신, 방어에 치중하여 수라군림과 지둔의 가호에 좀 더 힘을 기울였다면?

어쩌면 특수부대원들은 아무런 피해를 입지 않았을지 모른다.

하지만 이 급박한 전쟁터에서 지나간 과거를 후회하는 것은 의미가 없었다.

게다가 솔직히 말해서 이탄은 특수부대원들을 진정한 동료라고 생각하지 않았다. 이탄은 금강수라종의 일부, 그리고 남명에서 친해진 소수의 수도자들을 제외하면 나머지 특수부대원들은 그다지 마음에 담지 않았다.

'그래도 일단은 싯다를 처리해야겠지?'

이탄은 수라군림의 발그림자로 수백 미터를 뒤덮은 상황에서 기습적으로 광정을 날렸다.

번쩍!

"으허헉?"

싯다가 또다시 나자빠질 듯 아슬아슬하게 광정을 피했다.

이번에는 이탄도 상대의 행동을 똑똑히 목격했다.

'역시! 광정이 방출되기도 전에 먼저 몸을 뒤로 눕혔어. 그러니까 상대는 광정을 눈으로 보고 피한 게 아니야. 광정이 날아오기도 전에 미래를 미리 읽은 거야.'

이것이 이탄의 판단이었다. 피사노 싯다는 '근미래 예지'라는 특수한 스킬을 가진 것이 분명했다.

'티케도 근미래 예지 특성을 지녔는데.'

이탄은 문득 그가 트루게이스 시에서 거둔 소녀 티케를 머릿속에 떠올렸다. 그러다 지금 서 있는 곳이 전쟁터라는 사실을 되새기고는 티케를 뇌리에서 지웠다.

Chapter 3

두 번이나 광정에 기습 공격을 당한 뒤, 싯다는 가슴이 철렁 내려앉았다. 겁도 덜컥 났다. 그는 괴상한 빛을 쏘는 정체불명의 적과 더 이상 단독으로 싸우고 싶은 생각이 없었다.

'크우우. 빛을 쏘는 적이 누구인지는 모르겠으나, 내가 결합한 두 악마종의 권능이 상대에게는 통하지 않는가 보구나. 그러니까 즐거나 기절하지 않고 나를 공격하겠지? 안 되겠다. 저런 놈을 나 혼자서 상대하는 것은 바보짓이야.'

싯다가 몸을 움츠렸다. 싯다의 주변에 검붉은 보호막이 우르르 일어나 둥그런 구체를 이루었다.

이것은 블러드 쉴드.

피사노교의 사도들이 즐겨 사용하는 방어 마법 가운데 하나였다.

싯다가 주춤한 사이, 특수부대원들은 하나둘 졸음에서 깨어났다.

"끄으응. 허억!"

"뭐지? 내가 깜빡 졸았나?"

기절했던 자들도 다시 정신을 차렸다.

이탄이 동료들을 재촉했다.

"이럴 때가 아닙니다. 어서 거신강림대진을 다시 구축해야 합니다."

"이탄 선인이 말이 옳아. 어서 서두르세."

검룡이 중심을 잡았다.

붕룡이 검룡 옆에 섰다.

두 선인의 주변으로 거신의 무력을 담당하는 수도자들이 모였다.

처음 거신강림대진을 펼칠 때와는 달리, 이번에는 거신의 머리가 먼저 만들어졌다. 이어서 거신의 삼중핵이 거신의 머리 아래에 달라붙어 몸통을 이루었다. 거기에 거신의 팔과 다리가 합체했다. 마지막으로 거신의 갑주까지 달라붙었다.

우르르르릉!

하늘에 먹장구름이 모여들었다.

"이이익."

특수부대원들은 단단한 각오로 법력관을 움켜잡았다.

특수부대원들의 법력이 하나로 크게 모였다. 큰 강을 이룬 법력이 고대의 거신을 불러내었다.

고오오오오—.

일어선 키만 수 킬로미터.

거신의 두 눈은 태양을 박아 넣은 듯 이글거렸다. 거신의 두 주먹은 산봉우리를 단숨에 으스러뜨릴 듯 힘이 넘쳤다.

산맥보다도 더 크고 웅대한 거신이 또다시 이 땅에 강림했다.

콰콰쾅!

먹장구름이 시퍼런 벼락을 마구 쏟아내었다.

"치잇."

피사노 싯다는 블러드 쉴드로 몸을 감싼 채 거신으로부터 황급히 멀어졌다.

쿠웅.

거신이 도망치는 싯다를 좇아 크게 한 발을 내디뎠다.

대지가 둔중하게 울렸다. 거신의 발바닥에 깔려 피사노교의 건축물들이 장난감처럼 부서졌다. 도로가 끊기고 지반이 주저앉았다.

쿠웅.

거신이 또 한 발을 내디뎠다.

거신은 워낙 덩치가 커서 느린 듯 보였지만, 사실은 느리지 않았다. 거신이 한 발 내디딜 때마다 싯다와의 거리가 확확 좁혀들었다.

"크으으윽, 젠장."

싯다는 젖 먹던 힘까지 쥐어짜서 전심전력으로 비행했다.

그래도 거신을 떨쳐내기 어려웠다.

"안 되겠다."

결국 싯다는 자신의 혈족들이 모인 곳으로 방향을 틀었다.

냉혹하게도 싯다는 혈족들을 거신에게 내준 다음, 그 사이에 거신과의 거리를 멀리 벌릴 요량이었다.

"으으으, 저게 뭐야?"

싯다의 혈족들이 거신을 올려다보며 입을 쩍 벌렸다.

지난밤, 거신과 맞서 싸웠던 피사노 교도들은 대부분 목숨을 잃었다. 지금 이 자리에 도착한 피사노교의 신도들은 대부분 거신을 난생처음 보는 입장이었다. 감히 한 눈으로 전부 담을 수 없는 거대한 신의 등장에 피사노 교도들은 하마터면 턱이 빠질 뻔했다. 그렇게 기겁을 하는 혈족들의 머리 위로 피사노 싯다가 빠르게 스쳐 지나갔다.

"막아랏."

싯다의 명이 떨어졌다.

"헙?"

"그게 무슨!"

무리한 명령에 혈족들의 얼굴이 하얗게 질렸다.

쭈왕—.

거신의 오른쪽 눈에서 주홍빛 광선이 일직선으로 방출되었다. 광선에 스친 혈족들 몇 명이 비명도 지르지 못하고 세상에서 지워졌다.

가까스로 공격을 피한 혈족들은 온몸에 블러드 쉴드를 두르고 뿔뿔이 흩어졌다.

거신이 구름 위에서 고개를 살짝 살짝 돌려가며 주홍색 광선을 연달아 쏘았다.

쭈웅! 쭝! 쭝! 쭝!

주홍빛이 번쩍일 때마다 싯다의 혈족들이 여지없이 죽어나갔다.

Chapter 4

한번 주홍빛 광선에 스치면 블러드 쉴드고 뭐고 소용없

었다.

"아아아악."

"살려 줘."

싯다의 혈족들은 괴성을 지르며 온 사방으로 흩어졌다.

"이 악마 놈들. 죽은 동료의 복수다."

거신의 오른쪽 눈에서 붕룡이 크게 소리쳤다. 싯다의 원반에 갈려 죽은 동료들을 떠올리자 붕룡은 피가 거꾸로 솟는 듯했다.

이번에는 검룡도 붕룡을 말리지 않았다. 조금 전에 핏물로 스러진 수도자들 가운데는 검룡이 아끼던 후배도 포함되었다. 분한 것으로 치면 검룡도 결코 붕룡에 뒤지지 않았다.

한편 이탄은 삼중핵 속에 앉아서 주변을 두리번거렸다.

'어디로 갔지? 싯다 이 늙은이가 어디로 숨은 거야?'

이탄이 찾는 대상은 다름 아닌 싯다였다. 이탄이 거신강림대진에 합류하여 거신과 하나가 되느라 잠깐 시선을 놓친 사이, 피사노 싯다는 감쪽같이 자취를 감추었다. 이탄의 뛰어난 감각에도 싯다는 잡히지 않았다.

거신의 배 부위에서 이탄이 눈을 두리번거리는 동안, 싯다는 구름 위에 은신한 채 한 가지 무서운 마법을 준비 중이었다.

싯다는 사실 아홉 형제자매들 가운데 가장 몸을 사리는 편이었다.

그렇다고 해서 싯다가 겁쟁이라는 의미는 아니었다.

첫째, 싯다는 적의 강약을 판단하는 눈이 무섭도록 정확했다.

둘째, 싯다는 적이 자신보다 강할 경우 스스로의 몸을 사릴 만큼 충분히 교활했다.

셋째, 싯다는 무엇보다 상황 판단이 빨랐다.

넷째, 싯다는 양쪽 어깨에 결합한 2명의 악마종을 적재적소에 잘 사용하는 것으로 유명했다.

이상 네 가지가 싯다의 주특기였다.

하지만 싯다가 진정으로 무서운 이유는 위의 네 가지 장점 때문이 아니었다. 피사노교의 수뇌부들이 공통되게 인정하는 싯다의 마법은 다름 아닌 새크리파이스(Sacrifice: 제물, 희생)였다.

"제기랄. 감히 나에게 새크리파이스를 사용하도록 만들다니. 크으으윽, 결코 가만히 두지 않겠다."

구름 위에서 싯다가 이빨을 뿌드득 갈았다. 이어서 싯다는 자신의 새끼손가락을 입속에 처넣어 있는 힘껏 깨물었다.

콰득.

싯다의 왼쪽 새끼손가락 마지막 마디가 이빨에 의해 뚝 끊겼다. 고통이 이루 말할 수 없이 컸다. 독하게도 싯다는 직접 깨물어 끊어낸 새끼손가락 한 마디를 질겅질겅 씹어서 목구멍으로 삼켰다.

"크우우."

싯다의 두 눈에서 검보랏빛 광채가 미친 듯이 흘러나왔다. 핏물이 주르륵 흐르는 싯다의 입속에서도 검보랏빛 광채가 번뜩거렸다.

싯다는 자신의 새끼손가락 한 마디를 부정 차원에 제물로 바쳤다. 겉으로는 손가락만 바친 것처럼 보이지만, 사실 싯다의 수명도 함께 제물 목록에 올랐다.

스스로 신체 일부와 수명을 제물로 바침으로써, 싯다가 보유한 최후 최강의 마법 새크리파이스가 완성되었다.

츠츠츠츠츳―.

피범벅이 된 싯다의 입 주변에 흐릿하게 회색의 문자가 흘렀다.

이 문자는 부정 차원을 오롯하게 지탱하는 마격의 문자, 즉 아무도 읽지 못하는 만자비문 가운데 하나였다.

물론 만자비문의 권능이 온전하게 전부 발현된 것은 아니었다. 피사노 쌀라싸나 피사노 캄사가 그러했듯이, 싯다도 만자비문의 힘을 완벽히 끌어내기에는 역량이 부족했다. 싯다는 그저 만자비문의 권능 가운데 일부를 흉내 내어 이 세계에 끌어다 쓸 뿐이었다.

그것만으로도 세상의 법칙을 뒤틀어 버리기엔 충분하였다.

그것만으로도 싯다는 피사노라는 성을 사용할 자격을 갖추었다.

그것만으로도 싯다는 피사노교의 다른 형제자매들과 어깨를 나란히 할 수 있었다.

후웅!

새크리파이스가 구현된 순간, 구름 위로 장엄한 빛이 흘러넘쳤다. 부정 차원으로부터 비롯되어 이곳 언노운 월드 안으로 스며들어온 새크리파이스의 빛은, 이내 구름 아래쪽으로 퍼져나가면서 거신을 정면으로 비추었다.

피사노 캄사가 1만 개나 되는 만자비문 가운데 '뒤틀림'을 해석했다면, 피사노 싯다는 새크리파이스를 통해서 '단절'의 권능을 끌어왔다.

그리하여 새크리파이스의 빛은 곧 단절의 빛이었다.

만자비문 가운데 단절은 정상세계의 언령 가운데 '풀림'과 다른 듯하면서도 은근히 비슷한 효과를 지녔다.

단절의 빛이 마나의 흐름을 뚝뚝 끊어버렸다.

단절의 빛이 에너지의 흐름을 썽둥 차단했다.

단절의 빛이 법력의 흐름조차 단숨에 끊어놓았다.

이렇게 흐름이 단절된 것이 파탄이 일어나는 단초가 되었다. 부정 세계로부터 비롯된 만자비문의 권능은 거신강림대진의 근본 뼈대를 뒤흔들어 놓았다.

거신강림대진이란 무엇인가?

이것은 1천 명에 달하는 수도자들이 힘을 합쳐서 법력을 하나로 모으고, 이렇게 모인 법력을 진법의 힘으로 연결함으로써 상고 시대에서나 볼 수 있었던 거신을 소환해내는 수단이었다.

한데 싯다가 자신의 새끼손가락을 희생하여 발현한 단절의 빛은 진법 속 법력의 흐름을 가닥가닥 끊어놓았다.

이 끔찍한 빛에 노출되자마자 거신의 삼중핵―거신의 가슴과 배꼽, 사타구니 부위에서 밝게 빛나던 3개의 핵―이 산산이 흩어졌다. 거신의 팔과 다리가 파도를 만난 모래성처럼 와르르 분해되었다. 거신의 방어를 담당하던 갑주가 허무하게 스러졌다. 거신의 무력이 붕괴하면서 거신의 머리 부위가 아스라이 소멸했다.

"어어억, 이럴 수가."

검룡이 입을 쩍 벌렸다.

붕룡과 죽룡은 제대로 비명도 지르지 못하고 입만 벙긋거렸다.

"아아, 이걸 어째."

비앙카를 비롯한 마르쿠제 술탑 수도자들의 안색도 하얗게 질렸다.

피사노교의 한복판에서 거신강림대진의 도움도 받지 못하고 어찌 목숨을 건사할 수 있을지, 특수부대원들은 눈앞이 캄캄했다.

〈다음 권에 계속〉